AMOR COM TODAS AS LETRAS

AMY JAMES

AMOR COM TODAS AS LETRAS

TRADUÇÃO
CRISTIANE MARUYAMA

VR EDITORA

TÍTULO ORIGINAL *A Five-Letter Word for Love*

GERENTE EDITORIAL Tamires von Atzingen
EDITORA Marina Constantino
EDITORA-ASSISTENTE Michelle Oshiro
PREPARAÇÃO Letícia Nakamura
REVISÃO Luana Negraes e Bonie Santos
DESIGN DE CAPA Amanda Cestaro
COORDENAÇÃO DE ARTE Pamella Destefi
DIAGRAMAÇÃO WAP Studio e P.H. Carbone
PRODUÇÃO GRÁFICA Alexandre Magno

Dados Internacionais de Catalogação na Publicação (CIP)
(Câmara Brasileira do Livro, SP, Brasil)

James, Amy
Amor com todas as letras / Amy James; tradução Cristiane Maruyama. – São Paulo: VR Editora, 2025.

Título original: A Five-Letter Word for Love.
ISBN 978-85-507-0684-9

1. Romance norte-americano I. Maruyama, Cristiane.
II. Título.

25-272998 CDD-813.5

Índices para catálogo sistemático:

1. Romances: Literatura norte-americana 813.5
Eliete Marques da Silva – Bibliotecária – CRB-8/9380

VR Editora S.A.
Av. Paulista, 1337 – Conj. 11 | Bela Vista
CEP 01311-200 | São Paulo | SP
vreditoras.com.br | editoras@vreditoras.com.br

Para Rebecca, Julie e Jen.

CAPÍTULO 1

Cá entre nós, sempre achei palavras cruzadas condescendentes. Eu sei. Palavras cruzadas são objetos inanimados. Não podem ser condescendentes, julgadoras ou arrogantes. Mas com certeza são.

Todas aquelas caixas brancas irritantes com dicas pretensiosas, apenas rindo de você enquanto as encara estupidamente. Tipo, ah, você *não* sabe quem é Deborah do filme *Os inocentes*, de 1961? E não sabe uma palavra de sete letras para "simplesmente ser"? Que pobre e triste ser humano você é. Seu cérebro sequer funciona?

Li em algum lugar que fazer palavras cruzadas todos os dias melhora a função cognitiva e reduz o encolhimento do cérebro (que parece uma coisa ruim, independente de como se olhe para isso), então, cerca de um ano atrás, baixei o aplicativo de palavras cruzadas do *New York Times* e decidi experimentar. Acordei às sete da manhã, me sentei perto de uma janela ensolarada (hábito também comprovado como benéfico para a função cognitiva) e estava determinada a tentar.

Mas... não consegui. Literalmente não consegui descobrir nem uma única resposta. Continuei clicando na próxima dica, depois na próxima, apenas à espera daquele momento "Ahá!" quando finalmente conseguisse uma.

Animal trabalhador em uma fábula clássica. Não faço ideia.

Autor de *O lobo da estepe*. Nada.

Algo que pode ser colocado em sacolas plásticas. Componentes do sistema imunológico. Unidade em um duelo.

Nenhuma, de jeito nenhum, absolutamente nenhuma preciosa pista.

Liguei para meu pai em busca de conselhos, já que ele faz palavras cruzadas todo domingo, e ele disse para eu não ficar frustrada e que isso fica mais fácil com a prática.

O quê... *como*?

Não é como matemática. Não é como se você aprendesse quanto dá dois mais dois e, no dia seguinte, ainda conseguisse lembrar que a resposta é quatro. É como aprender que um copo de conhaque é chamado de *snifter* e, no dia seguinte, ter que preencher a última palavra de uma frase de Benjamin Franklin. Certamente uma coisa não tem relação com a outra, certo?

Mas deve ter, de alguma forma, porque milhões de pessoas fazem esse tipo de coisa todos os dias. Milhões de pessoas estão passeando por aí, conhecedoras de uma palavra de oito letras para "renunciar abruptamente" e cientes de quem é o presidente da Finlândia.

Honestamente, não é à toa que não consigo um emprego melhor.

Enfim. Continuei tentando por cerca de duas semanas, esperando pegar o jeito (ou que dicas mais fáceis aparecessem) e que minha rotina matinal se transformasse em uma experiência alegre e gratificante que melhorasse a cognição e impedisse o cérebro de encolher. Mas nunca aconteceu. Para falar a verdade, parecia que meu cérebro encolhia ainda mais, como se estivesse se contraindo de estupidez ou algo assim.

Estava prestes a desistir e voltar à minha antiga rotina matinal — ficar vendo vídeos fofos de animais no Instagram, perceber que estou desperdiçando minha vida no celular, procurar freneticamente vagas de emprego, mudar a fonte do meu currículo pela quadragésima vez, como se isso pudesse ser o segredo para conseguir uma entrevista ("Helvetica? Chegou a sua vez!") — quando me deparei com o Wordle.

As instruções eram tão simples que até meu cérebro exausto poderia entender. Você tem seis tentativas para adivinhar uma palavra de cinco letras. Quando dá um palpite, as letras ficam em cinza, amarelo ou verde. Cinza significa que a letra não está na palavra. Amarelo significa que a letra está na palavra, mas você a colocou no lugar errado. Verde significa que a letra está na palavra e que você a colocou no lugar certo.

Parecia viável, então pensei: *Que se dane, vou tentar*. Certamente não pode ser mais difícil do que tentar descobrir uma palavra de sete letras para "negócio não contabilizado, talvez".

Então, eu tentei.

E *consegui*.

Era fácil o suficiente para que eu não quisesse bater o celular na cabeça, mas difícil o suficiente para que eu tivesse que me esforçar um pouco. Tive alguns percalços, como na primeira vez em que não consegui uma palavra e BESTA apareceu na minha tela (pensei mesmo que o aplicativo estava me insultando até perceber que BESTA era a resposta de cinco letras), porém, depois de um tempo, peguei o jeito. E foi emocionante! Aquele pequeno impulso de satisfação da rápida descoberta, a adrenalina quando acertava na última tentativa. Tive uma sequência de dez dias invicta antes que GATIL me deixasse na dúvida, depois cheguei a vinte e nove dias antes de perder para DAMAS. Então de repente, de alguma forma, consegui ganhar por quarenta e nove dias seguidos, e, quando cheguei a cinquenta — BLEFE —, eu literalmente pulei de alegria.

E, tudo bem, olha, consigo ver você revirando os olhos. Pensando consigo mesma: *Que tipo de perdedora fica tão animada com um aplicativo idiota? Você não tem nada significativo na sua vida? Você é uma mulher de vinte e sete anos, pelo amor de Deus! Não tem uma carreira para construir ou filhos amados para adorar?*

E para isso eu respondo: vá resolver uma palavra cruzada, sua vaca pretensiosa. Acho que você é o tipo de pessoa que vai gostar disso.

Não, estou brincando.

Você está totalmente certa.

A verdade é que não tem muita coisa acontecendo na minha vida agora. Não tenho carreira, apenas um emprego mal remunerado como recepcionista em uma oficina mecânica e um diploma de bacharela em ciências que é completamente inútil, já que percebi, no último ano de faculdade, que eu queria uma carreira nas artes. E não acho que quero filhos, mesmo que tivesse um namorado para fazê-los ou um salário para pagar por fertilização *in vitro* ou para bancar a adoção.

Então... sim. Não é muita coisa, mas tenho meu Wordle. E agora estou com uma sequência de trezentos dias completos!

Esta manhã, coloquei DOCES como meu primeiro palpite (estava comendo massa crua de cookies no café da manhã; não me julgue). O E estava amarelo (letra certa, lugar errado). Em seguida, tentei ZUMBI (inspirada pelo zumbido da mosca na minha janela), e o Z e o I ficaram amarelos. Daí minha mãe ligou para conversar antes que ela e meu pai partissem de férias para a Nova Zelândia, então agora estou tentando terminar aqui no trabalho. E isso pode me fazer parecer uma funcionária irresponsável, até eu te contar um pouco mais sobre o que faço.

Primeiro de tudo, antes que você pergunte, não, eu não tenho nenhum interesse particular em carros. Eu me candidatei a esse emprego por uma razão apenas: era perto de uma casa fofa que tinha um aluguel muito barato. Veja: no último ano da faculdade, quando percebi que queria trabalhar em uma área criativa, como cinema ou arte, era tarde demais para voltar e mudar o curso. Mas pensei: *Ei, um diploma em ciências ainda é um diploma.* Eu ainda poderia me candidatar a vagas mal pagas de iniciante ou estágios em áreas criativas. Certamente minha paixão e meu entusiasmo compensariam a falta de um diploma em artes.

(Spoiler: não compensaram.)

O problema era que, para cada emprego ou estágio a que me candidatava, eu competia com pessoas igualmente apaixonadas e entusiasmadas que descobriram o que queriam fazer desde o útero, como seria esperado, e que não apenas tinham diplomas adequados em artes, mas que já tinham cumprido todos esses feitos impressionantes e artísticos. Como quando me candidatei a um emprego em uma galeria de arte em Toronto, que foi para uma garota vencedora de um prêmio de fotografia da *National Geographic*. Ou quando me candidatei a um estágio em um estúdio de cinema em Vancouver, que foi para uma jovem de vinte e um anos que tinha dirigido um curta-metragem premiado. E, para ser honesta, não os culpo por não me escolherem. Eu também não me escolheria. Mas parecia estar presa em um círculo vicioso. Eu não conseguia um emprego sem experiência, e não conseguia experiência sem conseguir um emprego.

Para ganhar algum dinheiro enquanto isso, me candidatei a empregos de nível básico para pessoas com um diploma em química (meu verdadeiro curso), mas lá enfrentei o problema oposto. Eu tinha o diploma e notas razoáveis, mas absolutamente nenhuma paixão ou entusiasmo. Não queria ser química agrícola, toxicologista ou química ambiental (o que quer que seja isso), e simplesmente não conseguia fingir bem o suficiente para passar em uma entrevista.

Após cerca de cem rejeições (e dezoito meses morando com meus pais no pequeno apartamento deles em Halifax), elaborei um novo plano. Eu ia voltar a estudar e fazer um curso criativo de verdade. Mas já tinha um empréstimo estudantil de vinte e seis mil dólares, decorrente do meu diploma em química, e não fazia ideia de qual graduação em artes eu gostaria de fazer. Queria escolher a coisa certa dessa vez, e sempre que achava ter certeza — Escrita para Cinema e TV, sim! — sentia um frio na barriga quando começava a preencher o formulário. Era isso que eu realmente amava, ou apenas *soava* legal? E se eu me afundasse em mais vinte e seis mil dólares de dívida estudantil e acabasse sem nada do mesmo jeito?

Eu titubeava e me estressava. Enquanto isso, as parcelas do empréstimo se acumulavam e a situação se tornava um pouco mais tensa. Não que eu não me dê bem com meus pais ou algo assim, mas o espaço era bem apertado, e eu me sentia muito patética toda vez que encontrava um velho amigo e ele perguntava: "Onde você está morando?".

Então, quando a amiga da minha mãe me contou que a irmã dela estava procurando alguém para alugar a casa em Waldon, na Ilha do Príncipe Eduardo, cobrando quase nada, fui correndo para o computador procurar empregos nas proximidades. E havia exatamente dois: cozinheira em um restaurante local e recepcionista em uma oficina chamada Martin Auto.

Eu me candidatei a ambos. Após uma entrevista de dez minutos por telefone com o proprietário da oficina, Fred Martin, durante a qual ele não me fez nenhuma pergunta e reclamou longamente sobre sua antiga recepcionista ter saído sem aviso, consegui o emprego.

(Provavelmente é uma sorte para os moradores de Waldon que o restaurante nunca tenha ligado.)

Trabalho na oficina das nove às cinco, de segunda a sexta. Eu poderia tentar descrever como é a oficina, mas isso parece uma perda de tempo para nós duas. Basta pegar o carro e dirigir até a oficina mecânica mais próxima. Pronto. É exatamente assim.

A Martin Auto tem dois mecânicos — Dave, que é velho e obcecado por carros, e John, que é jovem e também obcecado por carros — e a agenda comporta cerca de dez atendimentos por dia. O proprietário, Fred, na verdade não trabalha mais na oficina, então o vi talvez três vezes desde que comecei. Atendo o telefone, recebo os clientes e processo os pagamentos, organizo a sala de descanso e esvazio as lixeiras. E... isso é praticamente tudo que faço.

Há coisas boas nisso, com certeza. O salário é suficiente para eu ir pagando o empréstimo estudantil, e o local não é muito movimentado, o que me dá bastante tempo para fazer Wordle e pesquisar graduações em artes. A cidade de Waldon é mesmo bastante charmosa, com prédios coloridos espalhados ao redor de um pequeno porto pesqueiro, falésias de arenito vermelho a leste e uma longa extensão de terras agrícolas a oeste. O ar sempre cheira a mar, e na primavera e no outono acordo com o som dos barcos pesqueiros de lagosta zumbindo no porto. Se eu fosse alguém que deseja uma vida de cidade pequena, poderia perfeitamente viver feliz aqui.

Espere um minuto.

FELIZ.

Claro! Bato a palma da mão na testa e abro o Wordle. Digito FELIZ e *voilà*. As letras ficam verdes, uma após a outra. Minha sequência já está em trezentos e um dias!

Enquanto faço uma dancinha de celebração na cadeira, o sino da porta da oficina tilinta e uma mulher idosa de cabelo branco encaracolado entra. Ela veste um casaco pesado, mesmo que esteja bastante quente para maio, e me parece vagamente familiar, embora isso não signifique muito. Waldon é uma cidade tão pequena que todos sempre parecem vagamente familiares.

— Bom dia — cumprimento com animação. — A senhora agendou um serviço? — Consulto a agenda e me pergunto se ela é "Maud Williams, troca de pneus, 9h30".

Ela parece um pouco nervosa.

— Não, tem algo errado com o meu carro. Está fazendo um barulho horrível.

— Ah, não. — Faço uma expressão de simpatia. — Já trouxe seu carro aqui antes? Qual é o seu nome?

— Ethel Cox.

Digito o nome dela no programa antigo e horrível que usam para acompanhar os clientes e abro seu arquivo.

— A senhora esteve aqui no mês passado. — Semicerro os olhos para conseguir decifrar a letra de Dave no recibo digitalizado. — Seu carro também estava com problemas na época, não estava? — Aperto ainda mais os olhos. — Com um... um som de rugido, diz aqui?

— Um som de rangido — Ethel corrige.

— E eles consertaram? — pergunto, incerta. Vejo que Dave cobrou dela quarenta dólares da última vez, mas não consigo ver exatamente o motivo.

— Não, eles não conseguiram encontrar nada errado! Aí o rangido parou, do nada. Achei que tinha se consertado sozinho, mas agora apareceu um novo barulho. — A testa de Ethel se franze. — Alguém poderia dar uma olhada hoje? Tenho uma partida de bridge em Charlottetown às três.

Ela parece realmente estressada, pobrezinha.

— Está um dia tranquilo — digo. — Deixa eu ver se conseguem te encaixar.

A senhora se ilumina.

— Ah, obrigada.

Sorrio para ela e vou até a garagem à procura de Dave. Ele está no elevador automotivo, com um carro que pertence a uma das advogadas da região. É um Porsche antigo que aparentemente é bem raro, interessante ou algo assim. Dave e John ficaram malucos quando ela trouxe o carro.

— Bom dia, Emily — cumprimenta Dave. Ele é um homem alto na casa dos cinquenta anos, com cabelo grisalho, ombros largos e mãos grandes e calejadas. É divorciado e tem duas filhas adultas chamadas Analyn e Jenny. Ou, pelo menos, isso foi o que consegui entender da página dele no Facebook. Dave não é muito fã de conversas de cunho pessoal.

— Bom dia — respondo. — Você tem tempo para um encaixe hoje? Tem uma mulher aqui com um carro que está fazendo um barulho esquisito.

— Hoje não — diz Dave. — Pode ser que John tenha.

Eu me viro com um suspiro interno. Ótimo.

Não é que eu não goste de John, é só... Na verdade, não. É exatamente isso. Não gosto de John.

O nome completo dele é John Smith (porque os pais dele sabiam quão sem graça ele ia ser quando crescesse, acho) e ele tem a mesma idade que eu. Ele é meio bonito, no estilo de quem não se importa em fazer a barba e parece "descolado demais" para se importar com a forma como se veste, e vou admitir: quando o conheci, pensei que talvez a gente pudesse ter uma conexão. Nos primeiros dias, me dediquei um pouco a arrumar o cabelo e passar maquiagem e tentei pensar em assuntos interessantes para conversar.

Mas o problema é que John não se importa com assuntos interessantes. Ou com conversa, na verdade. Teve uma vez que entrei na sala de descanso e o ouvi falando espanhol ao telefone. Então, quando ele desligou, eu disse, toda animada e interessada:

— Não sabia que você falava espanhol!

E ele respondeu:

— É.

E começou a rolar o dedo na tela do celular. Esperei que ele se aprofundasse, mas quando ficou evidente que isso nunca ia acontecer, perguntei:

— Você aprendeu quando era criança ou adulto?

Eu pretendia lhe contar sobre um estudo interessante que li sobre como a idade impacta a capacidade de aprender novas línguas. Sem tirar os olhos do celular, ele disse:

— Minha mãe é dominicana.

Eu já sabia disso, porque uma vez John ficou fora por alguns dias e Dave me contou que ele estava visitando os avós na República Dominicana, mas acenei como se fosse uma novidade.

— Que legal. Eu gostaria de ser bilíngue. Estou tentando aprender francês, mas é muito difícil. Eu deveria ter feito imersão em francês na escola.

Ele respondeu apenas com um aceno de cabeça. Nenhuma palavra, nenhum "hum" de reconhecimento, apenas um aceno lento, como quando alguém está sendo irritante de verdade e você tenta dar uma indireta sobre isso.

Eu deveria ter desistido ali mesmo, mas na época achei que ele era bonito o suficiente para tentar mais uma vez. Então perguntei:

— Em que língua você pensa?

Ele me encarou.

— O quê?

— Eu só... queria saber em que língua você pensa — continuei. — Tipo, se você aprende duas línguas na infância, você pensa nas duas ou só em uma? Ou depende da situação?

John me encarou de novo — com certo ar de incredulidade, devo acrescentar — e deu de ombros.

— Não sei.

Nesse ponto, realmente desisti.

E olha, não estou dizendo que foi um ótimo começo de conversa da minha parte, mas pelo menos eu estava *tentando* preencher o silêncio. John nunca tentou iniciar uma conversa comigo, a menos que fosse para perguntar a que horas um cliente ia chegar.

Quando John fala — o que é raro —, o único assunto sobre o qual discorre é carros. Mesmo quando ele, Dave e eu estamos na sala de descanso ao mesmo tempo, tudo que John comenta se refere aos carros em que estão trabalhando ou a um carro de corrida que ele e um amigo estão reformando para levar à pista local. E ele nunca tenta me incluir na conversa, como se apenas presumisse que eu não estaria interessada.

O que… ok, eu não estou. Mas ainda assim é rude e parece um pouco machista.

Ele também é grosseiro com os clientes, e por isso eu gostaria de não precisar perguntar a ele sobre esse encaixe.

— Que tipo de barulho? — ele pergunta de maneira pouco útil quando conto sobre o carro de Ethel.

— Ela não mencionou — respondo educadamente. Sou sempre educada com John. Quando você tem apenas dois colegas de trabalho, não pode se dar ao luxo de ser sarcástica com um deles. Não acho que John tenha ideia de que não gosto dele (ou que se importaria, se soubesse).

Ele suspira.

— A cliente está lá fora?

— Uhum.

Onde mais estaria?

Sigo-o de volta até a recepção, onde Ethel está sentada em uma das cadeiras plásticas da sala de espera.

— Este é o John — digo a ela, já que John nunca se apresenta. — Ele pode tentar te encaixar, mas estava se perguntando…

— Que tipo de barulho é? — John interrompe. — Você escuta o tempo todo?

— Ah, bem, não sei — Ethel responde, parecendo confusa. — Começou na semana passada.

John franze a testa.

— Então você escuta o tempo todo? E é um barulho de rangido, de batida ou o quê?

Preciso me segurar para não revirar os olhos. Isso é o que quero dizer. Não é como se ele gritasse com os clientes ou os xingasse, mas ele é muito direto e impaciente. Como se esperasse que uma mulher de setenta e cinco anos entrasse e dissesse: "Bom dia, jovem. Receio que tenha acabado de ouvir um distinto barulho de tique-taque no coletor de escape, então vim aqui para ver se a junta precisa ser trocada. Eu faria isso sozinha, mas, que boba, parece que perdi a minha chave de torque!".

Fala sério.

— É meio que um barulho de rangido — Ethel explica. — Sabe, tive um Honda por anos e nunca tive problemas, mas então sofri um acidente no ano passado e precisei comprar um Toyota velho porque a concessionária Honda fechou...

Ethel começa a contar uma história sobre o falecido marido, que não se dava bem com o dono da concessionária Toyota, e ela consegue entender bem o motivo disso, já que seu carro novo não oferece nem metade da confiabilidade do antigo.

Consigo sentir John se irritando ao meu lado. E tudo bem, sim, a história está se alongando um pouco, mas ela é uma senhora muito simpática. Não há necessidade de ele franzir a testa para Ethel desse jeito.

— Vou dar uma olhada — avisa John, pessimista, quando a senhora finalmente para de falar. — As chaves estão no carro?

— Não, estou com elas aqui. — Ethel vasculha a bolsa. — Vai demorar muito? Tenho uma partida de bridge às três.

— Depende do que estiver errado — John responde, e sai sem oferecer mais informações. Esboço uma careta para as costas dele.

— A senhora gostaria que eu chamasse um táxi para que possa esperar em casa? — pergunto a Ethel.

— Ah, não, querida. Vou esperar aqui, se não for um incômodo. — Ela olha para o pequeno espaço. É basicamente apenas minha mesa e quatro cadeiras plásticas feias. — Não quero incomodar.

Sorrio para ela, sentindo um calor no peito.

— Não é incômodo algum.

CAPÍTULO 2

Já que estamos sendo sinceras aqui, vou te contar mais um pequeno segredo: não tenho amigos próximos. É meio constrangedor de admitir, mas aí está.

Não quero dizer que não tenho *amigos*. Eu tenho. Tenho três amigas da faculdade com quem ainda converso regularmente, além de alguns conhecidos do colégio e da infância com quem troco mensagens ocasionais. Mas nenhum deles é um amigo *próximo*. Sabe o tipo que quero dizer? Aqueles laços mágicos de amizade adulta que você vê em séries e filmes, que vão a brunches juntos, compartilham todos os segredos e estariam dispostos a ajudar a enterrar um corpo se alguém do grupo cometesse um crime.

Nenhum dos meus amigos da faculdade mora a menos de mil quilômetros de mim, então não há chances de encontros para brunch; e se eu cometesse um crime, a polícia provavelmente já teria me pegado antes que chegassem. Ou a família da pessoa que matei teria me assassinado para se vingar.

Ok, levei isso para um lugar meio sombrio. Desculpe por isso.

A verdade é que, se você pensar na maneira como os adultos fazem amigos próximos, isso geralmente acontece por meio do trabalho ou dos filhos. Ou talvez por um interesse em comum, como um clube do livro ou algum esporte, mas não há muitas oportunidades de socialização em Waldon. Então, quando tenho clientes como Ethel, que precisam esperar enquanto fazem um serviço, eu aproveito. Especialmente quando são pessoas mais velhas — a maioria por aqui. Elas *adoram* bater um papo. A maioria das pessoas acha chato ouvi-las, mas isso é provavelmente porque não fazem as perguntas certas.

Você não acreditaria no que pode aprender se fizer as perguntas certas! Como Ethel, por exemplo. Ela me contou que nasceu em 1948 e que ainda se lembra de assistir à chegada do homem à Lua com seu marido e seus filhos na primeira casa em que moraram. Ethel preparou molho à base de cebola de acompanhamento e eles jantaram frango à la King (também não sei o que é isso).

Faço umas contas rápidas e percebo que ela tinha vinte e um anos quando a chegada à Lua aconteceu. Com vinte e um anos, ela já tinha marido, filhos e uma casa. Quando eu tinha vinte e um, tinha acabado de terminar com meu primeiro namorado sério e passei um mês bebendo vinho na cama e maratonando Netflix.

Uau.

Ethel ficou quase uma hora ali, e acho que gostou do papo tanto quanto eu. Pareceu desapontada quando John voltou e ficou devastada quando ele disse:

— Vai ter que voltar amanhã. A suspensão está gasta.

Ethel olha para ele, perdida. John nunca se dá ao trabalho de explicar as coisas aos clientes; simplesmente presume que eles sabem tanto sobre carros quanto ele.

— Você consegue consertar? — ela pergunta.

John acena com a cabeça sem olhar para ela, limpando distraidamente as mãos sujas em um pano ainda mais sujo.

— Hoje, não. Volte amanhã.

Quase reviro os olhos. Sério, ele não poderia ser um pouco mais gentil? A pobre Ethel franze a testa e sei que ela está preocupada em perder sua partida de bridge. Na verdade, estou pensando em me oferecer para levá-la até lá quando ela suspira e diz:

— Ah, bem. Acho que terei que ir com Shirley ou Dotty.

— Gostaria de usar nosso telefone para ligar para elas? — pergunto. — Temos uma lista telefônica.

Ethel ri.

— Não preciso. Os números delas não mudaram em quarenta anos!

Meu sorriso é meio amarelo enquanto lhe entrego o telefone sem fio. Até Ethel tem amigos próximos. Se ela matar alguém no clube de bridge, Shirley e Dotty vão ajudá-la a enterrar o corpo e depois levá-la de volta para casa para compartilhar um frango à la King.

John desaparece novamente na garagem e outro cliente entra para deixar o carro. Quando termino de atendê-lo, uma das amigas de Ethel chega para buscá-la. Ethel sorri e me agradece pela companhia antes de sair. Sorrio de volta, porém, assim que ela se vai, me deixo cair pesadamente na cadeira.

Preciso mesmo de uma distração para afastar meus pensamentos sombrios, mas o telefone da loja permanece em silêncio quase o dia todo e os outros clientes entram e saem sem qualquer conversa. Por volta das três, meu telefone vibra com uma mensagem. Estico a mão, grata.

> [15:06] Mãe
> Indo para a Nova Zelândia!
> Embarcando agora.

Boa viagem para vocês!, respondo.

Meus pais estão viajando com outro casal, Abe e Ann, e ficarão fora por seis semanas. Eles conhecem Abe e Ann desde antes de eu nascer, e agora que todos se aposentaram estão fazendo viagens para lugares incríveis: Costa Rica, Suíça e África do Sul.

Nesse ritmo, não vou ter ninguém com quem sair quando eu me aposentar. Vou precisar adotar vários gatos. (O que até parece bem legal, mas você não pode levar vários gatos para a Costa Rica, pode?)

Meu celular vibra de novo na minha mão.

> [15:08] Mãe
> Seu pai está perguntando se você teve retorno
> do estúdio de cinema em Calgary

Meu estômago se torce desconfortavelmente.

[15:08] Eu
Nada ainda!

[15:09] Eu
Pode ser que demore um pouco

Trata-se de uma pequena mentira. Eu me inscrevi para um estágio em um pequeno estúdio de cinema independente há algumas semanas, e cerca de uma semana depois recebi uma recusa. Mas eu já tinha contado aos meus pais sobre isso e como achava que poderia ser o passo perfeito para esse setor, porque o anúncio dizia especificamente: "Encorajamos a inscrição de pessoas com todos os níveis de experiência!".

[15:09] Mãe
Espero que você tenha notícias em breve!

[15:09] Mãe
Colocando no modo avião agora.
Te amo!

[15:09] Eu
Também te amo!

Deixo o celular de lado com um suspiro. Eu deveria parar de contar aos meus pais sobre todos os empregos para os quais me candidato, mas não quero que pensem que desisti. Eles nunca me disseram que estavam desapontados com a forma atual da minha vida, mas acho que no fundo eles estão, sim.

Por exemplo, teve aquela vez em que acidentalmente ouvi minha mãe conversando com a amiga na cozinha, e a amiga perguntou:

— O que a Emily anda fazendo ultimamente? Ainda trabalhando em empregos temporários? — E quando minha mãe confirmou, a amiga fez um som de desaprovação e disse: — Ela sempre foi uma garota tão brilhante.

Não lembro exatamente o que minha mãe respondeu. Algo como: "Ah, ela está só se organizando", mas me lembro do tom dela. Como se secretamente concordasse. Como se não quisesse admitir, mas, no fundo, soubesse que eu estava desperdiçando meu potencial.

Por isso continuo contando a ela e ao meu pai sobre todos os empregos para os quais me inscrevo, mesmo que todos resultem em recusas. Eu *ainda* estou me organizando, e *vou* encontrar meu emprego dos sonhos. Um dia, a amiga da minha mãe vai perguntar o que ando fazendo, e minha mãe poderá dizer: "Ah, a Emily? Ela está fazendo tal coisa. Sim, ela ama isso!".

Esse trabalho na oficina mecânica e Waldon são apenas temporários. Um passo no caminho para meu emprego dos sonhos. Minha *vida* dos sonhos. Uma vida onde sou feliz, bem-sucedida e tenho amigos próximos com quem compartilhar tudo isso.

Por impulso, abro o grupo de mensagens entre mim e minhas amigas da faculdade. Tivemos uma daquelas amizades mágicas que se veem na TV. Nós nos conhecemos durante a semana de recepção dos calouros e fomos praticamente inseparáveis nos quatro anos seguintes. Em quase todas as fotos que tenho da época da faculdade estamos as quatro juntas. Apertadas nas arquibancadas torcendo pelo time de hóquei da universidade, posando nas escadas da biblioteca usando tiaras de lantejoulas combinando (estávamos passando por uma fase *Gossip Girl,* tá bom? E eu nunca disse que éramos descoladas). Se eu tivesse cometido um crime nesse período, com certeza elas teriam me ajudado a enterrar o corpo. Se não estivessem muito de ressaca depois da festa da noite anterior, claro.

Mantivemos contato desde então, mas nossas vidas tomaram rumos totalmente diferentes. Divya voltou para a Índia por um tempo e agora vive em Toronto com seu noivo, que conheceu na faculdade de direito. Fallon e o marido abriram uma empresa para vender sucos prensados a frio e agora têm quatro filiais pelo Canadá. E Martha se mudou para o Maine, estado do marido dela, e está grávida do terceiro filho.

Deslizo o dedo pelas nossas últimas mensagens — um debate sobre se Martha deve chamar o próximo filho de Harold (eu votei "não"; só conseguia imaginar um bebê velho e assustador com rugas e um monóculo) — e então começo a digitar.

> [15:36] Eu
> Saudade de vocês, meninas! Precisamos planejar uma viagem de reencontro em breve!

Não tenho muito dinheiro para uma viagem agora, mas se reservar com antecedência, às vezes dá para conseguir voos de Charlottetown para Toronto por menos de cem dólares.

Ninguém responde na hora, o que não é incomum. Faço meu intervalo para o almoço na mesa e navego por informações sobre uma formação em alguma área dos estudos clássicos. Acho que consigo me ver fazendo isso. Gosto muito de história romana. Ou, pelo menos, realmente gostei do podcast que ouvi na semana passada sobre Júlio César. E aposto que dá para conseguir um emprego em uma galeria de arte com um diploma nessa área. Eu me imagino andando por uma galeria com o cabelo preso em um coque, uma saia longa balançando nas pernas, o salto ecoando no chão de mármore, conversando com alguém sobre... o que quer que os funcionários de galerias de arte conversem.

Estou pesquisando "O que faz um funcionário de galeria de arte" quando meu telefone vibra.

> [15:38] Fallon
> Ia ser muito divertido!

Divya manda uma mensagem um momento depois. É um GIF de várias garotas dançando.

Procuro os preços de voos no meu celular no mesmo instante.

[15:39] Eu
Talvez a gente pudesse se encontrar em Toronto em setembro!

[15:40] Fallon
Vou estar na inauguração da nova loja em Calgary

[15:40] Fallon
Talvez no ano que vem!

[15:41] Divya
Vou estar muito grávida em setembro, haha

Olho para o meu telefone, atordoada. Divya está grávida?

[15:41] Martha
Meu Deus!!!!!!! Parabéns!!!!!!!!!!!

Digito um pouco devagar.

[15:41] Eu
Meu Deus! Parabéns!

[15:42] Martha
Quando é a data do parto?

[15:42] Divya
30 de setembro

Trinta de setembro? Isso significa que ela está tipo… grávida de cinco meses, se meu cálculo mental estiver certo. Eu me pergunto por que ela não nos contou até agora.

[15:43] Fallon
Uau!

[15:43] Martha
Você já encontrou uma boa doula?

Ela e Divya falam sobre doulas por um tempo (fico boiando pela maior parte do assunto). Quando a conversa chega ao fim, tento novamente.

[15:47] Eu
Mais um motivo para a viagem de reencontro!
Podemos conhecer o bebê!

Um minuto de silêncio se segue.

[15:48] Divya
É, talvez!

[15:48] Fallon
Ia ser divertido

[15:49] Martha
Já encontrou uma boa creche, Divya?

A conversa sobre creches dura mais alguns minutos. Tento acompanhar a discussão, mas não tenho muito a acrescentar. À medida que a conversa se esvazia, sugiro sem muita convicção uma ligação de vídeo em grupo para conversar qualquer dia. Divya e Martha concordam de forma tão entusiasmada que sei que nunca vai acontecer. Fallon nem responde. Tenho quase certeza de que ela se desconectou assim que a conversa sobre creches começou. Fallon já reclamou comigo mais de uma vez que tudo que Martha quer falar é sobre os filhos. Isso é verdade, mas, ao mesmo tempo, tudo que Fallon quer discutir é sobre o trabalho. Como não tenho nada interessante para dizer sobre crianças ou negócios, a maior parte das minhas conversas com elas é bem unilateral. E minhas conversas com Divya costumam ser bem superficiais. Ela não pode falar sobre o trabalho, já que o escritório de advocacia dela lida com casos supersensíveis e confidenciais, e não temos muitos interesses em comum, então tudo que nos resta são trocas sem alma. *Como estão as coisas? Tudo ótimo, e você? Ah, nada mal. Adorei seu novo corte de cabelo! Ah, obrigada, querida!*

Coloco o celular de lado com um suspiro. Provavelmente é melhor assim. Não posso mesmo gastar com uma viagem agora, de qualquer forma.

A tarde se arrasta. Pratico um pouco de francês em um aplicativo de idiomas gratuito (tenho esse sonho secreto de viver em Paris algum dia — vai ser igual a *Emily em Paris*, exceto que tentarei não ser a pior), organizo minha mesa e limpo as janelas. Em um momento de desespero, até vou para a garagem ver se Dave ou John querem que eu faça café (não).

Pouco antes de fecharmos a oficina, John sai da garagem com um cliente, discutindo sobre... não sei bem. Algo sobre o carro do cara. O cliente, um homem mais velho, está com o rosto um pouco vermelho e a voz de John é pura impaciência.

— Não sei o que você quer que eu te diga — declara ele.

— Bom, obrigado por nada, então — rebate o homem, com a cara vermelha, saindo furioso.

— O que foi isso? — pergunto.

— Hã? — John pisca para mim como se não tivesse me notado sentada ali. (Ele faz isso *o tempo todo*. Sou uma das *três* pessoas que trabalham aqui, não é tão difícil lembrar.) — Ah. Nada.

Nada? Um cliente sai furioso e ele diz que não é nada? Ele não se importa mesmo ou acha que sou tão burra que não consigo entender a discussão deles?

De repente, fico furiosa e não consigo me controlar:

— Você realmente deveria ser mais gentil com as pessoas.

Ele pisca para mim outra vez.

— O quê?

John não parece ofendido, apenas levemente surpreso, o que, se bobear, só me irrita mais.

— Você é grosseiro com os clientes — respondo.

— Ah. — Ele olha para a porta e depois para mim, como se juntasse as peças do que aconteceu. — Aquele cara é um idiota.

— Ele *ainda* é um cliente — rebato. — Se você quiser manter o negócio com ele...

— Eu não quero — John interrompe, e me encara como se dissesse: *Terminamos aqui?*

Minhas mãos estão apertadas sobre o colo.

— Ethel não é uma idiota, e você também foi grosseiro com ela.

— Quem?

— Ethel! A mulher com a suspensão gasta! — Essa é a única maneira de John se lembrar dos clientes: pelo que está errado com seus carros.

— Ah — ele diz, completamente indiferente. Então continua: — A que horas começa minha agenda de amanhã? Tenho um compromisso durante a manhã.

Quero gritar de frustração. É como tentar discutir com uma parede. Uma parede bem chata, coberta de pôsteres de carros estúpidos.

— Nove e meia — informo entre dentes.

— Beleza — ele responde, indo embora.

A conversa acabou, suponho.

Fecho a parte da frente da oficina às cinco e vou para casa. John e Dave ainda estão fazendo barulho na garagem, mas aprendi a não esperar por eles.

Dirijo para casa de mau humor. Estou tão desanimada que nem mesmo a visão da minha casa consegue me alegrar. Talvez eu esteja sendo tendenciosa, mas tenho certeza de que é a casa mais bonita de toda a Ilha do Príncipe Eduardo. Se eu mostrasse uma foto, aposto que você concordaria. Ela fica um pouco afastada da estrada, com duas enormes árvores frondosas no jardim da frente que a escondem parcialmente e um grande quintal que desce em direção ao porto. As paredes são brancas, e o acabamento das janelas e o telhado de metal têm um tom verde-escuro combinando. Tem três quartos, dois banheiros e um escritório, o que a torna aproximadamente um bilhão de vezes maior que qualquer casa que eu poderia pagar com meu salário atual. Os donos estão morando em seu condomínio no Novo México por um tempo, e te digo agora mesmo: se estiver procurando por mim no dia em que me disserem que querem a casa de volta, vai me encontrar chorando compulsivamente no banheiro.

Entro na garagem e vou verificar a caixa de correio, esperando um pouco só para ver se minha vizinha idosa aparece para bater papo. Depois de alguns minutos sem sorte, desisto e entro.

Troco a roupa que usei no trabalho por uma calça de moletom e fico perambulando pela casa. Poderia fazer o jantar, mas não estou com muita fome, na verdade. Poderia sair para correr, mas todos os meus membros parecem pesados, como se estivessem sendo puxados para baixo. Poderia tomar uma taça de vinho, mas começo a me preocupar se estou me tornando uma daquelas pessoas que bebe sozinha demais, e as novas diretrizes sobre consumo de álcool do Canadá (duas doses por semana, que monstro sádico inventou isso?) estão me estressando um pouco. Pego o celular para ligar para meus pais e então me lembro de que estão em um avião em algum lugar e estarão fora de contato por seis semanas.

No final, me enrosco no sofá, coloco *Anne de Green Gables* — a versão original de 1985, que já vi cerca de cinquenta vezes desde que me mudei para a Ilha do Príncipe Eduardo — e choro um pouco quando Matthew morre no final.

Só porque é um filme triste, sabe.

Por nenhum outro motivo.

CAPÍTULO 3

Certo. É um novo dia. Vamos lá.

O sol está brilhando, as árvores começam a brotar e, como diria Anne de Green Gables, cada dia é novo, sem erros.

(Acho que na verdade ela disse "sem erros *ainda*", mas não gosto tanto disso. Isso faz parecer que os erros são inevitáveis.)

Faço um café e uma torrada crocante com manteiga de amendoim. Em seguida, me sento à mesa da cozinha e abro o Wordle. Dia trezentos e dois, vamos lá.

Começo com FORÇA. Pronta para um bom dia.

O O e o A estão amarelos... o resto é cinza. Hum.

PAGOU. Como em: *Esta mulher pagou caro por essa manteiga de amendoim orgânica.*

(Além disso, não tem o mesmo gosto que a versão mais barata, e a camada estranha de óleo em cima me dá um pouco de nojo.)

Droga. O O e o A ainda estão no lugar errado, e as outras letras estão em cinza.

Ok. Mudança de estratégia. Preciso eliminar algumas outras letras.

SINTO. Já que preciso parar de sentir pena de mim mesma.

O O e o I estão na posição certa, e as outras letras estão cinza. Ainda assim, isso elimina várias opções. E agora sei três vogais: O, A e I.

A, I, O.

I, A, O.

LIMÃO, digito. Azedo como a minha vida amorosa.

Ahá! O L fica amarelo, mas as vogais estão no lugar certo. Que tal... PILÃO? Não, espera, já sei que não tem P.

FILÃO?

Digito.

Droga. Droga, droga, droga. Esqueci que já tinha usado o F — e, apesar de o L estar no lugar certo, agora só tenho uma tentativa sobrando.

_ ILÃO

Por que não consigo pensar em mais nenhuma alternativa? CILÃO? É uma palavra?

Vamos lá, cérebro. *Pense.*

Fecho o aplicativo por um momento e tento permitir que a mente vague. Verifico meu e-mail (nada), minha conta bancária (rá), o novo aplicativo de namoro que estou experimentando.

Ah! Tem uma mensagem.

Abro com um pouco de receio. O problema desta ilha é que, apesar de sua natureza idílica e bonita, a população é de apenas 150 mil pessoas, e tenho certeza de que 80% delas têm mais de sessenta anos. Então, tentar usar um aplicativo de namoro aqui é um pouco arriscado. Os últimos caras que me mandaram mensagem estavam na casa dos cinquenta, o que, tipo… talvez eles sejam realmente adoráveis, e tenho certeza de que algumas pessoas não se importam com diferença de idade, mas minha regra é que se você está mais perto da idade dos meus pais do que da minha, vou ter que declinar educadamente.

Mas esse cara, o que mandou a mensagem, parece bem jovem! Olho o perfil dele. Ele se chama Arjun, tem vinte e nove anos, trabalha como engenheiro em Charlottetown… seu filme favorito é *Duro de matar* (essa é uma resposta tão comum que me pergunto se o aplicativo não deveria torná-la padrão para os caras), o músico favorito é o Drake (outra resposta que deveria ser padrão)… a foto de perfil está um pouco desfocada, mas ele é definitivamente bonito, com cabelo escuro e um sorriso bem amigável.

O melhor de tudo: a mensagem dele não é nada estranha ou assustadora, é só normal.

Oi, tudo bem?

Com um agradável frio na barriga, respondo. E, quando pego minha segunda xícara de café, ele já escreveu de volta!

Trocamos mensagens por um tempo — o habitual, prazer em conhecer você, como está seu dia — e eu o faço rir (ou pelo menos ele digita "hahaha") quando digo que acho que *Duro de matar* deveria ser a escolha-padrão de filme para os caras no aplicativo. Conversamos sobre filmes por um tempo (ele diz que ficou em dúvida entre *Duro de matar* e *Batman: O cavaleiro das trevas* como seu filme favorito, e eu argumento que *Coração de cavaleiro* é que foi a obra mais icônica de Heath Ledger) e, em meia hora, já marcamos um encontro para amanhã à noite em Charlottetown.

Eu me visto para o trabalho, cantando alegremente para mim mesma e pensando que deveria fazer uma maratona de filmes do Heath Ledger qualquer dia. Posso assistir a *Coração de cavaleiro, 10 coisas que eu odeio em você,* talvez até *O cavaleiro das trevas,* embora não seja muito fã de filmes de super-heróis... Espere um segundo.

O cavaleiro das trevas. Heath Ledger. O Coringa.

VILÃO.

Pego o celular, abro o Wordle, digito as letras e... é isso! VILÃO! Essa é a resposta!

Faço uma dancinha girando no meu quarto. Trezentos e dois dias! Só faltam sessenta e três dias para completar um ano!

Paro de dançar abruptamente. Na verdade, sessenta e três ainda parecem muitos dias. E se amanhã for uma palavra realmente estranha, como ÉBANO ou ÓBOLO? Se eu perder depois de trezentos e dois dias...

Bem. Nada vai acontecer, acho.

Mas vou ficar *bem* desapontada.

Pego a bolsa e vou até o carro. Minha vizinha, a sra. Finnamore, está regando as plantas do jardim usando galochas e um roupão cor-de-rosa.

— Bom dia, sra. Finnamore — eu a cumprimento.

— Bom dia, querida — ela responde.

A sra. Finnamore é tão doce. Já me convidou para tomar chá algumas vezes desde que me mudei para cá e, em troca, tento ficar de olho nela. Acho que às vezes ela esquece que tem oitenta e oito anos, e a pego tentando levantar sozinha sacos de terra de mais de vinte quilos ou tentando limpar as calhas sem ninguém para segurar a escada.

— Vou ao mercado mais tarde. Precisa que eu pegue algo para a senhora?

— Não, obrigada.

Aceno de novo e entro no carro, cantarolando para mim mesma. Estou determinada a ser alegre hoje. Este já é um dia melhor que ontem, certo? Já fiz o Wordle e tenho um encontro amanhã!

Isso é empolgante.

Majoritariamente empolgante.

Ok, diria que estou sentindo, tipo, 95% de empolgação e 5% de apreensão. E sei que *apreensão* parece uma palavra forte, mas tentar conhecer pessoas usando aplicativos de namoro é meio esquisito. É como se você estivesse se prendendo a um ritual social esquisito chamado "primeiro encontro". Você chega, troca gentilezas, conversa sobre isso e aquilo, come algo, talvez ria um pouco, mas o tempo todo é meio como se estivesse em uma entrevista de emprego. Uma entrevista estranha e à noite para uma posição em que você fará parte do trabalho nua.

E, tipo, você e seu pretendente sabem por que estão lá, mas não falam sobre isso diretamente, e no final sempre há um momento constrangedor em que quero dizer: "Ok, muito obrigada pela presença. Vamos verificar suas referências e entraremos em contato".

Isso presumindo que o cara seja legal, e não apenas esteja tentando fazer você ir à casa dele para transar. Por sinal, podemos falar sobre isso por um segundo? Porque não só é muito irritante ter que inventar desculpas para se afastar de caras insistentes (porque se você tentar dizer a verdade, que não está interessada, eles ficam melancólicos e defensivos ou simplesmente agressivos), mas às vezes a ideia de ter uma noite de sexo me atrai de verdade. Vejo um cara bem atraente no aplicativo, mas que claramente não é do tipo para relacionamento de longo prazo, e penso: *Ei, talvez eu devesse só ir a um encontro, ter uma noite divertida e acabar por aí.* Mas esse é o paradoxo sobre os homens. Você não quer ter sexo casual com aqueles que estão no aplicativo exclusivamente para sexo casual, mas os caras legais nunca vão pressionar você para fazer sexo casual com eles, o que significa que cabe a você sugerir isso, e simplesmente nunca tive coragem suficiente para fazer algo assim.

Tentei pedir conselhos a minhas amigas certa vez, mas nenhuma delas havia usado um aplicativo de namoro, então não conseguiram entender o que eu estava falando. Fallon conheceu o marido, Ethan, fazendo MBA (eles foram os dois melhores alunos da classe; bem Anne de Green Gables e Gilbert Blythe), e se casaram logo após se formarem. Os pais de Divya a apresentaram ao marido, Ishaan, mas eles já se conheciam havia alguns anos através de suas famílias e estavam na mesma faculdade de direito. E Martha conheceu o marido, Jason, quando estávamos na universidade, e já estava casada e grávida do primeiro filho quando nos formamos. Quando tentei conversar com minhas amigas sobre como os aplicativos de namoro eram complicados, as respostas foram:

> Divya
> Minha nossa, parece horrível

Verdade, mas não foi particularmente útil.

> Fallon
> Você não precisa de um cara!! Além disso, você não quer primeiro dar um jeito na sua carreira?

Também é verdade, e também não é útil. Sei que não *preciso* de um cara, mas gostaria de ter um. E, nesse ritmo, se eu esperar até minha carreira se consolidar, estarei com cerca de setenta e cinco anos.

Martha
Existe um filtro para mostrar se eles querem ter filhos?

Isso é uma pergunta válida, imagino, mas provavelmente a resposta menos útil das três. Eu disse a Martha uma vez que acho que não quero ter filhos, mas ela negou com a cabeça e respondeu: "Aguarde". E então me contou pela quinquagésima vez como achava que não queria ter filhos até conhecer Jason, e, no segundo em que ele a pediu em casamento, ela soube, nas profundezas de sua alma, que estava pronta para ser mãe.

Não estou afirmando que isso não pode acontecer comigo um dia, mas sempre fico um pouco irritada quando Martha diz isso. Assim como Fallon está convencida de que a vida não tem sentido sem uma carreira, Martha está convencida de que a vida não tem sentido sem filhos.

Suponho que minha vida seja duplamente sem sentido, já que não tenho nenhum dos dois. Sem sentido ao quadrado.

Não. Pare com isso, Emily.

Sacudo a cabeça com firmeza, como se pudesse afastar os pensamentos negativos. Não vou deixar que isso me afunde outra vez em um humor sombrio. Hoje será um dia melhor.

A filha de Dave, Analyn, está saindo do estacionamento quando chego ao trabalho. Aceno para ela com entusiasmo e abaixo a janela do meu carro para conversar. Tenho uma pequena queda por Analyn. Ela é um pouco mais velha que eu, está na casa dos trinta, acho, e, a partir de uma espiada no Facebook, descobri que ela estudou em uma escola de culinária na França e agora é dona do restaurante mais bem avaliado de Summerside. Tenho um sonho secreto de que ela apareça um dia na oficina, e nós fiquemos conversando e nos tornemos amigas próximas. O que é extraordinariamente improvável, já que ela trabalha cerca de um milhão de horas por semana e com certeza já tem centenas de amigos.

— Bom dia, Analyn! — chamo-a alegremente.

— Bom dia — ela responde, acenando.

Então sai para a rua e vai embora. E isso é totalmente ok. De qualquer maneira, preciso entrar e começar a trabalhar.

Respondo recados telefônicos e limpo a camada de sujeira na janela que parece ter se formado novamente durante a noite, depois limpo as torneiras do banheiro, que estão cobertas com as impressões digitais pretas características de Dave e John. Não sei como os dois conseguem. Eu nem trabalho na parte de mecânica, mas, ainda assim, de algum jeito, sempre volto para casa com manchinhas de óleo e graxa nas minhas roupas.

(Na verdade, a quem estou enganando? Eles provavelmente nem notam.)

John chega pouco depois das nove, vindo do "compromisso" sem importância que ele mencionou que tinha de manhã, e vai direto para a oficina sem parar na recepção. A manhã passa com rapidez, com muitas ligações e clientes entrando e saindo. Nenhum deles fica para conversar, mas há uma sensação distinta de alegria no ar. É o dia mais bonito até agora nesta primavera. O céu está em um tom bem brilhante de azul e posso ouvir os pássaros cantando do lado de fora das janelas. É como se o mundo inteiro conspirasse para elevar meu ânimo.

(E, sim, obviamente percebo que o clima não está relacionado *de fato* à minha vida, mas... me deixe curtir isso, ok?)

No almoço, eu me sento na sala de descanso e pego minha "Lista do trabalho dos sonhos". É uma lista que comecei a escrever há um tempo, com todas as coisas que quero para meu trabalho dos sonhos. Até agora, está assim:

1. Localizado em uma grande cidade
(ou seja, Nova York, Paris, Londres)

Esse é um ponto importante. Não me entenda mal; acho adoráveis as cidades pequenas, mas quero estar em um lugar *vibrante*. Em algum lugar onde eu possa conhecer pessoas incríveis e ir a galerias de arte e peças de teatro. Em algum lugar onde eu possa fazer parte de algo importante, onde realmente consiga me realizar.

2. Em uma área criativa

Esse também é um ponto importante. Não sei exatamente por que decidi me formar em ciências, exceto que parecia ser o que eu deveria fazer. Todos os meus professores do ensino médio sempre diziam a mesma coisa: eu era uma garota tão inteligente; tinha um futuro tão brilhante. Garotas inteligentes com futuros brilhantes não desperdiçam seu potencial em algo tão volúvel e autoindulgente como arte.

Ainda não sei exatamente em qual área criativa quero trabalhar, mas estou lançando uma rede ampla, mantendo os olhos abertos para estágios em cinema, fotografia, história da arte... qualquer coisa enraizada na criatividade. Se mantiver a mente aberta, sei que o trabalho perfeito surgirá algum dia.

3. Presencial

Adicionei esse item após a pandemia de covid. Estava fazendo trabalhos temporários em Halifax na época, e todos foram transformados em trabalhos exclusivamente virtuais. Tive obviamente muita sorte que a mudança para o virtual tenha sido uma opção, em vez de ser simplesmente demitida, mas a experiência me ensinou que eu não fui feita mesmo para trabalhar de casa todos os dias. É legal de vez em quando, com certeza, mas gosto de ver pessoas todos os dias. E gosto de ter uma desculpa para me vestir bem (e não apenas da cintura para cima).

Esses três itens são tudo o que tenho até agora, os únicos aspectos *absolutamente* necessários, mas hoje pego a caneta e adiciono um quarto requisito.

4. Salário anual de seis dígitos

Sei que soa superficial, mas é algo que tem me incomodado desde que procurei aqueles voos para Toronto. Quero poder aproveitar pequenos luxos — viagens com amigas ou dias de spa — de vez em quando, sem me estressar completamente com cada dólar. E quando digo "seis dígitos", não estou dizendo que quero ganhar 999.999 dólares por ano ou algo assim. Estaria bem contente com 100.000 dólares. (Bem contente? Quem quero enganar, eu ficaria *radiante.*) E não espero ganhar isso de imediato. Mas se vou retomar os estudos e conseguir outro diploma, quero trabalhar em direção a uma carreira que me ofereça mais segurança financeira a longo prazo.

Aceno com a cabeça para a lista, satisfeita, justo quando John entra na sala para almoçar. Em um raro momento de interesse, ele se inclina sobre a mesa.

— O que é isso? — Ele aperta os olhos e lê o título em voz alta: — Lista do trabalho dos sonhos.

Franzo a testa. Parece estúpido quando John fala com esse tom.

— Sim — confirmo com dignidade, ao mesmo tempo que mudo a posição da mão para esconder a parte do "salário anual de seis dígitos".

— Este não é o seu trabalho dos sonhos? — ele pergunta, abrindo a geladeira.

John não diz isso de modo sarcástico, o que de alguma forma torna tudo mais ofensivo.

— Você acha que meu trabalho dos sonhos é ser recepcionista em uma oficina mecânica?

Ele desembrulha um sanduíche e dá de ombros.

— Não sei. É um bom trabalho, não é? Tem benefícios e tal.

Bem, agora me sinto uma elitista arrogante.

— Sim, é um bom trabalho — digo de maneira seca. — Mas isso não é o mesmo que um trabalho *dos sonhos.*

Ele dá uma mordida em seu sanduíche e diz, com a boca cheia:

— O que você quer dizer com "trabalho *dos sonhos*"?

Estou pasma. Em parte porque esta é a conversa mais longa que John e eu já tivemos, com cerca de cem palavras, e em parte porque… como ele não sabe o que é um *trabalho dos sonhos*?

— É algo que você está *destinado* a fazer — respondo. — Sua paixão. Seu propósito na vida. Algo que você ama tanto que nem parece trabalho!

John ri.

— Não acho que isso seja uma coisa real. Todos os trabalhos parecem trabalhos.

Reviro os olhos.

— Não, não parecem. Você acha... — Procuro um bom exemplo, um exemplo que ele realmente entenda. — Acha que pilotos de corrida profissionais veem seu trabalho como um *trabalho*?

John me olha sem entender.

— Sim. Mesmo que você goste do que está fazendo, ainda vai parecer um trabalho às vezes.

— Este é o *seu* trabalho dos sonhos, então? — rebato. — Ou apenas algo a que você se acomodou?

Ele dá de ombros.

— Gosto de trabalhar aqui. E estar feliz com a vida cotidiana não é se acomodar.

— Bem... que ótimo para você — respondo de maneira ríspida. — Alguns de nós ainda estão procurando, então, se não se importar, vou voltar para a minha lista agora.

Ele dá mais uma mordida no sanduíche e se afasta. Franzo a testa para suas costas e adiciono outro item à minha lista.

5. Um lugar sem colegas de trabalho irritantes e simplórios que não entendem nada sobre sonhos.

CAPÍTULO 4

O sol estava se pondo quando cheguei a Summerside na noite seguinte para o meu encontro com Arjun. Eu me sentia um pouco estressada por causa do meu atraso — o dono da loja, Fred, apareceu bem na hora que eu ia sair e decidiu, após quase doze meses sem demonstrar interesse, que era hora de saber como eu estava — e também porque meu carro não pegou logo de saída. Tive que tentar quatro ou cinco vezes até que funcionasse. Fiquei pensando se era a suspensão desgastada, como a do carro de Ethel. Depois de encontrar uma vaga no estacionamento do restaurante, saí do carro e me agachei para olhar embaixo dele. Contudo, como não sei o que estou procurando (ou mesmo exatamente o que é a suspensão), fica difícil determinar se há algo errado.

Limpo a sujeira dos joelhos e me levanto. Antes de entrar, pego rapidamente o celular e abro o Wordle. Essa é a outra razão do meu estresse. Até agora, não consegui descobrir a palavra de hoje. Depois de duas palavras (BOMBA e CHOCA — não me pergunte por quê) em que só acertei o O, porém no lugar errado, tentei FRASE. O E ficou amarelo. Eliminei muitas letras com as três palavras erradas, mas ainda estou completamente perdida, e só me restam três palpites.

Qualquer palavra pode ter um E e um O.

BEIJO?

Não, já sei que não tem B...

PEIDO?

Solto uma risada alta e então balanço a cabeça para mim mesma. Cresça, Emily.

O *New York Times* não vai colocar PEIDO como resposta do Wordle.

Encaro a tela por alguns segundos antes de lembrar que estou atrasada. Abro a câmera e mudo para o modo selfie para conferir rapidamente meu reflexo — sim, estou como sempre: olhos cor de avelã, cabelos castanhos longos, muitas sardas —, então guardo o celular e corro para dentro do restaurante, onde encontro Arjun à espera perto da porta.

Ele é tão bonitinho quanto na foto e está bem-vestido, com uma camisa de botão e calça escura. Temos aquele momento constrangedor e alegre de:

— Com licença, você é...?

— Ah, sim, claro, muito prazer em te conhecer.

E então nos aproximamos da recepcionista para pegar uma mesa. Não precisamos esperar nada, graças a Deus, e somos levados a uma mesa perto da janela.

— Uma garçonete virá atendê-los em instantes — avisa a recepcionista.

Enquanto Arjun e eu nos acomodamos, olho ao redor do restaurante, que está surpreendentemente cheio para uma noite de semana.

— Lugar movimentado — comento, ajeitando o guardanapo no colo.

— Muito movimentado mesmo — Arjun responde.

Sorrimos um para o outro por um momento breve e ligeiramente constrangedor.

— É... então — digo com animação. — Você trabalha com o quê?

— Engenharia — ele responde.

— Ah, verdade. — Bato a mão na testa. — Isso estava no seu perfil.

— E você é recepcionista em algum lugar, certo?

Concordo com um meneio.

— Em uma oficina mecânica, sim.

Arjun balança a cabeça.

— Que legal.

Faço uma careta.

— Na verdade, não.

— Não, é sim — insiste ele. — Quer dizer, o mundo precisa de recepcionistas, não é?

Não é uma afirmação feita com crueldade, mas não tenho certeza do que responder. Sorrio e concordo com um aceno, e então um novo silêncio se instala. Quase que ao mesmo tempo, olhamos pela janela, como se pudéssemos encontrar algum assunto na calma rua de Summerside. Normalmente, sou boa em encontrar assuntos para conversar em um primeiro encontro, mas minha mente está lenta hoje. Além disso, grande parte dela ainda está tentando descobrir a resposta do Wordle.

E e O...

Podem ser várias palavras... mas com três tentativas restantes?

Espio o celular de maneira discreta, mas seria extremamente rude pegá-lo agora.

— O clima está ótimo hoje — digo em vez disso.

— Definitivamente, sim — ele responde.

Tento pensar em uma continuação inteligente para a conversa, mas minha mente está totalmente em branco.

— Parece que o verão está chegando — declaro, por fim.

Arjun concorda educadamente, mas não responde. Não o culpo.

Somos salvos pela garçonete, que aparece com um bloco de anotações e um sorriso.

— Algo para beber?

— Só água, obrigada — peço.

— Você não quer uma bebida? — Arjun pergunta.

Balanço a cabeça, negando.

— Queria. Mas preciso dirigir de volta para Waldon.

— Ah. — Arjun faz um gesto compreensivo, mas vejo um lampejo de decepção em seus olhos. Isso não é surpresa. Já estive em encontros o suficiente para perceber que muitos caras acham que não beber significa não se divertir (ou seja, nada de sexo), o que é irritante, mas também um teste bem útil. Um cara com quem saí no mês passado insistiu tanto para que eu pedisse uma bebida que acabei fingindo uma ligação de emergência para sair de perto dele.

Arjun pede uma cerveja para si e a garçonete sorri e desaparece. Respiro fundo e me inclino para a frente com um sorriso determinado. Não vou ficar aqui como um fardo só porque estou tendo um dia meio ruim.

— Então — digo animadamente —, você gosta do seu trabalho?

— Ah, sim. E você?

Hesito.

— É ok. Ainda estou tentando encontrar meu trabalho dos sonhos.

— Trabalho dos sonhos. — Arjun ri. — Tipo ficar famosa ou algo assim?

— Hum... não. Quer dizer, não que eu seja contra! — Eu rio. — Mas só quero encontrar algo pelo qual me sinta mais apaixonada, sabe?

— Sim, entendo — Arjun diz. — Pensei em fazer engenharia química por um tempo, mas então pensei: *Não, é chato demais.*

Abro um sorriso.

— Sabe, preciso admitir que nunca entendi de verdade todos os diferentes tipos de engenharia. — Ou mesmo o que um engenheiro faz exatamente, mas não vou mencionar isso agora. — Tipo, já ouvi falar de engenharia química, mas não sei o que significa de verdade.

— Ah, certo. — Arjun acena. — Então, engenharia química lida com estações de tratamento e coisas assim, superchato, mas engenharia civil...

— É isso que você faz?

— Sim, é bem mais interessante. Agora sou engenheiro de projetos em uma grande empresa chamada Traho. Você provavelmente já viu os prédios deles em Charlottetown, além de serem bem grandes lá no oeste...

Ele continua falando sobre a empresa por um tempo. Tanto, na verdade, que minha atenção começa a oscilar. Juro que estou tentando ser educada e prestar atenção, mas minha mente continua voltando para o Wordle.

E, O.

Pense, Emily. "PEIDO" eu sei que não é.

— Sabe o que quero dizer? — pergunta Arjun.

Droga.

Sei o que ele quer dizer sobre *o quê*?

Abro a boca para dar uma resposta vaga, mas a garçonete me salva bem a tempo, chegando para pegar nossos pedidos. Escolho algo aleatório do cardápio e me forço a me concentrar de verdade depois que ela se vai. Pergunto a Arjun onde ele estudou e ouço com atenção conforme ele me conta algumas histórias sobre a universidade, mas, depois de meia hora, já consigo perceber que ele e eu simplesmente não fomos feitos um para o outro. Ele é simpático o suficiente, e não fala nada *errado*, exatamente, mas não temos o mesmo senso de humor, e ele não me faz nenhuma pergunta sobre mim, nem mesmo quando deixo o silêncio se arrastar para ver se ele fala primeiro. Acabo atirando pergunta após pergunta nele, como se eu fosse uma apresentadora de programa de TV ou algo assim. Arjun parece gostar (todo mundo adora falar sobre si mesmo, aprendi isso há cerca de cinquenta encontros), e, à medida que ele fala, eu ataco a minha refeição: um sanduíche de lagosta e batatas fritas.

Quando ele se afasta para ir ao banheiro, imediatamente pego o celular.

"TANTO", digito.

Agora sim. N, T e O deram verdes. As outras letras ficaram em cinza. (Agora posso parar de pensar em PEIDO, que preciso tirar da minha cabeça.)

— Está tudo bem? — Arjun indaga ao voltar para a mesa.

— Ah, sim. — Forço uma risada e mostro a tela. — Estou tentando resolver esse Wordle, mas não consigo descobrir a palavra de hoje.

— Que droga. — Arjun bebe o último gole de sua cerveja e puxa o próprio celular. — Vou procurar a resposta pra você.

— NÃO! — exclamo quando ele começa a digitar. Uma mulher na mesa ao lado se assusta.

Ops. Gritei alto demais.

— Quero dizer... não, obrigada. — Eu me corrijo, corando. — Só... não quero arruinar minha sequência. Não conta se eu trapacear.

— Há quanto tempo você está nessa sequência?

Eu me sento um pouco mais ereta.

— Trezentos e dois dias.

— Você fez isso todo dia por, tipo, quase um ano?

— Sim! Virou meio que uma rotina. Toda manhã, acordo e faço o Wordle com uma xícara de café. — Eu me inclino para a frente, ansiosa para contar sobre as palavras mais difíceis que enfrentei, então percebo sua expressão. É a mesma aparência educada e vazia que imagino estampar meu rosto quando sou forçada a ouvir John e Dave falarem sobre carros. Dou uma risadinha sem graça e me recosto na cadeira. — Não é tão interessante, na verdade.

— Não, é legal — Arjun responde de maneira educada. Um novo silêncio recai sobre nós. Ele mexe em seu copo vazio. Observo uma mulher estacionar o carro do outro lado da rua. Estou tentando pensar em mais perguntas para fazer a ele, mas, para ser honesta, estou completamente sem ideias.

A garçonete reaparece e leva nossos pratos vazios.

— Gostariam de ver as opções de sobremesas?

Arjun e eu trocamos um olhar, e pela primeira vez na noite sinto que estamos exatamente na mesma sintonia.

— Só a conta, por favor — respondo por nós dois.

CAPÍTULO 5

Cinco minutos e um abraço desconfortável de fim de encontro depois, estou sozinha no meu carro, encarando o celular.

N, T, O.

Mais O E.

Que *droga* de palavra é essa?

Bufando frustrada, guardo o aparelho e sigo pela estrada de terra que liga Summerside a Waldon. Dirijo um pouco acima do limite de velocidade, mantendo um olho atento para a vida selvagem ao lado da estrada. O importante é não entrar em pânico. São 22h45. Até 23h15, estarei de volta em casa, poderei fazer uma xícara de chá de camomila e anotar todas as combinações possíveis das letras restantes até descobrir essa palavra estúpida...

De repente, há um estrondo.

Grito quando meu carro treme sob mim. Faço uma manobra frenética para fora da estrada, encostando no estreito acostamento de cascalho um segundo antes de o carro morrer por completo, sem luzes, sem ruído do motor, nada.

Giro a chave de modo frenético em uma tentativa de religá-lo, mas absolutamente nada acontece.

Puxo o freio de mão e tiro a chave da ignição, e então fico ali sentada na escuridão súbita, meu coração batendo forte nos ouvidos.

O que acabou de *acontecer*?

Coloco a chave de volta na ignição, só para tirá-la no mesmo instante. E se eu tentar ligar o carro e algo ruim acontecer, como o motor explodir? Isso é uma coisa que pode acontecer com motores? Meu Deus, por que não ouvi um pouco das conversas chatas de Dave e John sobre carros?

Passo a mão pelo cabelo e então me viro no assento, observando os arredores. Estou completamente sozinha. Não há outro carro à vista. Há florestas profundas e escuras de cada lado da estrada, e, à medida que olho para a parte mais próxima de mim, juro que vejo uma figura escura se movendo entre as árvores. Minha mente se enche de imagens de ursos, coiotes e *serial killers*.

Ok, não. Isso não vai funcionar.

— Você está bem — digo, firme, para mim mesma. — Não há necessidade de entrar em pânico.

Pego o celular e procuro por "serviço de guincho da Ilha do Príncipe Eduardo". Graças aos céus, duas opções de guincho 24 horas aparecem. Ambos estão em Charlottetown, a cerca de uma hora de distância, mas o primeiro site nitidamente anuncia: "Trabalhamos em toda a ilha desde 1982". Não sei exatamente onde estou no momento, mas sei que o local se enquadra dentro do perímetro de "toda a ilha".

Respiro fundo e clico em ligar.

Então desligo.

Só vou olhar rapidinho quanto custa um guincho primeiro.

"Custo de guincho na Ilha do Príncipe Eduardo" digito na barra de pesquisa.

Um momento... não tem como a informação estar correta.

Até duzentos e cinquenta dólares? Para um *guincho*?

Continuo rolando pelos resultados da pesquisa, esperando que um deles traga uma informação diferente, mas, pela primeira vez na história da internet, ninguém está discordando.

Esse guincho pode me custar até duzentos e cinquenta dólares.

Abro minha conta bancária, cujo saldo sei que é de apenas novecentos dólares. O aluguel vence na próxima semana, e meu pagamento do empréstimo estudantil vence na semana seguinte, e depois a conta do celular...

Não consigo pagar por isso. Não consigo pagar pelo guincho. E não posso ligar para meus pais pedindo dinheiro emprestado porque eles estão em uma linda e remota cidade na Nova Zelândia sem sinal de celular. E não posso ligar para mais ninguém, porque não tenho mais ninguém para quem ligar.

Um nó gigante e incômodo se forma na base da minha garganta, e meus olhos começam a arder de forma ameaçadora. Sacudo a cabeça com raiva. Não vou chorar por isso. Não vou. Vou ter que aguentar e pagar pelo guincho com o cartão de crédito, e depois atrasar um dos meus outros pagamentos. Ou vou implorar a Fred por um adiantamento no próximo salário. Talvez eu me ofereça para fazer horas extras ou limpar aquela mancha enorme e nojenta atrás da geladeira, que está lá desde que comecei na oficina.

Uma luz brilhante cintila no meu retrovisor. Eu me assusto — coiotes e *serial killers* ainda estão à espreita na minha mente —, então, ao perceber que é apenas um carro, relaxo um pouco.

Quer dizer, pode ser um carro *cheio* de *serial killers*. Ou um carro cheio de coiotes, embora isso seja mais estranho.

O carro está se aproximando. É hora de fazer uma escolha. Sair e sinalizar para ele, sob o risco de acabar sendo o assunto de um daqueles horríveis documentários de crimes reais (tenho uma visão da garçonete do restaurante dando uma entrevista chorosa para a câmera, dizendo algo como: "Se ela tivesse pedido sobremesa, talvez ainda estivesse viva..."), ou ficar parada e deixar o carro passar.

Estou me inclinando a deixar o carro passar quando percebo que é tarde demais. A pessoa ao volante diminui a velocidade e para no acostamento atrás de mim. É um carro rebaixado e com capô longo, o tipo exato de carro que imagino que um assassino ou um traficante de drogas dirigiria.

Ai, meu Deus. Meu coração começa a bater rápido, ansioso. Isso parece o começo de um filme muito assustador.

Ok. Foco, Emily.

Fiz alguns cursos de defesa pessoal, e o instrutor disse que a coisa mais importante é assumir o controle da situação. Se for um assassino, preciso ter o elemento-surpresa, não ficar aqui presa no meu carro quebrado. Pego a bolsa — não há nada valioso ali dentro, mas posso jogá-la no rosto da pessoa e correr para o mato — e empurro a porta do veículo para abri-la de forma determinada.

A porta do outro carro se abre — as pernas de um homem aparecem — e aperto o celular com força, pronta para ligar para a emergência a qualquer momento...

— Emily?

Fico totalmente sem ar.

É o *John.*

Ah, nossa. Nunca estive tão feliz em ver o John na minha vida.

(Embora isso não signifique muito, já que geralmente não fico feliz em vê-lo de jeito nenhum.)

— Oi — cumprimento, trêmula. — O que está fazendo aqui?

— Indo para casa. — Seus passos estalam no cascalho. — Tem algo errado com o seu carro?

Assinto.

— Ele simplesmente fez um som de estouro e parou de funcionar. — Fico envergonhada ao ouvir como minha voz soa fina e assustada. Limpo a garganta. — Eu ia chamar um guincho.

Ele franze a testa.

— Chaves?

Entrego-as a ele e John senta-se no banco do motorista do meu carro.

Dou um passo cauteloso para trás.

— Tem certeza de que não vai explodir?

John me observa como se tentasse descobrir se estou brincando.

— Não vai explodir.

Ele gira a chave, mas nada acontece. Acompanho-o incerta enquanto vai até a frente do carro e levanta o capô. Analisa o motor por uns minutos e mexe em peças aleatórias. Eu observo em silêncio, tremendo ligeiramente com o frio. É estranho ver John fora do trabalho. Ele parece meio... diferente.

Para começar, ele não está usando seu macacão de trabalho e suas mãos não estão cobertas de graxa. De jeans e camiseta escura, ele parece... bem, parece meio bonito, na verdade. Para um bloco de madeira sem emoções, quero dizer.

— Quando foi a última vez que trocou a bateria? — John pergunta.

Oh-oh. Isso é algo que eu deveria fazer?

— Hum... acho que os donos anteriores devem ter trocado — arrisco.

— Quando você comprou deles?

— É... há nove ou dez anos. — Não vou mencionar que o carro já tinha vinte anos na época. Limpo a garganta. — Com que frequência precisa trocar a bateria?

John levanta uma sobrancelha.

— Mais de uma vez por década. A luz do motor não acendeu?

Minhas bochechas ficam coradas.

— Tinha uma luz acesa. Mas pensei que era só, tipo... um aviso.

— É um aviso — explica John. — É um aviso de que tem algo de errado com o seu motor.

— Ah, você entendeu — rebato, irritada. — Pensei que ia ter mais tempo para lidar com isso.

— Há quanto tempo está acesa?

— Hum... há algumas semanas — respondo. (Doze semanas, para ser exata.) — Consegue consertar?

— Sim. É só chamar um guincho pra levar até a oficina.

Eu desanimo.

— Não dá pra consertar aqui?

— Não. — John limpa as mãos na barra da camiseta. — Meu amigo tem um caminhão. Quer que eu ligue para ele?

— Tipo, um guincho, você quer dizer? — John assente. — Bem... não sei. Posso só chamar uma empresa de guincho. — E então ficar inadimplente no pagamento do empréstimo estudantil e comer miojo todos os dias no próximo mês.

John franze a testa.

— Esses lugares cobram muito caro. O Liam não vai te cobrar nada. Ele compete comigo na pista de corrida. Me deve, tipo, dois mil e quatrocentos dólares em peças de reposição.

— Ah. — Eu me remexo, inquieta. Quero recusar, mas que escolha tenho, na verdade? Ele está me oferecendo uma solução perfeita, mesmo que eu me sinta estranha em aceitá-la. — Bem... sim, tudo bem. Quer dizer, se você tiver certeza de que ele não vai se importar.

— Deixa eu ligar pra ele — diz John.

Ele volta para o próprio carro em busca do celular. Consulto o meu enquanto ele fala. São 23h07. O pobre amigo de John provavelmente está dormindo, e quem sabe onde ele mora? Se tiver que dirigir um longo caminho até aqui, provavelmente vai ficar muito irritado.

E vou perder o prazo do Wordle. A meia-noite vai chegar e passar, e minha sequência vai ser interrompida.

Isso é menos importante do que incomodar o amigo de John, obviamente.

(Mas minha *sequência*...)

— Ei, cara — fala John, voltando para mim com o celular na orelha. — Você ainda tem aquele caminhão-guincho, o que o Randy e eu usamos naquela vez? Ah, legal. Tem alguma chance de você conseguir vir pegar um carro? — Ele ouve por um momento e depois ri de algo que o cara diz. — Não, eu te contei o que aconteceu com o radiador?

O cara do outro lado da linha continua a conversa, e John fica em silêncio por um tempo. Discretamente, abro o Wordle. Não é tarde demais. Consigo resolver isso. Já sei quase todas as letras. Só preciso de mais uma. Vou passar por cada letra não usada na minha cabeça e ver que palavras posso formar.

_ E N T O

Será?

Não está tão difícil, e sim ambíguo. Alguma palavra que rime fácil, talvez, como uma palavra em um poema de Tennyson. Quer dizer, o único poema de Tennyson que conheço é aquele que Anne de Green Gables recita no início do filme, e só me lembro de alguns versos. Isso ainda não me ajuda muito, porque sei que a palavra termina com ENTO, mas não consigo decidir o que tentar, porque são muitas opções.

Com o coração na boca, eu digito BENTO e aperto o *enter*.

Merda. Não está na lista de palavras. E, claro, na pressa esqueci que a palavra não tem B. Que bagunça.

— Emily?

Levanto os olhos. John desligou o celular e está me encarando.

— Desculpa — digo, apressada.

— Tudo bem. Liam está vindo.

Sinto uma onda de alívio.

— Obrigada. Isso é muito gentil da parte dele. Espero que Liam não precise vir de muito longe.

— Ele está aqui perto. Quer esperar no meu carro? Está meio frio aqui fora.

— Sim, obrigada — respondo, meio sem jeito.

Entramos no carro de John, que, olhando mais de perto, parece ser algum tipo de modelo antigo... algo assim. Por dentro, porém, é bem agradável e muito mais limpo do que o meu carro jamais foi. John senta-se no banco do motorista, e, por um momento, permanecemos em silêncio.

— Foi gentil da sua parte parar — digo. — Fiquei feliz que foi você e não, tipo, um *serial killer*.

— Tipo o começo de um filme de terror ruim — John comenta.

— Sim, exatamente! — Dou uma risadinha, mas o silêncio constrangedor volta a nos envolver. Meus olhos deslizam para o celular. 23h16. Quarenta e quatro minutos para a meia-noite.

Pigarreio.

— Você estava em Summerside por algum motivo? — pergunto. Depois paro, percebendo que não sei onde John mora. — Ou você mora lá?

— Meus pais moram lá.

— Ah. — Outro silêncio se instala. Sério, será que ele não pode me ajudar um pouco aqui? Isso está parecendo a segunda parte do meu encontro constrangedor com Arjun. — Eles... gostam de morar em Summerside?

John balança a cabeça.

— Eles se aposentaram lá.

— Onde moravam antes?

— Montreal.

— Uau. — Eu me endireito um pouco. — Eles falam francês?

— Meu pai fala. Ele nasceu em Toronto, mas passou a maior parte da infância em Quebec. E a família da mãe dele é da França.

França! Eu olho para John com novo interesse.

— Você já foi pra lá?

— Algumas vezes.

— E aí? — insisto. — Como é?

— É legal.

Tento não revirar os olhos. *É legal.* A França deveria colocar isso nos cartazes de turismo.

— Espera, isso quer dizer que você fala francês também? — pergunto. — Francês *e* espanhol?

John confirma com a cabeça.

— Uau. — Agora estou realmente curiosa para saber em que idioma ele pensa. Mas não ouso perguntar de novo. Não quero que ele me dê outro daqueles olhares incrédulos. — Isso deve ser bem útil.

Ele levanta uma sobrancelha.

— Em Waldon?

— É... bem, não, talvez não. Quer dizer, tipo, pra viajar e essas coisas... — Minha voz se apaga e o silêncio volta a reinar. John não responde nada. Para ser honesta, não sei por que continuo tentando conversar com ele.

Ah, quer saber? Se ele não quer falar comigo, posso muito bem continuar jogando Wordle. Pego o celular de forma um pouco espalhafatosa (não que John vá notar) e abro o aplicativo. Tenho dois palpites sobrando. Eu consigo.

Que tal... LENTO?

Digito devagar e aperto *enter*. E... droga: o L fica cinza.

Encaro a tela, impotente. Só me resta um palpite, e não consigo me decidir nem pensar direito. Minha mente está total e absolutamente bloqueada.

— Droga... — sussurro.

John lança um olhar para mim. Não pergunta o que está errado — típico de John —, mas sua expressão parece vagamente curiosa.

— Você é bom com palavras? — pergunto, desesperada.

Ele dá de ombros.

— Não sei. — Olha para meu celular. — É o Wordle?

Fico surpresa que ele já tenha ouvido falar nisso. Assinto miseravelmente e inclino o celular para ele.

— Estou prestes a perder minha sequência.

Ele se inclina um pouco mais para perto a fim de olhar para a tela do meu celular e, apesar da minha frustração com relação a John, uma parte minúscula da minha mente não consegue deixar de processar o fato de que ele tem um cheiro muito bom. Como lenha queimando em uma noite fresca de outono.

— Você quase conseguiu — ele diz. — Já sabe que termina em ENTO.

Franzo a testa para o celular. E de que adianta?

— Mas existem tantas possibilidades de palavras que terminam com ENTO...

John sorri discretamente.

— Existem? — ele pergunta.

— Pode ser DENTO, PENTO, hã... só que essas palavras não existem.

— Não mesmo — ele concorda, me observando com uma expressão neutra que me faz bufar.

— Ok, deixa pra lá — digo. — Que difícil escolher.

John ri.

— Você não é muito boa nisso.

Faço uma expressão de indignação.

— Sou, sim! Tenho uma sequência de trezentos e dois dias invicta, para a sua informação. Só estou totalmente travada. Foi um dia longo — acrescento. — Meu carro quebrou, e tive o primeiro encontro mais medíocre da história, e estou sem dinheiro e destinada a morrer sozinha...

— A questão é só a primeira letra — John me interrompe. — Deve ser algo simples.

— Já descartei várias possibilidades...

Um momento.

Juro que ouvi minha mente fazer um clique quando uma golfada de VENTO quente veio diretamente do ar-condicionado até nós.

— VENTO — digo em voz alta.

John assente.

— Isso aí.

Começo a digitar, mas coloco o celular de lado, uma sensação de inquietação crescendo no meu estômago.

— E se não for isso?

A única resposta de John é um encolher de ombros, o que normalmente me faria querer estrangulá-lo, mas que agora parece uma resposta justa. Se não for isso, não vai ser e pronto. E não é como se eu tivesse opções melhores para tentar.

Mordo o lábio e aceno com a cabeça.

— Ok. Vamos lá.

V, E, N, T, O.

Prendo a respiração, clico no *enter*...

Solto um grito de alegria e danço um pouquinho no meu banco. As sobrancelhas de John se erguem, mas não de um jeito maldoso. Ele parece mesmo ter se divertido um pouco.

Sorrindo, mostro a tela do celular.

— Está certo! — Faço outra dancinha no meu lugar. — Trezentos e três dias!

— Legal — comenta ele.

Deixo escapar um grande suspiro de alívio e me recosto no banco, sorrindo satisfeita.

— Nossa, essa foi por pouco.

— Hum.

Normalmente, uma resposta sem emoção como essa me faria querer dar um soco nele, mas agora só sorrio para ele com gratidão.

— Obrigada pela ajuda — digo. — Não sei por que não consegui descobrir essa.

— Sem problemas — responde John. — Também tive dificuldade. Aliás, olha o Liam ali — acrescenta, enquanto luzes brilhantes surgem no retrovisor. Um caminhão se aproxima, piscando as luzes de emergência enquanto vira na pista de cascalho atrás de nós. John abre a porta do carro, mas minha mente ainda está presa em suas palavras.

Também tive dificuldade.

— Você... joga Wordle? — pergunto.

John olha para trás enquanto sai do carro, sorrindo para mim, um sorriso que aparece do nada, como um relâmpago.

— Sim — ele diz. — Sempre.

CAPÍTULO **6**

John joga Wordle.

John joga Wordle.

John joga *Wordle*.

Não. Não importa quantas vezes eu pense a respeito, ainda soa estranho. Não consigo conciliar essa nova informação com a realidade.

Não me entenda mal, não é que eu não ache John inteligente, é só que... bem, olhe para ele! Ele e Liam estão encarando o caminhão de reboque com os braços cruzados há, tipo, dez minutos, falando sobre sua capacidade de reboque como se fosse o assunto mais interessante do mundo. John realmente se agacha para inspecionar a... não sei, aquela peça de metal que conecta a parte do caminhão à parte do reboque... e se levanta com as mãos sujas e com uma expressão de quem está impressionado. Está me dizendo que esse mesmo cara vai para casa e se aconchega com uma xícara de chá para fazer seu Wordle diário?

Não. Simplesmente não consigo acreditar.

Fico rondando de um jeito esquisito enquanto os dois acoplam meu carro ao caminhão de Liam, então John diz um "valeu, cara" para Liam e volta para o próprio carro. Começo a segui-lo, mas ele franze a testa para mim, como se eu estivesse agindo de forma estranha, e diz:

— O Liam vai te levar.

Então entra no carro e vai embora sem mais uma palavra.

Sério, está me dizendo que *esse* cara faz Wordle?

Volto para o reboque de Liam me sentindo extremamente desconfortável, mas, no final, ele é realmente um cara muito legal. Ao contrário de John, Liam é capaz de falar sobre outros temas além de carros, e ele me conta sobre a esposa e os filhos enquanto dirige. Ele me deixa em casa e diz que vai levar meu carro para a oficina. Agradeço imensamente, mas ele faz um gesto de que não foi grande coisa.

— Não se preocupe com isso. Adoro ter uma desculpa para dirigir este negócio.

Lanço um olhar cético para o caminhão, um monte de metal feio e barulhento, mas Liam parece estar falando sério. Sem dúvida, é por isso que ele e John se dão bem.

Agradeço a ele novamente e entro em casa, lutando contra um bocejo. Não tenho energia para fazer nada além de trocar de roupa e me enfiar na cama. Fico olhando para o teto com um barulho suave na cabeça, como o zumbido que se sente nos ouvidos depois de ter ido a um show barulhento. Foi um dia muito longo e bem estranho. O encontro foi decepcionante, meu carro está quebrado e vai custar Deus sabe quanto para consertar, e passei pelo meu trecentésimo terceiro dia de Wordle por um triz. Na verdade, nada melhorou desde hoje de manhã. Se algo mudou, foi para pior.

Seja como for...

— Vento... — sussurro na escuridão, então me afundo no travesseiro com um pequeno sorriso no rosto.

Não tenho tempo para fazer o Wordle na manhã seguinte. Meus pais ligam da Nova Zelândia às 4h30 da manhã (meu pai faz muitas piadas sobre ligar do futuro, já que lá já é amanhã, o que eu apreciaria muito mais se não fossem *4h30 da manhã*), depois a sra. Finnamore faz um aceno a fim de me chamar para uma conversa enquanto espero o táxi que vai me levar ao trabalho.

Quando chego à oficina, sou imediatamente abordada por um homem que está em seu carro esperando o estabelecimento abrir. Ele está inquieto e estranho, falando rapidamente sobre um recibo de que precisa para "provar como o acidente foi grave" e levantando as mãos sobre a cabeça para me mostrar como sua amplitude de movimento está limitada.

Para mim, não parece nada limitada, embora eu não vá lhe dizer isso. Faço uma cópia do recibo para ele e então me volto para o computador, mas o homem continua ali por vários minutos, se inclinando sobre a mesa e lendo o recibo em voz alta para mim.

— Arranhão de dez centímetros na porta do lado do motorista. Está vendo? — O cliente empurra o recibo em minha direção. — *Porta do lado do motorista*, foi lá que foi o impacto, foi isso que deslocou meu ombro.

John entra na oficina durante o longo monólogo do cara sobre como vai processar a pessoa que o atingiu, o policial que se recusou a prendê-la na hora e o médico que disse que não havia nada errado com seu ombro na ressonância magnética. Uma vez na vida, me sinto profundamente grata pela grosseria de John, porque ele corta diretamente o discurso do cliente para me perguntar quando é o primeiro trabalho do dia e então se encosta na mesa, de costas para o homem, bloqueando por completo minha visão dele. O homem faz uma careta para as costas de John por um minuto, e então enfim sai da loja.

Solto um suspiro de alívio.

— Aquele cara era estranho.

John faz um "hum" vago de concordância, sua resposta típica. Mas então me surpreende ao adicionar:

— Algumas pessoas passam a vida inteira procurando algo em que botar a culpa por seus problemas.

Eu olho para ele.

— Sim, exatamente.

Ele se afasta da mesa.

— Liam te levou pra casa direitinho?

— Ah... sim, obrigada — respondo. — Ele é um cara muito legal.

John faz seu clássico aceno de cabeça, de maneira lenta e indefinida, e depois se afasta rumo à garagem. Juro que ele deve ter algum tipo de limite de palavras para conversas ou algo do tipo.

Ainda assim, seu comentário sobre o cliente permanece comigo pelo resto da manhã. Não consigo evitar de me perguntar se sou uma daquelas pessoas, tentando arranjar um culpado para todos os meus problemas e inadequações no mundo. Não acho que eu seja tão ruim quanto aquele cara — eu nunca tentaria afirmar que um arranhão de dez centímetros no meu carro causou "danos catastróficos" ao meu corpo —, mas talvez tenha me sentido um pouco coitadinha demais nos últimos anos. Penso em todas as negativas de emprego que acumulei e sinto vergonha de admitir que, sob a decepção e o ódio por mim mesma que sempre senti ao recebê-las, havia também um traço de desafio. Tipo, como essas pessoas não conseguem enxergar que vale a pena me contratar? Como não conseguem ver que sou especial?

Mas não é trabalho do mundo me dizer que sou especial. É meu trabalho me esforçar o suficiente para tornar isso uma realidade.

Tomada por uma repentina onda de determinação, me sento mais ereta na cadeira e pego o celular. Ao longo da manhã, desenvolvo um plano financeiro novo e mais rígido para mim mesma, para que eu possa pagar o empréstimo estudantil um pouco mais rápido (adeus, cereal matinal de marca; olá, flocos genéricos com gosto de papelão) e corto cerca de vinte empregos da minha lista de carreiras em potencial. Preciso definir isso e começar a tomar ações decisivas na vida.

Galerista: fora. Só porque gosto de vagar por galerias de arte não significa que de fato gostaria de trabalhar em uma. Além disso, acho que me sentiria muito mal tentando fingir que está tudo bem cobrar cinquenta mil dólares por uma tela com dois borrões de tinta.

Fotógrafa: fora. Gosto da *ideia* de ser fotógrafa, mas, para ser honesta, pensar em todos aqueles botões complicados e configurações em câmeras sofisticadas faz minha cabeça doer.

Web designer: fora. Não quero ficar sentada na frente de um computador o dia todo.

Maquiadora. *Maquiadora*? Eu estava sob efeito de alguma substância quando coloquei isso na lista? Mal consigo fazer minha própria maquiagem, pelo amor de Deus. Fora.

Ao meio-dia, vou até a sala de descanso, onde John está sentado à mesa de almoço comendo um sanduíche e encarando o celular.

Pigarreio antes de cumprimentá-lo.

— Oi.

Ele olha rapidamente para cima e depois volta a atenção para o celular.

— Oi.

Sinto uma pequena faísca de curiosidade. Será que ele está fazendo o Wordle agora? Dou uma espiada disfarçada sobre seu ombro no caminho até a geladeira em busca de meu iogurte.

Não. Está apenas rolando pelo Kijiji, comprando algum tipo de peça de carro.

— Vou consertar seu carro mais tarde — declara John. — Dei uma olhada nele hoje de manhã. É o alternador que está quebrado.

— Ah, sem pressa — digo automaticamente.

Ele franze a testa.

— Você não precisa dele para vir trabalhar?

— É... bem, sim. Mas posso pegar um táxi, se estiver muito ocupado com outras coisas hoje.

— Não estou. Não vai demorar.

— Ah. Bem... ok. Vou te pagar, obviamente — acrescento.

Ele dá de ombros.

— Não se preocupe com isso.

— Não, eu vou. É só me dizer quanto te devo.

John dá outra mordida no sanduíche.

— Não é grande coisa. Vai levar, tipo, dez minutos, e tem um alternador lá no fundo da oficina que era do Corolla antigo do Dave.

Sei que deveria discutir mais, no entanto penso no meu saldo bancário e decido morder a língua.

— Obrigada — agradeço, meio constrangida.

— Sem problemas.

Um silêncio se instaura. Não sei por quê, mas me sinto meio desapontada.

E isso é estúpido, porque o que eu esperava? O fato levemente interessante de que John joga Wordle não muda as milhões de coisas *des*interessantes sobre ele. Só porque temos essa uma coisinha em comum não significa que poderíamos ser amigos.

Sento-me com um suspiro e tiro a tampa do iogurte. De soslaio, percebo John desviar a atenção do telefone.

— Você fez o Wordle de hoje? — ele pergunta.

A colher com iogurte para no meio do caminho até a minha boca.

Ele acabou de começar uma conversa?

Eu me forço a agir normalmente, engolindo o iogurte e alcançando um guardanapo com calma deliberada. Isso meio que parece a situação em que o gato arredio de alguém de repente pula no seu colo. Se você prestar atenção, ele vai te olhar com desprezo e cair fora.

— Ainda não — respondo. — Eu ia fazer agora.

— Legal — comenta ele. — Vou fazer também.

Pego o celular e abro o Wordle.

— Não me venha com nenhuma dica — eu me apresso em avisar. — Isso é trapaça.

Ele assente, mastigando um pedaço do sanduíche. Abre o Wordle no celular e então franze a testa, uma pequena linha pensativa aparecendo entre as sobrancelhas. O que é... meio fofo. Falando de maneira objetiva.

Balanço a cabeça e volto a atenção para o celular. Começo com POUCA. Quando estava começando a jogar Wordle, vi uma lista de boas palavras para começar, e uso essa de vez em quando. É boa porque checa várias vogais logo de cara.

Como hoje: todas as vogais ficam amarelas, o que é melhor que nada.

O, U, A.

A, O, U.

U, A, O.

Mordo o lábio, passando pelas letras não utilizadas.

UNIÃO!

Digito com rapidez, lançando um olhar furtivo para John nesse meio-tempo. Ele ainda mastiga, pensativo. Há uma mancha de graxa preta em sua bochecha.

Hum. Agora o A fica verde, mas o O e o U continuam amarelos. Mordo o lábio.

U, O, A.

O, U, A.

Tenho uma luz. Já sei...

OUSAR.

A inspiração me atinge de repente. Digito e *voilà*! Trezentos e quatro dias! Faço uma dancinha sentada na cadeira.

— Você conseguiu? — John pergunta.

Sorrio.

— Consegui.

— Isso dá o quê? Trezentos e quatro dias?

Eu o encaro, estranhamente tocada por ele ter se lembrado.

— Sim.

— Que legal — ele diz. John não coloca inflexão nas palavras, mas ainda assim parece agradável de ouvir.

— Você tem uma sequência também? — pergunto.

— Não, não é todo dia que me lembro de jogar. Tem G? — ele acrescenta, virando o telefone para mim. Espio curiosamente sua tela. Ele começou com MOTOR (típico de John), depois tentou AVOAR.

— Não tem G — respondo. — Por que não coloca algo como LOUSA, para eliminar várias das outras letras?

— Estou no modo difícil — ele diz. — Tenho que usar o O, o A e o R na próxima tentativa.

Olho para ele de novo, meu cérebro travando, assim como fez na noite passada. John não apenas faz Wordle, ele ainda joga no modo *difícil*?

Não. A conta não fecha.

Assisto enquanto ele começa a digitar e então solto um suspiro de surpresa.

— OLHAR?

— É, ué. Algum problema?.

— Não — digo. — Só não teria escolhido essa.

Ele levanta uma sobrancelha.

— Como você escolhe suas palavras, então?

— Meio… aleatoriamente — comento. — Ah, cala a boca — acrescento com desdém quando seus lábios se curvam em diversão. — Quer uma dica?

— Não. Só me diz se tem outra vogal.

— Isso seria uma dica — observo. — E sim.

— Tá. — John franze a testa novamente.

— Ainda é bem difícil de adivinhar… — começo, mas ele já está digitando OUSAR.

— Legal — ele diz, enquanto as letras ficam verdes.

Droga. Como ele conseguiu fazer isso?

— Como você chegou aí tão rápido? — pergunto.

Ele dá de ombros.

— Estava lembrando de um cara da Louisiana que frequenta a pista de corrida. O time dele se chama Velozes e Ousados. — Ele engole a última mordida do sanduíche e se levanta. — Até mais.

Ele sai da sala sem mais palavras e me deixa encarando a porta vazia, sentindo-me fora de mim e estranhamente animada.

Que esquisito, penso, dando outra colherada no iogurte. *Isso foi muito, muito esquisito.*

CAPÍTULO 7

O sol sai do meio das nuvens logo após o almoço, e o resto do dia é brilhante e quente. Todos os clientes do dia são legais, e passo horas divertidas pesquisando sobre cursos de paleontologia, que é uma das carreiras que sobreviveu em minha lista de carreiras em potencial após o corte. Consigo ver perfeitamente a mim mesma trabalhando em um lindo e remoto sítio arqueológico, desenterrando ossos de dinossauros e escovando-os com aqueles pinceizinhos. (Sempre me pareceu que iria mais rápido se usassem pincéis maiores, mas talvez recebam por hora ou algo assim.) Acho que seria incrível segurar com as próprias mãos algo que tem *milhões* de anos. E, quem sabe, talvez eu descubra um novo tipo de dinossauro, que seria nomeado em minha homenagem! O Emilyossauro.

Na verdade, não. Que estúpido.

Não deveriam nomeá-lo assim.

Pouco depois das cinco, Dave vem até a recepção e me entrega as chaves do carro.

— John teve que sair para um compromisso familiar — explica Dave. — Ele disse que está tudo consertado. Tenha uma boa noite.

— Ah... para você também — respondo, embora ele já esteja saindo pela porta. Reúno minhas coisas com uma sensação estranha no estômago, quase um desapontamento. E isso é bobo, porque conversar com John é sempre muito constrangedor. Ainda assim, teria sido bom agradecê-lo.

Talvez eu faça um cartão de agradecimento para ele. Isso é uma coisa educada a se fazer. Além disso, adoro fazer cartões para as pessoas.

Com o ânimo renovado, saio para pegar meu carro. Solto um suspiro de alívio quando ele liga normalmente. Por um momento, acho que o interior parece um pouco diferente, então percebo que é porque a luz do motor no painel enfim se apagou.

Na próxima vez que ela acender, juro que vou consertar o que for preciso de imediato.

Canto para mim mesma na volta para casa, entoando uma versão entusiasmada e desafinada de uma antiga canção de Kelly Clarkson, "Miss Independent", enquanto entro na garagem. Estou tão de bom humor que decido dar uma passadinha para visitar a sra. Finnamore. Toco a campainha duas vezes, já que às vezes ela não a escuta de primeira. Eu me pergunto se os aparelhos auditivos dela precisam ser verificados.

Um minuto depois, a porta se abre, revelando uma mulher de meia-idade muito magra e bem grosseira.

(E antes que você diga qualquer coisa, sei o que está pensando: como posso saber que ela é grosseira só de olhar? Mas você não consegue perceber às vezes que as pessoas vão ser rudes só pela expressão no rosto delas quando o olhar de vocês se cruza?)

A mulher franze a testa para mim.

— Pois não?

— Só passei para dizer oi para a sra. Finnamore. Moro aqui do lado. — Aponto para a minha casa.

— É a Emily? — pergunta a sra. Finnamore, aparecendo atrás dela.

— Oi, sra. Finnamore — eu a cumprimento.

— Esta é a garota de quem te falei — diz a sra. Finnamore para a mulher rude. — Emily, esta é minha filha, Debra.

A mulher — Debra — faz uma careta.

— Você é quem a ajuda com as compras?

O tom dela é acusatório. Olho em dúvida para a sra. Finnamore.

— Bem... às vezes, sim.

Na verdade, só fiz isso uma ou duas vezes. Não sei por que estou mentindo, exceto que tenho um pressentimento de que sei por que a sra. Finnamore contou à filha sobre mim. Algumas semanas atrás, a sra. Finnamore me disse que a família dela quer colocá-la em um lar de idosos. Todos eles moram no oeste e acham que ela está muito velha para viver sozinha.

— A Emily é muito prestativa — explica a sra. Finnamore.

Debra emite um som que denota impaciência.

— Você precisa de mais ajuda do que só com as compras, mãe — declara ela. — Minha mãe não toma os remédios corretamente há semanas — acrescenta para mim em um sussurro.

Espera um momento. Por que ela está falando comigo como se a mãe não estivesse ali?

Sinto um arrepio de alerta, mas me forço a sorrir de maneira educada.

— Acho que ela está indo muito bem.

Debra solta um suspiro descrente.

— Sim, bem, ela não pode depender de estranhos o tempo todo.

— O quê? — diz a sra. Finnamore.

— Eu disse que *você não pode depender de estranhos* — diz Debra em voz alta.

— Não me incomodo em ajudar — comento.

Debra me lança um olhar condescendente.

— Você é uma enfermeira certificada para oferecer cuidados domiciliares?

Certo, eu realmente não gosto dessa mulher.

— Não — replico. — Mas não me incomodo em ajudar com compras, lavanderia e coisas assim.

— Viu? — intervém a sra. Finnamore. — Pague a garota para fazer mais, Debra, se isso vai fazer com que você pare de se preocupar.

Espera, o quê? Tento voltar atrás rapidamente:

— Ah, não, eu não quis dizer...

— Não vou contratar uma estranha qualquer — Debra rebate. — Se formos contratar alguém para cuidar de você, será uma enfermeira de verdade.

— Não quero uma enfermeira, quero a Emily — insiste a sra. Finnamore. — E é tolice pagar uma enfermeira treinada para fazer compras.

Debra revira os olhos.

— Eu que vou pagar por isso, mãe. Não se trata de *dinheiro*.

Certo, as coisas estão ficando muito fora de controle aqui.

— Olha — falo rapidamente. — Vocês entenderam mal…

— Quanto você cobra? — Debra me interrompe.

Eu a encaro, completamente desorientada.

Cinco minutos atrás, eu estava cantando Kelly Clarkson no carro. Agora fui arrastada para uma disputa familiar privada bastante desconfortável.

Ainda assim… por que *não* deveria fazer isso? Não me importo em ajudar a sra. Finnamore, e se isso fizesse a filha dela parar de pressioná-la a ir morar em uma casa de repouso, não seria uma coisa boa? Além disso, dá para perceber, só de olhar para Debra, que ela tem muito dinheiro. Com suas roupas perfeitamente passadas e seus brincos Chanel reluzentes.

— Para fazer compras e cuidar da parte de lavanderia? — pergunto a fim de ganhar tempo para pensar.

— E para fazê-la tomar os remédios certinho e manter a casa sem virar um chiqueiro — Debra complementa.

Mordo o lábio, pensando rapidamente. Quanto acho que um cuidador particular cobra? Quarenta dólares por semana? Cinquenta?

— A garota do Sonny McNeil cobra duzentos e cinquenta por semana — pontua a sra. Finnamore. — E ela nem faz a parte de lavanderia.

Fico de queixo caído. Duzentos e cinquenta dólares? *Por semana?*

Felizmente, Debra está franzindo a testa para a mãe quando ela diz isso, o que me dá tempo para rearranjar o rosto em uma expressão de calma.

— Duzentos e cinquenta parece um bom preço — declaro, acenando como alguém que sabia dessa informação de antemão.

Debra solta um suspiro de desgosto.

— Vou ter que pensar sobre o assunto — declara.

— Claro — concordo. Então, porque estou me sentindo um pouco malvada, acrescento: — Só me avise logo, antes que minha agenda fique cheia.

A frase atinge o efeito almejado. Posso praticamente ouvir o cérebro desagradável de Debra em ação. Para ela, a mãe é um problema, e essa é uma solução rápida.

— Eu te aviso — anuncia ela com frieza.

Sorrio para Debra.

— Muito bem. Tenham uma boa noite.

Encontro os olhos da sra. Finnamore ao me virar para sair, e quase posso jurar que vejo um brilho travesso neles. Tenho que lutar para não rir. Como uma mulher tão legal acabou tendo uma filha tão desagradável?

Volto para casa e preparo um pouco de macarrão, e não estou há nem dez minutos assistindo a um episódio de *Schitt's Creek* quando a campainha toca. Quinze minutos depois, me sento de volta no sofá com um sorriso no rosto e um cheque novinho de mil dólares na mão. Na caligrafia apertada e inclinada, Debra escreveu na linha de observação: Para serviços de cuidados privados, de 23 de maio a 23 de junho.

Coloco o cheque na minha mesa de centro e sorrio para ele.

Acho que agora sou uma cuidadora particular.

CAPÍTULO 8

Por mais insuportável que Debra seja, estou determinada a fazer um excelente trabalho como cuidadora, por causa da sra. Finnamore. Na manhã seguinte, vou até a casa dela antes do trabalho a fim de organizar uma lista das tarefas que farei para ela.

— Você não precisa fazer nada — pontua ela, servindo chá na minha xícara. — Apenas fique com o dinheiro e compre um agrado para si.

— Não posso fazer *isso* — digo, horrorizada. — Sua filha me deu um cheque de mil dólares.

— Debra tem mais dinheiro que juízo — comenta a sra. Finnamore. — Ela pagaria dez vezes esse valor para não ter que cuidar de mim.

Eu me mexo na cadeira.

— Tenho certeza de que ela só está preocupada com a senhora.

A sra. Finnamore emite um som de desprezo.

— Quer biscoito?

— Hã... claro. — Pego um biscoito de chocolate da caixa que ela me oferece. — Mas, sério, não posso simplesmente pegar o dinheiro de Debra. Não me sentiria bem com isso. E deve haver algo em que a senhora precise de ajuda — acrescento. — Alguma tarefa que não goste de fazer, ou algo que não tenha tempo para...

Deixo a frase no ar, olhando ao redor da cozinha dela. Não entendo como Debra poderia se preocupar com este lugar virando um "chiqueiro". É a casa mais limpa e organizada que já vi. É um pouco cheia de objetos, eu diria, com centenas de estatuetas de porcelana dispostas artisticamente em pequenas mesas e prateleiras, mas está tão limpa que eu poderia lamber o chão.

— Eu me viro muito bem — argumenta a sra. Finnamore. Há um tom de teimosia em sua voz.

Sinto os ombros pesarem.

— Então não posso aceitar o dinheiro da sua filha. Estou falando sério. Não seria certo. Ela me pagou para ser sua cuidadora.

A sra. Finnamore me observa por um longo momento. Ele se estende tanto, na verdade, que dou uma olhada rápida para o relógio da parede, certificando-me de que não vou me atrasar para o trabalho. Não a apresso, no entanto. Descobri que algumas pessoas mais velhas precisam de um tempo para organizar os pensamentos. Acho que é por isso que muitos jovens ficam tão impacientes com elas. Mas não me importo de esperar. Tomo alguns goles do meu chá e pego mais um biscoito de chocolate.

— Talvez você possa ir ao supermercado — sugere a sra. Finnamore, por fim. — Lá é muito gelado para o meu gosto.

Concordo com a cabeça.

— Posso fazer isso. — Hesito, então acrescento: — E que tal arrumar seus remédios? Debra parecia bastante preocupada com isso.

A sra. Finnamore solta um suspiro pesado.

— Debra se preocupa com tudo. Mas se isso a fizer parar com tanto rebuliço, acho que você pode arrumar, sim.

Concordo.

— Mais alguma coisa? Que tal eu cuidar da roupa suja?

Ela me observa.

— Você sabe como lavar roupas do jeito certo?

— Hã... sim. — A sra. Finnamore parece tão cética que olho para minhas roupas, preocupada de repente se estou usando alguma peça manchada ou algo assim.

— Tenho uma máquina nova — informa ela. — É muito complicada de usar.

— Tenho certeza de que consigo me entender com ela. Quer dizer, se for ajudar a senhora.

Ela hesita e então concorda com a cabeça.

— Certo.

— E quanto às refeições? E a louça?

Percebo que fui longe demais quando os lábios da sra. Finnamore se apertam.

— Pelo amor de Deus, não sou uma *inválida*. Sou perfeitamente capaz de preparar minhas próprias refeições. E já vi o que vocês, meninas jovens, consideram refeições, toda aquela comida de micro-ondas e macarrão instantâneo. Não, obrigada.

Disfarço um sorriso.

— Justo.

Olho mais uma vez ao redor da casa impecável. Pondero quanto tempo ela leva para manter tudo assim e com que frequência sai de casa.

— Devemos sair uma vez por semana também — acrescento, decidida. — Para fazer algo divertido na cidade.

Ela parece cética.

— Tipo o quê?

— Não sei. Tem um museu na Main Street que estou querendo visitar desde que me mudei para cá.

A sra. Finnamore levanta uma sobrancelha.

— Sobre o que eles poderiam fazer um museu em Waldon?

— Ah, vamos lá — digo, encorajadora. — Vai ser divertido. Um passeio de garotas às custas da Debra. Tem previsão de chuva para amanhã, então é um bom dia para irmos. Dias de chuva são os melhores para ir a museus.

Ela me observa — com um pouco de pena, devo acrescentar — e então cede, relutante.

— Se você quiser mesmo. Acho que meu velho amigo Jim trabalha lá.

— Então pronto — digo com animação, levantando. — Preciso ir trabalhar. Obrigada pelo chá.

Canto junto com o rádio no caminho até a oficina. Não consigo acreditar que vou ganhar duzentos e cinquenta dólares por semana apenas para ajudar uma senhora legal. Pense em todas as histórias interessantes que vou ouvir! Faço uma anotação mental para perguntar à sra. Finnamore se ela se lembra de onde estava durante a chegada do homem à Lua. Na verdade, talvez hoje eu faça uma pesquisa sobre os anos 1950 e 1960, quando a sra. Finnamore teria a minha idade, e elabore também uma lista de perguntas interessantes para lhe fazer. Quero garantir que ela se divirta em nosso passeio e, como eu disse no meu encontro com Arjun, não há nada de que as pessoas gostem mais do que falar sobre si mesmas. Estejam elas com trinta ou noventa anos, a regra continua valendo.

Quando chego à oficina, John está na recepção falando ao telefone sem fio. Sua expressão está pesada, como se estivesse irritado com o que ouve. Ele se afasta assim que entro, sem nem um mero aceno de reconhecimento — obrigada, John — e dou uma olhada furtiva no número exibido no suporte do telefone. Ele está falando com o dono da oficina, Fred.

Hum.

Nunca vi Fred e John interagirem, mas já aconteceu de eu ponderar se eles não se dão bem. Ouvi John reclamar sobre o estado de alguns equipamentos da garagem, e quando Fred apareceu na oficina outro dia, ele fez alguns comentários estranhamente defensivos enquanto verificava os livros de registro:

— Viu? Bastante negócio. Se não está quebrado, não conserte, Emily. Isso é o que sempre digo.

Hesito por alguns momentos, então me levanto de modo discreto e caminho em direção ao corredor. Só para esticar as pernas, sabe? Coincidentemente, isso me permite ouvir alguns trechos da conversa de John.

— Eu realmente acho… não, mas… — Um suspiro impaciente. — Não, eu entendo isso, só estou dizendo…

Cara, não ouvi John tão bravo desde aquela vez em que um cliente pediu para pintar o carro dele, um Fusca, de rosa-choque. (Acredito que as palavras exatas dele foram: "Você quer me pagar para fazer seu carro estúpido parecer ainda mais estúpido?".)

— Certo. Não, tudo bem — John responde bruscamente.

Droga... a voz dele está ficando mais alta. Ele está voltando.

Corro de volta para minha mesa. Quando John reaparece, estou olhando pensativamente para um recibo antigo.

— Ah, obrigada — falo de modo casual quando ele devolve o telefone ao suporte. A resposta é meio que um resmungo, e depois John desaparece na garagem. Deixo o recibo de lado (que acabei de notar que é de 2009. Como isso veio parar aqui?) e apoio o queixo na mão, franzindo a testa.

Nunca me ocorreu questionar se Fred administra a oficina da maneira correta, porque, de verdade, nunca me importei muito com isso. Mas agora que penso a respeito, há muitas coisas aqui que precisam de atualização. O sistema de agendamento é antiquado, por exemplo, e sei com certeza que as câmeras de segurança nos fundos estão quebradas, já que Dave me avisou para não estacionar lá quando comecei a trabalhar aqui. E não sou mecânica (óbvio), mas já ouvi Dave e John xingando uma máquina chamada balanceadora de pneus umas mil vezes. Eu me pergunto por que o Fred não comprou uma nova.

Bem, não vou me envolver. Fred sempre foi gentil comigo, mas ele parece alguém que poderia perder a calma rapidamente, e não quero me colocar em sua lista de desafetos. Além disso, não tenho a intenção de trabalhar aqui para sempre. Na verdade, com o dinheiro recente vindo da ajuda à sra. Finnamore, talvez eu consiga sair daqui ainda mais cedo. Se não mudar meu estilo de vida, posso usar esse dinheiro para pagar meu empréstimo estudantil. Nesta época no próximo ano, posso estar livre de dívidas e pronta para mergulhar em uma carreira nova e empolgante!

Esse pensamento encorajador me acompanha durante a manhã, e passo a maior parte do tempo pesquisando eventos históricos do Canadá nos anos 1950 e 1960. Até encontro uma lista das dez músicas mais populares no Canadá em 1962, ano em que a sra. Finnamore tinha exatamente a minha idade. Talvez eu faça uma playlist delas para a viagem até o museu.

Algumas vezes durante a manhã, encontro meu dedo pairando sobre o aplicativo do *New York Times,* mas a cada vez decido não o abrir. Faz mais sentido jogar Wordle no horário do almoço, quando posso me concentrar melhor. E se o John acabar fazendo isso também, que seja.

Vou para a sala de descanso logo depois do meio-dia. John está sentado à mesa, desembrulhando um sanduíche de presunto e queijo.

— Como estão as coisas? — pergunto, abrindo a geladeira.

Ele dá de ombros.

Essa é a resposta dele para a pergunta "Como estão as coisas?". *Um simples dar de ombros.*

Desvio o rosto, revirando os olhos. Ok, talvez nunca sejamos melhores amigos, mas decidi que vou torná-lo meu parceiro de Wordle no trabalho, ele gostando disso ou não. Tenho que manter minha sequência de vitórias e não faz mal ter alguém com quem trocar ideias.

Coloco a cafeteira para funcionar, misturo um pouco de granola e iogurte em uma tigela e me sento em frente a John.

— Hora de jogar Wordle.

Ele levanta uma sobrancelha por causa do meu tom (que, ok, foi meio mandão), mas pega o celular.

— Qual vai ser sua primeira palavra? — pergunto.

Ele dá de ombros outra vez.

— E você?

— AJUDA — digo. — Como em: *A filha da minha vizinha acabou de me contratar para... hã... "ajuda" com as tarefas em casa.*

— Essa frase não faz sentido.

— Eu sei — respondo, sarcástica. — Mas *ajudar* tem seis letras. Qual é a sua primeira palavra?

— PREGO.

— Por quê?

— Por nenhum motivo. — John digita no celular. Desvio o olhar antes de ele apertar *enter*. Não quero trapacear acidentalmente. — Então, você é, tipo, treinada para cuidar de pessoas em casa ou algo assim? — ele pergunta.

— O quê? Ah… não. Não estou fazendo nada relacionado a enfermagem. — Passei uma boa hora na noite passada me certificando de que não preciso de treinamento específico para ser cuidadora no Canadá, mas parece que enquanto eu me limitar a atividades não médicas, está tudo bem. — Vou apenas ajudar minha vizinha com compras, tarefas e coisas assim. Ela tem oitenta e oito anos — acrescento.

Ele faz uma careta.

— Que pesado.

— Não, é divertido! — insisto. — Amo pessoas mais velhas. Elas têm histórias muito interessantes.

Ele me olha como se eu fosse louca.

— Certo.

— Você nunca pede aos seus avós para contarem histórias da infância deles?

— Não.

Franzo a testa.

— Bem, você é quem está perdendo. Muitas pessoas pensam nos avós apenas como velhinhos genéricos que existem só para mandar dinheiro no Natal. Não os veem como pessoas reais, com sentimentos, esperanças e sonhos. — John ainda me observa como se eu fosse maluca, mas ignoro. — Aposto que seus avós poderiam te contar histórias realmente interessantes, bastaria fazer as perguntas certas — digo, censurando-o. — Por exemplo: os pais da sua mãe estavam vivos durante a Guerra Civil Dominicana? Ou estavam vivendo no Canadá naquela época?

John franze a testa.

— Como você sabe que minha mãe é dominicana?

Com esforço, me contenho para não revirar os olhos.

— Você me contou.

— Contei?

Desta vez, eu de fato reviro os olhos.

— Você se lembra de alguma conversa que não seja sobre carros?

John pisca para mim, parecendo levemente surpreso.

— Sim. Só porque não lembro de cada coisinha que já te contei…

— Cada coisinha? — repito. — Você me contou, tipo, *três* coisas sobre si mesmo.

Ele me olha, e pelo menos desta vez acho que o surpreendi de verdade, tirando-o de seu habitual estado de apatia. Minhas bochechas esquentam um pouco sob o olhar de John.

— Esquece — digo. — Vamos apenas terminar o Wordle.

Viro-me para meu celular, determinada. AJUDA me deu apenas o segundo A verde. Hora de eliminar algumas letras.

TANTÃ, digito. Como em: *Devo ser tantã da cabeça por tentar conversar com John.*

É uma escolha meio feita por impulso e… nada de T ou N.

Passo os olhos pelas letras restantes.

Sei que só tem um A, mas decido tentar PRAÇA para conferir outras letra. Digito com confiança e aperto *enter*.

Maravilha! P e R, além do segundo A, ficam verdes.

P R _ _ A

Ah. Espera um segundo. PRIMA. PROVA. Testo ambas, e nenhuma está correta.

Então… PRESA. Pode ser PRESA.

Ou… PREGA.

Ou até mesmo… PREDA? Do verbo *predar*?

Ah, meu Deus. Este é meu pior pesadelo. Qualquer uma dessas pode estar certa, mas só tenho um palpite restante. Minha sequência pode acabar agora, apenas por pura *falta de sorte*.

Murmuro palavrões.

— O que foi? — John pergunta.

— Só tenho um palpite e pensei em três palavras que podem funcionar.

— Me mostra.

Viro meu celular para ele.

— PRESA, PREGA, PREDA. — Deixo a cabeça cair entre as mãos e passo os dedos pelo cabelo. — Estou ferrada.

John me observa por um momento e então olha para o próprio celular.

— Quer ajuda?

Balanço a cabeça miseravelmente.

— Minha sequência não vai contar se eu trapacear.

— Bem, então você só tem que adivinhar.

Mordo o lábio. Ele está certo. Não há outra maneira.

— PRESA, PREGA, PREDA.

— Sim. — Passo as palavras pela língua, tentando ver se tenho uma sensação instintiva por uma delas, mas tudo que sinto é um leve nervosismo.

— Você tem um bom pressentimento sobre alguma delas? — pergunto a John.

— O que você quer dizer com "bom pressentimento"?

— Tipo, alguma delas parece *certa*?

Por um momento, ele me olha como se eu fosse louca, então dá de ombros.

— Vou colocar uma gaiola de proteção naquele Miata mais tarde.

Assinto bruscamente. Isso vai ter que servir.

— Gaiola. Certo. PRESA, então.

Respiro fundo... e digito as letras.

— Não consigo olhar — confesso, fechando os olhos com força. Aperto o *enter* com o polegar. Há um momento de silêncio, e então John diz:

— Legal.

Abro um olho.

— Sério?

— Você acertou — ele responde.

Um grito infantil de empolgação escapa dos meus lábios. Balanço um pouco na cadeira, mas paro ao perceber que John me observa.

— O que foi? — pergunto, um pouco mais áspera do que pretendia.

Ele me observa por mais um momento.

— Você é meio estranha.

Ele não fala isso como um insulto. Na verdade, soa quase como um elogio.

Levanto o queixo.

— Exato. E você é meu amuleto da sorte — acrescento generosamente. — É a segunda vez que você salva minha sequência. Se eu tiver que adivinhar de novo amanhã, vou ter que te procurar na sua casa.

— Ou você pode simplesmente mandar uma mensagem, como uma pessoa normal.

Meu rosto se ilumina.

— Ahhh, sim. Me passa seu número. — Ele faz isso, e salvo o contato como "John Smith (Oficina)". Envio uma mensagem rápida para ele saber qual é o meu número e depois me levanto. — Preciso voltar para a recepção.

— Até mais — ele diz.

Só naquela noite, enquanto dirijo para casa, percebo que sem querer pedi o número de John. Eu me contorço desconfortavelmente no assento. Espero que ele não tenha pensado que eu estava... bem, pedindo *daquele jeito*. Tipo, de uma forma romântica.

Então, rio alto. O que eu sou, maluca? Claro que ele não pensou isso. Não há nada romântico entre nós. Ele deixou isso bem claro desde que comecei a trabalhar aqui, e todos os dias desde então. E definitivamente não estou interessada nele.

Ele é meu amigo de Wordle, simples assim.

Não, não é nem amizade. É uma *aliança* de Wordle.

Isso é tudo o que sempre haverá entre mim e John.

CAPÍTULO 9

Acordo na manhã seguinte com o som da chuva batendo forte no telhado. Estico os braços e as pernas e me aconchego um pouco mais sob as cobertas. Honestamente, existe som mais reconfortante que chuva em um telhado de metal? Tente dizer um.

Viu? Não tem.

Ligo a chaleira que fica ao lado da cama (perfeita para dias como este) e me enrosco debaixo das cobertas para tomar um chá e jogar Wordle. Quando termino (fácil, BOIAR, em quatro tentativas), pego o livro que estou lendo e mergulho nas páginas.

Estou tão envolvida na história que quase esqueço do meu passeio ao museu com a sra. Finnamore. Pulo da cama assim que lembro e corro para tomar banho e me arrumar. Decido usar uma saia até o joelho que sempre achei meio antiquada, uma blusa de manga curta e um par de pequenos brincos de aço em forma de martelos. Estranho, sim, mas acho que combina, já que vamos ao museu de fabricação de barris.

(Sim, eu disse "fabricação de barris". Estamos em uma cidade pequena na Ilha do Príncipe Eduardo. O que você esperava, uma exposição de guerreiros de terracota?)

A sra. Finnamore está de mau humor e reclama um pouco sobre sair, mas insisto e a empurro para o meu carro.

— Vai ser bom sair um pouco de casa — digo com firmeza.

A chuva escorre no para-brisa enquanto dirigimos para o centro de Waldon (também conhecido como uma única rua longa com todas as lojas e o correio) e encontramos uma vaga perto do museu. Para minha surpresa, há uma fila para entrar. Imagino que todos os turistas estejam desesperados para encontrar algo para fazer em locais cobertos. Vejo muitos pais carrancudos tentando controlar crianças inquietas.

O museu está instalado em uma grande casa histórica à beira-mar. Parece uma escola antiga, com uma grande varanda na frente e um telhado de duas águas com uma janela de sótão emoldurando o centro da construção. É realmente muito bonita, mesmo sob a chuva torrencial.

— Olha esse prédio! — exclamo.

— Está caindo aos pedaços — a sra. Finnamore diz, pouco impressionada. — Veja aqueles vasos.

Sigo seu olhar para os grandes vasos de pedra que flanqueiam a entrada do museu. Acho que ela está certa — as peças parecem um pouco negligenciadas. Não sou especialista em jardinagem, como a sra. Finnamore, mas até eu sei que estão cheios de ervas daninhas.

— Bem, mesmo assim — pontuo, inclinando a cabeça para admirar a construção de novo.

— Ah, pelo amor de Deus — a sra. Finnamore reclama segurando a alça do meu guarda-chuva para incliná-lo para a frente.

Ela continua a resmungar durante a espera, mas quando chegamos à frente da fila, a sra. Finnamore me afasta quando me ofereço para comprar os ingressos. Ela paga dez dólares pela nossa entrada e dois dólares pelo guarda-volumes. Penduro nossos casacos encharcados e o guarda-chuva, e depois me junto a ela na entrada das exposições.

— Aqui não tem um cheiro bom? — pergunto enquanto inspiro o ar profundamente. — Um cheiro de serragem e história.

— História? — a sra. Finnamore repete. — Sou mais velha que esta fábrica.

Finjo que não a escuto. Caminhamos lentamente pelo museu, que é silencioso, cheio de ecos e com luz suave, observando os antigos equipamentos de fabricação de barris e assistindo a um trabalhador demonstrar como costumavam fazer barris. É uma pena que isso não seja mais uma opção de carreira, porque parece muito tranquilo. Por um momento, me imagino como uma fabricante de barris.

Consigo ver o site agora mesmo: EMILY EVANS: BARRIS FEITOS À MÃO PARA TODAS AS OCASIÕES.

Incrível.

— Ah, lá está o Jim — diz a sra. Finnamore, gesticulando para um senhor sentado em um canto.

Ele usa um colete no qual se lê SEGURANÇA, o que é... meio hilário. O que as pessoas vão roubar? Os barris devem pesar quase cinquenta quilos cada, e a maioria dos equipamentos antigos nem passaria pela porta. Além disso, Jim parece ter uns noventa anos. Não consigo imaginá-lo perseguindo ladrões de barris.

— A filha dele acabou de sair do hospital. Eu devia ver como ele está — explica a sra. Finnamore, e então se afasta para falar com ele.

— Estarei por aqui — aviso com animação, na tentativa de ignorar o fato de que acabei de ser abandonada por uma mulher de oitenta e oito anos.

Fico observando o fabricante de barris por um tempo, até que meu celular emite um som de notificação no bolso. Eu o pego, pensando se meus pais enfim cederam e contrataram um plano de internet na Nova Zelândia.

Em vez disso, encontro uma mensagem de John Smith (Oficina).

[12:21] John Smith (Oficina)
Já fez o Wordle de hoje?

Encaro a mensagem, surpresa. Sei que dei meu número a John, mas nunca pensei que ele o usaria de verdade. Deve estar com dificuldades no Wordle.

[12:22] Eu
Sim! E você?

[12:22] John Smith (Oficina)
Sim

Hum. Talvez não.

Estou prestes a guardar o celular quando ouço uma segunda notificação.

[12:22] John Smith (Oficina)
Com qual palavra você começou?

Fico parada por um momento, sem acreditar. John está mesmo *continuando* a conversa?

[12:23] Eu
BOLDO

[12:23] John Smith (Oficina)
Como em...?

Emito um som de surpresa. Quero pegar o turista ao meu lado, mostrar a mensagem e dizer: "Você está vendo isso?".

A menos que… talvez John seja superfalante, mas apenas por mensagem? Tive uma amiga assim no ensino médio. Ela era muito tímida pessoalmente, mas falava demais por mensagem.

[12:24] Eu
Como em: Meu chá de boldo estava quase pronto!

[12:24] John Smith (Oficina)
Chá de boldo é horrível

(Bem, talvez não *tão* falante assim.)

[12:24] Eu
Chá de boldo é bom. E chá no geral é a melhor coisa.

[12:24] Eu
Depois de café

[12:24] Eu
E milk-shake

[12:24] Eu
E vinho

[12:25] John Smith (Oficina)
Kkk

Olha só! Recebi um "kkk" do John. Isso deve ser o que se sente ao receber um "toca aqui!" do papa.

Cogito digitar algo como: "O que você vai fazer neste fim de semana?", mas sinto que isso seria forçar a barra. Pela segunda vez, estou prestes a guardar meu celular quando ele emite mais uma notificação.

[12:26] John Smith (Oficina)
O que você vai fazer neste fim de semana?

Ok.

Isso é muito bizarro.

[12:27] Eu
Você foi hackeado??

[12:28] John Smith (Oficina)
Quê?

[12:28] Eu
Você nunca me fez tantas perguntas antes

[12:28] John Smith (Oficina)
?

[12:28] John Smith (Oficina)
Claro que já

[12:29] Eu
Definitivamente não

[12:29] Eu
E estou em um museu de barris

[12:30] John Smith (Oficina)
... por quê?

Quatro perguntas! Isso é definitivamente um recorde.

[12:31] Eu
Por diversão!

[12:31] Eu
Dã

[12:32] Eu
Trouxe a sra. Finnamore, a senhora que estou ajudando em casa

[12:32] Eu
Embora ela não quisesse vir, na verdade

[12:33] John Smith (Oficina)
Mulher esperta

[12:33] Eu
Aff

[12:33] Eu
Você ia gostar de estar em um museu de barris agora

[12:34] John Smith (Oficina)
De jeito nenhum

[12:34] John Smith (Oficina)
Mas divirta-se, sei lá

[12:35] Eu
Eu vou, obrigada!

[12:35] Eu
Aproveite seu triste fim de semana sem barris

[12:35] John Smith (Oficina)
Haha

[12:35] John Smith (Oficina)
Obrigado

Olha só! Um "kkk" *e* um "haha". Alguém avise a imprensa.

Rio de mim mesma, então me desequilibro quando uma criança pequena tromba nas minhas pernas. Sorrio para a mãe da criança, que se desculpa, cansada.

— Sem problemas — asseguro.

Assisto à criança sair rodando como um barril (rá!) até trombar em outra pessoa e dou um sorrisinho. Talvez John e eu sejamos mais que apenas aliados. Talvez sejamos camaradas de Wordle. Na verdade, talvez até estejamos nos aproximando de uma amizade de Wordle!

Caminho pelo museu, observando as exposições e absorvendo a atmosfera geral. Faz tanto tempo que não vou a um museu que esqueci o quanto amo esses lugares. São bem silenciosos e pacíficos, e é muito divertido aprender algo novo — mesmo que seja algo tão objetivamente sem graça como a fabricação de barris. Seria legal trabalhar aqui, vendo as pessoas passearem, absorvendo pequenas informações. Eu me pergunto se eles precisam de alguém para ajudar.

Assim que penso nisso, meus olhos se fixam em um cartaz preso a uma parede próxima.

PRECISAMOS DE VOLUNTÁRIOS

Como se fosse o *destino*.

Olho para ter certeza de que a sra. Finnamore não está me procurando (ela não está; aparentemente, Jim é uma companhia muito melhor que eu) e me dirijo de volta à bilheteria. Espero uma família jovem terminar sua compra e então me aproximo da mulher de meia-idade que trabalha na bilheteria. Cinco minutos depois, estou conversando com a gerente do museu em uma sala nos fundos. Cinco minutos depois disso, já tenho meu primeiro turno! Do meio-dia às cinco da tarde amanhã, e todos os sábados e domingos depois disso. A gerente do museu, Shelley, diz que começarei na bilheteria, mas, assim que me sentir confortável, posso passar a fazer visitas guiadas.

Bom, ok, na verdade ela disse que tudo que eu tinha que fazer era vender ingressos e ficar de olho nas crianças tentando empurrar barris, porém, quando sugeri fazer visitas guiadas no futuro, ela me olhou de um jeito estranho e disse:

— Pode ser.

Que seja. Vou aceitar. Estou procurando algo para preencher meus fins de semana, e isso vai ser perfeito. Além disso, museus são lugares criativos, né? Cheios de "margem para a imaginação", como diria Anne de Green Gables.

Sorrindo alegremente, volto até onde está a sra. Finnamore, que continua conversando com Jim.

— Ah, Emily — ela diz rapidamente. — Estava contando agorinha ao Jim como você vai me ajudar em casa. Ela vai fazer minhas compras — explica a Jim. — E vai cuidar da parte de lavanderia, assim que eu a ensinar a usar a máquina da maneira correta.

— É mesmo? — pergunta Jim. Ele é muito alto e magro, com mechas de cabelo branco penteadas sobre a cabeça. Tem um olhar gentil, e mesmo com as mãos inchadas e curvadas em torno da bengala, parece bem para a idade.

— Ela poderia fazer o mesmo por você — diz a sra. Finnamore.

Espera um momento. O quê?

— Bem, não sei — diz Jim, enquanto levanto as mãos em protesto. — Estou indo bem.

— Você está velho demais para ficar em filas de supermercado — a sra. Finnamore o repreende. (Ah, faça-me o favor! Olha quem está falando.)

— Quanto custa? — pergunta Jim, me encarando.

Abro a boca para lhe dizer, com pesar, que meu acordo com a sra. Finnamore é um arranjo único, mas a sra. Finnamore responde antes que eu consiga:

— São duzentos e cinquenta por semana, mas esse valor inclui ela organizando todos aqueles remédios que o idiota do médico acha que devo tomar. Para compras e lavanderia, tenho certeza de que não vai passar de cem.

— Ah… não é bem assim — digo apressadamente. Honestamente, estou prestes a matar a sra. Finnamore. — Além disso, na verdade, não tenho tempo…

— Vou dar seu número para ela assim que voltar pra casa — afirma a sra. Finnamore, falando sobre mim. — Você vai estar em casa mais tarde hoje?

Jim assente.

— Muito bem. A Emily vai te ligar, então. Diga à sua filha que ela está em meus pensamentos.

Sorrio com timidez para Jim e depois corro atrás da sra. Finnamore, que se dirige à saída.

— A senhora não pode ficar dizendo para os outros que vou trabalhar para eles! — digo assim que entramos no carro. A chuva continua caindo forte sobre o para-brisa.

— Ah, é só o Jim — rebate a sra. Finnamore, acenando para indicar que não é nada. — Ele realmente não deveria estar morando sozinho. Jim não tem andado bem desde que a esposa faleceu no ano passado. Câncer de intestino, sabe. E nenhum dos filhos dele mora aqui mais... Além disso, a filha dele entra e sai toda hora do hospital, por causa dos problemas pulmonares...

Ai, droga. Não posso simplesmente me recusar a ajudar o pobre Jim agora, não é?

— Quer dizer... acho que pode funcionar por um tempo. Mas não é para me oferecer para mais ninguém — acrescento com firmeza. — Não tenho tempo.

— Ah, o que vocês, garotas, fazem hoje em dia? Ficam o dia todo passando o dedo na tela do celular. Além disso, minha amiga Doris precisa mesmo de ajuda com os remédios dela. Você sabe que ela está tomando o dobro do que eu tomo, e os dela são os que tem que tomar todo dia...

— Sra. Finnamore — reclamo.

— O quê? É um dinheiro extra, e não vai levar cinco minutos. Ela mora na rua de cima, sabe. Você poderia passar na casa dela durante as suas corridinhas...

Respiro profundamente e decido ajudar essa tal de Doris também.

De verdade, antes que eu me dê conta, vou ser a cuidadora não oficial de toda a cidade de Waldon.

CAPÍTULO 10

Fiel à sua palavra, a sra. Finnamore me faz ligar para a amiga dela, Doris, assim que chegamos em casa, e passo a manhã de domingo visitando tanto ela quanto Jim para organizar um plano de cuidados semanal. Entre os dois e a sra. Finnamore, esse novo trabalho vai consumir cerca de oito horas por semana, um período que eu realmente deveria usar para organizar a minha vida. Mas também significa 1.450 dólares extras por *mês*, o que me permitirá pagar meu empréstimo estudantil e avançar para a vida dos meus sonhos ainda mais cedo, então acho que vale a pena.

Jim é tranquilo. Ele precisa que eu lave suas roupas e faça as compras, e definitivamente precisa de alguém para dar uma arrumada na casa. Ele é um homem bem doce — noventa e seis anos e ainda morando sozinho!

Ele é um pouco quieto no começo, mas consigo puxar conversa fazendo muitas perguntas sobre as pessoas nas fotos da casa dele. Ele me conta uma história comovente sobre a filha mais nova, que morreu de leucemia quando era adolescente, e descubro que trabalhou no correio local por quase cinquenta anos. Sei que ele tem muitas histórias para contar e mal posso esperar para ouvi-las.

Doris é um pouco diferente. Está encurvada por causa da artrite e tão magra que consigo ver todos os ossos salientes da coluna, mas seu ânimo claramente não foi afetado pela idade. Ela me cumprimenta dizendo:

— Você é a garota que a Betty contratou, não é? — E depois: — Achei que ela tinha dito que você era bonita. — Sem esperar minha resposta (que, para ser sincera, não sei qual seria), ela começa a ditar exatamente o que quer de mim: — Nada dessa besteira de cuidar, sou perfeitamente capaz de fazer tudo, exceto as compras. Aquele idiota do médico revogou minha carteira de habilitação depois de um pequeno acidente.

Ela me diz várias vezes que acha que estou cobrando demais e tenta me convencer a usar seu carro antigo para fazer as compras porque não confia no meu "carro moderno e frágil". Depois de cinco minutos, decido rir em vez de ficar ofendida, mas ainda bem que não vou ter que vê-la mais de uma vez por semana.

Dou uma corrida rápida quando termino (sinto que preciso correr para dissipar essa interação, para ser honesta), depois tomo banho e me preparo para o primeiro turno no museu. Coloco uma calça cápri e uma blusa de botão que acho que tem um toque vintage, e prendo meu cabelo em um coque no topo da cabeça. Eu me analiso diante do espelho, tentando descobrir se estou com uma aparência "de museu" o suficiente. Talvez da próxima vez que estiver na farmácia eu compre um daqueles óculos da moda baratos, sem grau.

Tiro uma selfie no espelho e envio para o grupo com Fallon, Martha e Divya.

[11:02] Eu
[Imagem enviada]

[11:02] Eu
Começando a trabalhar em um museu hoje!
Estou com a aparência certa?

Enquanto passo um pouco de rímel, recebo uma notificação.

[11:06] Fallon
Superfofa!

[11:06] Fallon
Você finalmente saiu daquele emprego no posto de gasolina??

[11:07] Eu
Oficina mecânica, haha

[11:07] Eu
E não, ainda estou lá

[11:07] Eu
O museu é só um trabalho voluntário

[11:08] Fallon
Ah, entendi, haha

[11:08] Fallon
Nada de trabalho por aí ainda?

[11:08] Eu
Nada ainda, mas estou chegando lá!

(Essa é uma mentirinha, mas estou torcendo para que o carma não perceba.)

[11:08] Fallon
Isso aí!

[11:08] Fallon
Você é inteligente demais para ser secretária pra sempre kkkkkkkk

Ela manda uma sequência de emojis depois, vários daquele com a garota usando um chapéu de formatura. Mordo o lábio.

[11:09] Eu
kkk

[11:09] Eu
O que você vai fazer neste fim de semana?

Espero alguns minutos, mas ela não responde. Olho de novo para o espelho e aplico mais uma camada de rímel, sentindo certo desconforto. Conversar com a Fallon às vezes me deixa assim. Do nosso grupo, ela era a pessoa de quem eu era mais próxima na faculdade. Ela tinha uma energia contagiante, e sempre que falávamos sobre o futuro, Fallon sorria para mim e dizia que estávamos destinadas a grandes feitos. Sei que ela está desapontada comigo por estar onde estou. Às vezes, parece que ela é meu alter ego, uma versão bem-sucedida de mim. Estou feliz de verdade por ela, não me entenda mal, mas às vezes isso torna a conversa dolorosa.

Suspiro e balanço a cabeça de leve. A inveja não combina com ninguém, e não vou me tornar uma daquelas pessoas que se ressentem de quem é melhor que elas. Preciso ver Fallon como fonte de inspiração, não de ressentimento. Vou encontrar um trabalho que eu ame tanto quanto ela ama o dela, e vou viver em uma cidade grande e emocionante e obter todas as conquistas grandiosas que ela sempre disse que eu conseguiria. E, enquanto isso... enquanto isso, vou me divertir um pouco no museu de fabricação de barris local.

Assinto para o meu reflexo de forma determinada e vou até o carro. Chego ao museu trinta minutos antes do início do turno, só para o caso de precisar de algum treinamento antes de começar, mas a gerente, Shelley, simplesmente me coloca na bilheteria e me mostra onde está a caixa do dinheiro.

— Vocês aceitam cartão de crédito? — pergunto.

— A máquina está quebrada — responde ela, fazendo uma careta como se a máquina estivesse conspirando pessoalmente contra ela. — Estarei nos fundos se precisar de alguma coisa.

Ela sai antes que eu consiga pensar em mais perguntas. Estou um pouco nervosa por já estar sozinha, mas, ao mesmo tempo, fico aliviada por não ter que trabalhar ao lado dela o dia todo. Shelley parece ser um tanto desagradável.

Organizo os panfletos na mesa, limpo uma mancha de café na caixa registradora e conto todo o dinheiro para garantir que o saldo esteja correto ao fim do meu turno. Então, me sento ereta e espero, ansiosa, que alguém apareça.

Mas quinze minutos se passam e o lugar está tão vazio quanto na hora em que cheguei. Acho que ontem pode ter sido uma exceção. O sol está brilhando hoje e, embora muitas pessoas circulem por ali, ninguém sequer olha para o museu.

Guardo a caixa do dinheiro em uma gaveta, me levanto e dou uma olhada rápida no lugar. Sei que é apenas um museu pequeno e meio aleatório, mas é realmente incrível. Sinto como se tivesse sido transportada para cem anos atrás. Os pisos são de tábuas de madeira fina que rangem sob os pés, e o vidro das janelas está deformado pelo tempo. E quem projetou as exposições claramente sabia o que estava fazendo. À medida que avança pelos cômodos, o visitante é levado pela história da fabricação de barris, terminando na maior sala, nos fundos, onde o fabricante de barris estava fazendo demonstrações ontem. Ele não está aqui hoje, porém. Talvez venha apenas aos sábados.

Meus passos ecoam conforme dou uma volta pelas salas uma vez, depois outra. Leio novamente todas as pequenas placas que explicam as diferentes ferramentas e observo, através da janela, o enorme quintal nos fundos. É muito lindo, com árvores grandes e sombreadas e um píer que se estende sobre a água. É uma pena que não usem isso como parte do museu. Poderiam colocar um playground com tema de barris para as crianças. Talvez no verão pudessem até montar uma churrasqueira ali e vender hambúrguer e cachorro-quente.

— Olá? — chama alguém.

Dou um salto e corro de volta para a minha mesa, onde duas mulheres de meia-idade esperam.

— Oi! — digo com animação. — Querem comprar ingressos para o museu?

— Ah, não — diz uma delas. — Vocês têm banheiro?

Hesito — algo me diz que Shelley não aprovaria isso —, então aceno com a cabeça. Não há nada pior do que estar presa em algum lugar e precisar ir ao banheiro, e sinto que essas duas mulheres são turistas.

— Claro — digo. — É logo ali.

— Obrigada — diz a mulher, se afastando.

A amiga dela espia dentro do museu.

— Este é um museu do quê?

— Fabricação de barris — respondo. — A cidade de Waldon foi certa vez o segundo maior fabricante de barris do país. — Sei disso porque li em uma das placas. — Dez mil barris por ano, todos feitos à mão.

A mulher assente com a cabeça educadamente.

— Bem, talvez eu dê uma volta enquanto espero por ela — diz. — Quanto custa?

— Cinco dólares.

— Vocês aceitam cartão de crédito?

Faço uma cara de quem pede desculpas.

— A máquina está quebrada.

A mulher franze a testa.

— Não sei se tenho dinheiro canadense. — Ela começa a procurar na bolsa. — Essas moedinhas estranhas que vocês usam — murmura —, como as chamam mesmo?

— *Loonies* e *toonies* — digo, escondendo um sorriso. Ela é americana, com certeza. — De onde você é?

— Nova Jersey — ela responde. (Sabia!) — Minha irmã e eu estamos aqui por uma semana. — Ela me entrega três *toonies*.

— Seu troco — digo, abrindo a caixa registradora. — Um *loonie*.

— Olha só! Um *loonie*. Que estranho. — Ela se afasta em direção ao museu.

Consigo perceber que ela não está realmente interessada em barris, mas parece ser o tipo de pessoa que gosta de explorar lugares. Sorrio ao vê-la vagar por ali. É mesmo um lugar tranquilo.

A outra mulher, a irmã dela, sai do banheiro.

— Aonde a Anne foi? — pergunta.

— Ela foi dar uma volta pelo museu — digo. — Você também quer comprar um ingresso?

— Por cinco dólares? — a mulher diz, incrédula, lendo a placa. — Ah, tá. Diga à Anne que estarei lá fora quando ela terminar.

Sufoco um ruído de escárnio. Que falta de educação.

Sorrio de forma especialmente educada para ela, porque pessoas rudes nunca parecem saber o que fazer diante de gentileza excessiva.

— Claro — digo alegremente. — Tenha um ótimo dia. Aproveite a cidade!

Ela parece vagamente confusa e irritada, exatamente como eu esperava. Rio para mim mesma quando a mulher sai. Cinco minutos depois, sua irmã — que eu diria que é a integrante gentil da família — retorna e me agradece.

— Aproveite o restante da sua visita — eu desejo. — E boa sorte com sua irmã insuportável — acrescento em voz baixa depois que ela sai.

Ninguém mais entra depois disso, e começo a ficar um pouco entediada. Faço o Wordle (CALAR, em quatro tentativas) e monto uma lista de todas as ideias que tenho para aumentar o interesse do público no museu — playground com tema de barris, quiosque de cachorro-quente, visitas guiadas —, então procuro nas gavetas da mesa até encontrar a máquina de cartão quebrada. É uma daquelas pequenas, manuais, com uma peça separada para as pessoas passarem os cartões. Alguém a colocou de volta na caixa, que felizmente ainda tem um manual. Levo uns quarenta e cinco minutos, mas, no final, consigo fazer a máquina funcionar de novo.

Caminho de volta para o escritório de Shelley, onde a encontro rolando o feed do Facebook em um computador antigo.

— Consertei a máquina de cartão — anuncio.

Shelley levanta o olhar rapidamente.

— Tenho certeza de que aquela coisa vai quebrar de novo. É uma porcaria.

Certo, isso não era exatamente o elogio que eu esperava, mas tudo bem.

— Está bem calmo aqui hoje — comento.

— Você pode ir embora, se quiser — diz ela sem tirar os olhos do Facebook. — Eu fico de olho na mesa.

Franzo a testa.

— Não, eu não me importo de ficar. Mas estava pensando... não seria divertido ligar para as escolas locais e ver se elas querem trazer as crianças aqui para passeios escolares?

Shelley ri.

— Seria um passeio bem chato só ficar olhando um monte de barris.

Certo, o que há *de errado* com essa mulher? Honestamente, por que trabalhar em um museu com tema de barris se você não gosta de barris?

— Hã... você trabalha aqui há muito tempo? — pergunto. Talvez ela tenha se desencantado ao longo dos anos. Talvez já tenha sido uma verdadeira entusiasta de barris, mas o difícil mundo da curadoria de museus de barris a desgastou.

— Minha tia administrava o museu antes de mim — conta Shelley, revirando os olhos de forma quase imperceptível. — Eu poderia ter vendido este prédio por, sei lá, quinhentos mil, mas a sociedade histórica da cidade a enganou para deixá-los assumir o aluguel bem antes de ela morrer.

Uau. Parece que "um tanto desagradável" é subestimar muito a Shelley.

— Acho aqui legal — digo teimosamente. — Adoro museus.

Shelley me lança um olhar levemente incrédulo e depois volta a atenção para o feed do Facebook.

Volto para minha mesa e me sento de novo, um pouco perturbada. Felizmente, não tenho muito tempo para me lamentar antes que um jovem casal espie dentro do cômodo, ambos incertos.

— Entrem! — peço ansiosamente, acenando para chamá-los.

Os dois parecem ter vinte e poucos anos e me dizem que são japoneses. Quando pergunto o que os trouxe à Ilha do Príncipe Eduardo, a garota diz:

— *Anne de Green Gables.*

— Ah, eu *amo Anne de Green Gables*! — declaro com sinceridade. Que legal que alguém viajou de tão longe por causa de um livro infantil lindo e antigo.

É nítido que os dois sabem como apreciar um museu da maneira correta, e, depois de pagarem pelos ingressos, passam quase uma hora explorando. Eles estão na sala dos fundos quando os ouço conversando em inglês com alguém com uma voz masculina profunda. Viro-me, confusa. Será que alguém mais se escondeu no museu enquanto eu falava com Shelley?

Vou até lá e encontro o fabricante de barris de ontem de volta ao seu posto, esculpindo tiras finas de madeira de um tronco com uma lâmina de duas alças. Ele deve ter cerca de cinquenta anos, e tem a pele clara bronzeada, ombros musculosos e uma barba impressionante de tão volumosa. Se ele estivesse com roupas de época, poderia estar em uma foto intitulada "O velho fabricante de barris".

O casal japonês e eu observamos em silêncio enquanto ele trabalha. O homem tem uma maneira bem natural de explicar o que está fazendo em uma voz profunda e calma. É estranhamente relaxante vê-lo, e é evidente que ele se importa de verdade com seu ofício. Sinto um aperto de anseio no centro do peito. Quero encontrar algo com que eu me importe tanto assim.

Depois de cerca de quinze minutos, o fabricante de barris chega a um ponto de parada natural em seu trabalho e afirma que é hora do intervalo para o café, então nos convida a aproveitar o restante do museu.

Corro atrás do homem, ansiosa para me apresentar.

— Sua apresentação foi ótima — elogio, seguindo-o para a pequena sala de descanso perto do escritório de Shelley.

— Poxa... obrigado — ele diz, parecendo surpreso ao me ver interessada. — Você está visitando Waldon?

— Não, estou trabalhando como voluntária aqui. Hoje é meu primeiro dia. — Estendo-lhe a mão. — Emily Evans.

O fabricante aperta minha mão.

— Trey Fisher.

— Prazer em conhecer. Eu não tinha certeza se você estava aqui todos os dias. Estou tão feliz que aquele casal pôde te ver!

— Geralmente venho aqui algumas vezes por dia — conta Trey, pegando a cafeteira vazia. — Minha loja é logo ali na rua.

— O que você vende?

Ele me lança um olhar curioso.

— Barris.

— Ah! — Dou risada da minha própria estupidez. — Dã. Não percebi que as pessoas ainda fabricavam barris à mão.

— Onde você achava que o uísque era feito? — pergunta Trey. — Ou o vinho?

Sorrio com timidez.

— Acho que nunca pensei muito sobre o assunto. Ou achei que existissem, tipo... máquinas de fazer barris ou algo assim.

— Existem, mas as máquinas não produzem barris tão bem quanto um tanoeiro.

— Ah. — Aceno com a cabeça, como se estivesse entendendo. — E um tanoeiro é...

Trey ri.

— Tem certeza de que deveria estar trabalhando neste museu? Um tanoeiro é alguém que produz barris e tonéis.

— Ah, claro. Eu *definitivamente* sabia disso — afirmo. — Assim como definitivamente sei a diferença entre um barril e um tonel.

— Todos os barris são tonéis, mas nem todos os tonéis são barris — diz Trey.

— Obrigada — digo secamente. — Está totalmente claro para mim agora.

O tanoeiro ri, e é um riso profundo e caloroso. Não vou mentir, estou reconsiderando minha regra de "não namorar caras na casa dos cinquenta" antes de notar a aliança de casamento em sua mão esquerda.

— Quer café? — ele pergunta, despejando água na máquina.

Sorrio.

— Claro!

— Vou ficar mais uma meia hora, porém se mais pessoas aparecerem depois que eu sair, fique à vontade para me enviar uma mensagem. A Shelley te passou meu número?

— Hum... não.

Pego o celular e digito enquanto ele me passa seu número.

Eu me sento na ponta da mesa da sala de descanso enquanto ele coloca café no filtro.

— Você gosta de trabalhar aqui?

— Trabalhar? — Trey ri. — Este lugar faz, tipo, cinquenta dólares em um bom dia. Sou voluntário, como você.

— Ah. Bem... você gosta?

— Claro. É uma boa pausa da loja. E é divertido fingir que as pessoas realmente se importam com a fabricação de barris algumas vezes ao dia.

Dou risada. Definitivamente gosto desse cara.

— Como o museu se mantém aberto se não faz dinheiro?

— Principalmente com subsídios da sociedade histórica.

— É uma pena que não haja passeios escolares — observo. — E não seria legal ter um playground com tema de barris nos fundos?

Trey ri.

— Um playground com tema de barris. É uma boa ideia. Mas a Shelley nunca aceitaria.

Olho para a porta, consciente de que o escritório de Shelley está logo ali no corredor.

— Por que não?

A expressão de Trey fica um pouco azeda.

— A tia dela, Josephine, administrou este museu por anos. Ela era uma tanoeira, na verdade. Uma das únicas mulheres tanoeiras do Canadá, naquela época. Ela morreu há alguns anos. Shelley teria simplesmente vendido este lugar, mas Jo o transferiu para a sociedade histórica.

— Hum... Shelley mencionou isso, sim — digo. — Por que ela ainda trabalha aqui, se não gosta?

— Não faço ideia. — Trey dá de ombros. — Provavelmente recebe um salário decente da sociedade para gerenciar o lugar.

Gerenciar... A função dela está mais para rolar o feed do Facebook.

— Então não há como melhorar as coisas aqui?

— Não, a menos que não tenha custo — responde Trey, servindo-me uma xícara de café do bule meio cheio.

Tomando um gole, franzo o cenho de maneira pensativa.

— Aposto que ainda há um jeito.

— Bem, se você tiver alguma ideia, me avise se eu puder ajudar.

— Sério?

Trey concorda com a cabeça.

— Não me importaria em ver mais pessoas passando por aqui. As crianças de hoje deveriam aprender mais habilidades práticas.

Uma ideia me ocorre.

— Você estaria disposto a dar aulas para as crianças?

Trey fica pensativo.

— Acho que sim. Desde que tenham idade o suficiente para usar as ferramentas com segurança.

— Então, tipo... a partir dos seis anos?

Trey ri.

— Você não tem filhos, tem?

— Hum... não.

— Doze anos ou mais — diz ele. — E precisaríamos de formulários de autorização dos pais.

Sorrio.

— Deixa que eu vejo isso.

Estico minha xícara de café para selarmos a conversa. Ele acha engraçado, mas brinda comigo. Volto para minha mesa com um pouco mais de ânimo. Não é uma carreira nem nada, mas aposto que consigo fazer a diferença aqui.

Eu me sento à mesa da recepção, tomo um longo gole de café e abro o aplicativo de notas no celular. Tenho muito trabalho a fazer.

CAPÍTULO 11

— "Verão no barril" — John lê por cima do meu ombro.

Dou um pulo da cadeira. Não percebi que ele tinha entrado na sala de descanso. Conforme meu coração volta ao normal, levanto o bloco de notas.

— Engenhoso, né?

— Engenhoso com qual propósito?

— É para o evento que vou organizar no museu de barris!

Ele me olha, incrédulo. Juro, é assim que normalmente acontecem minhas conversas com John. Eu falo, e ele me encara.

— Sou voluntária no museu de barris agora — explico.

— Tá de brincadeira.

— Não, não estou. É muito divertido! Ou... bem, só fiz um turno até agora, mas foi realmente divertido. O tanoeiro que trabalha lá... Tanoeiros são as pessoas que produzem barris...

— Eu sei.

— ... ele vai me ajudar a organizar um churrasco pra despertar um pouco de interesse no museu. E preciso ligar para as escolas locais para ver se querem trazer as crianças para passeios escolares. — Dou uma olhada na lista de tarefas para ter certeza de que esse item está anotado.

— Escolas? — questiona ele. — Eu pensei que lares de idosos eram mais a sua praia.

Abro a boca para dar uma resposta sarcástica, mas a fecho outra vez. Hum.

— Sei que você está me zoando, mas isso é uma ideia brilhante, na verdade — comento. — Eu me pergunto se lares de idosos fazem passeios. Vou ligar e descobrir. — Anoto na minha lista.

John se senta na minha frente e pega seu almoço.

— Você já fez o Wordle?

Algo em seu tom me faz olhar para cima. John raramente usa inflexão na voz, então é difícil interpretar, mas ele soa... meio esperançoso?

Não. Não pode ser. Ele provavelmente inalou fumaça de escapamento ou algo assim.

— Ainda não — respondo. — Só me dá um segundo, preciso terminar isso primeiro.

Olho para minha longa lista. Nunca percebi o quanto de planejamento é necessário para organizar um evento. Preciso pensar na comida, na decoração, na divulgação... Além disso, preciso convencer Shelley a realmente me deixar fazer isso. É o primeiro item da lista.

— Você sabe algo sobre fazer sites? — pergunto. — Estou pensando em criar um para o museu, para ajudar a divulgar o evento.

— Você sabe que a idade média desta cidade é, tipo, setenta e cinco anos, certo? Coloque um cartaz no quadro de avisos do centro comunitário e considere divulgado.

Hum. Isso é, na verdade, uma boa ideia.

— E no supermercado — John acrescenta.

Caramba. Outra boa ideia.

— Obrigada — respondo. — Vou adicionar "fazer um supercartaz" à minha lista.

— É um cartaz para um museu de barris — ele diz. — Talvez você queira baixar um pouco as expectativas.

Dou uma risada sem pensar, então me dou conta: John fez uma *piadinha*.

Ah, definitivamente estamos nos tornando amigos de Wordle.

Escondo um sorriso e guardo a lista.

— Ok. Hora do Wordle.

— Primeira palavra?

— GRANA. Como em: *Ainda preciso descobrir onde conseguir a grana para pagar por esse evento.*

— O museu não vai pagar?

Suspiro.

— O Trey diz que a Shelley, que é a gerente do museu, não vai pagar nada.

Digito GRANA no Wordle. Os dois A ficam amarelos. Hum.

— Consegue comprar as coisas para o evento você mesma? — John pergunta. — Se você cobrasse dois ou três dólares por um cachorro-quente, provavelmente arrecadaria dinheiro suficiente para quitar o valor.

— Mas e se eu gastar um monte do meu próprio dinheiro e ninguém aparecer?

Ele dá de ombros.

— Tenho certeza de que as pessoas vão aparecer. O que mais tem para fazer aqui?

Levanto as sobrancelhas como resposta.

— Por que você mora aqui, se odeia tanto?

John parece surpreso.

— Eu não odeio.

— Você fala de Waldon como se aqui fosse superchato e cheio de velhos.

— *É* superchato e cheio de velhos.

— Então se mude para outro lugar.

Ele dá de ombros.

— Gosto daqui.

Hesito.

— Por quê?

— Sei lá. O aluguel é barato. É tranquilo. Fica perto da água. O que mais você quer?

— Quero viver em um lugar emocionante, como Nova York ou Paris.

Ele ergue uma sobrancelha como se duvidasse de mim.

— Sério?

Fico ainda mais séria.

— Sim. E daí?

— Não sei. Sendo voluntária na fábrica de barris...

— Museu. *Museu* de barris.

— ... e trabalhando com um monte de gente mais velha... isso faz você parecer mais uma garota de cidade pequena. Não consigo te imaginar morando numa cidade grande.

Consulto o celular. Não sei por que isso me magoa tanto, mas magoa. A parte racional de mim sabe que não há nada de errado em ser uma garota de cidade pequena. Mas essa não sou eu. Não é o que eu quero.

— Obrigada — respondo de maneira seca.

John muda a expressão.

— Eu não quis dizer...

— Vamos só jogar Wordle — interrompo.

— Você ficou brava.

— Está tudo bem.

John ergue uma sobrancelha.

— É óbvio que você ficou brava.

Solto um suspiro impaciente.

— Não, não fiquei. Só estou... pensando na minha próxima palavra.

— Certo. — Ele volta a atenção para o celular. — Qual palavra você vai usar?

— Não sei. — Fico encarando as letras não utilizadas, tentando me concentrar. — CLAVA.

— Por quê?

— Porque sim — retruco (sim, meio brava). — Só estou tentando eliminar mais letras.

John fica em silêncio por um momento, e já me arrependo do meu tom. Provavelmente ele não quis me insultar. Talvez ele até ache que ser uma garota de cidade pequena é algo bom.

— Que palavra você usou? — pergunto, ainda tensa.

Ele vira o celular para mim. Sua palavra é CALMA.

Esboço um sorriso.

— Tá tudo bem — digo, com mais sinceridade desta vez. — É só que... sei lá. Não quero ser uma garota de cidade pequena. Sei que não tem nada errado nisso — acrescento rapidamente. — E não quero desmerecer quem gosta de cidade pequena... só não é quem eu quero ser.

— Então por que não vai para outro lugar?

— Não tenho dinheiro pra isso. Tenho esse empréstimo estudantil idiota que estou tentando pagar... e também não quero me mudar até saber com certeza o que quero fazer lá.

— O seu "emprego dos sonhos" — ele completa. Ainda soa um pouco sarcástico quando John fala isso. Engulo uma pontada de irritação.

— É — respondo brevemente. — Mas estou presa aqui por enquanto, então estou tentando aproveitar o máximo e encontrar coisas legais pra fazer. — Aponto para a lista de tarefas do "Verão no barril".

— E você acha que planejar um churrasco numa fábrica de barris é divertido — ele diz.

— *Museu* de barris. E sim.

John me encara por um tempo e depois volta a mexer no celular. Engulo outra onda de irritação e me esforço para focar na minha próxima palavra. A palavra CALMA do John ajudou muito porque todas as letras, exceto o C, ficaram amarelas.

Agora só preciso pensar na ordem certa e na letra que falta.

— Um dos meus amigos de corrida toca guitarra — John diz. — Às vezes ele toca na pista, e alguns bares em Charlottetown o pagam pra fazer shows.

Franzo a testa, tentando entender aonde ele quer chegar.

— Quer que eu pergunte se ele pode tocar no seu... evento dos barris? — ele pergunta.

Eu me ajeito na cadeira.

— Tá falando sério?

— Claro.

— Mas eu não teria que pagá-lo?

John dá de ombros.

— Fiz o alinhamento do carro dele no ano passado pela metade do preço. Ele me deve uma.

Abro um sorriso largo.

— Isso seria incrível!

— Posso ligar pra ele depois. Só me manda a data e os detalhes.

Balanço a cabeça, sorrindo, e pego minha lista de tarefas. Música ao vivo não estava na lista (eu nem tinha pensado nisso), mas agora adiciono, só para poder riscar.

Música ao vivo: feito!

— Você acha que essa palavra está no plural? — John pergunta, levantando o celular.

Me dou conta de que isso faz todo o sentido. A letra que faltava era um s!

A, L, M, A, S.

ALMAS.

Digito, aperto *enter*, e, uma por uma, as letras ficam verdes.

Trezentos e oito dias!

Sorrio para John.

— Acho que sim.

Depois do trabalho, vou ao mercado comprar mantimentos para a sra. Finnamore, Jim e Doris. Durante a espera na fila, pego o celular e mando uma mensagem para Fallon.

[17:42] Eu
Oi, amiga! Preciso pegar umas dicas suas sobre como planejar eventos. Tô organizando um churrasco de verão num museu local e quero que dê tudo certo. Você tem que planejar muitos eventos pras suas lojas, né?

Não espero que ela responda logo, então fico surpresa quando vejo os três pontinhos aparecerem quase no mesmo instante.

[17:43] Fallon
Meu Deus, que coincidência, eu tava prestes a te mandar mensagem!

[17:43] Fallon
Vou enviar um post pra você compartilhar em todas as suas redes

[17:43] Fallon
Nova promoção no site semana que vem

Eu me mexo desconfortavelmente. Fallon me pede para fazer coisas assim de vez em quando. E, obviamente, quero apoiá-la, mas sempre fico me sentindo meio estranha com isso. Basicamente nunca posto nada nas minhas redes sociais, o que significa que 90% do que está lá são só anúncios do negócio dela. Tenho certeza de que o Instagram acha que sou um robô.

Mas acho que eu não deveria reclamar. Se algum dia eu tiver um negócio, provavelmente vou pedir o mesmo a Fallon.

[17:44] Eu
Claro! Só me manda o que você quer que eu poste.

[17:44] Fallon
Ahhh, você é incrível, amiga!

[17:44] Fallon
Enviando agora!

E, de fato, segundos depois, chega uma notificação no Facebook e no Instagram. (Sim, eu sei, ninguém com menos de sessenta anos usa Facebook hoje em dia. Só tenho uma conta para ver as fotos das viagens dos meus pais.) Eu imediatamente reposto o que Fallon me enviou.

[17:46] Eu
Feito!

[17:47] Fallon
Maravilhoso... Obrigadaaaa!

A fila à minha frente anda com lentidão. A adolescente no caixa deve ser recém-contratada. Juro que ela leva uns cinco minutos para passar cada item.

[17:50] Eu
Então, tem alguma dica sobre como planejar eventos? Tô preocupada principalmente com a quantidade de comida que tenho que comprar. Não quero que falte, mas acho que prefiro isso do que comprar demais...

[17:52] Fallon
Hum, não sei, amiga

[17:52] Fallon
A gente contrata organizadores de eventos

[17:52] Fallon
Boa sorte, viu!

Fecho a cara, um pouco irritada, e começo a guardar o celular sem responder. Mas logo sacudo a cabeça em uma autorrepreensão. Não é culpa da Fallon que ela tenha alcançado sucesso o suficiente para pagar organizadores de eventos.

[17:53] Eu
Obrigada! Boa sorte com a divulgação do site!

Fallon responde com um emoji de dedos cruzados e vários emojis de sacos de dinheiro.

A fila anda mais um pouco — outro funcionário veio ajudar a garota nova — e começo a descarregar o conteúdo do meu carrinho na esteira, separando as compras da sra. Finnamore, de Doris e de Jim em três pilhas diferentes. Todos me deram dinheiro para pagar (Doris gentilmente explicou que não confiava em mim com o cartão de crédito dela) e, depois de passar no caixa, guardo com cuidado o troco já conferido em sacos plásticos individuais.

— Tem certeza de que trouxe tudo? — Doris pergunta uns quinze minutos depois, quando levo a última sacola até a cozinha dela.

— Tenho certeza — respondo.

— Hum — ela diz, desconfiada. — Não assuste o gato.

O gato dela, que nem nome tem ("Nomes são para pessoas, menina, não para animais"), está dormindo no topo da geladeira. Não sei como eu poderia assustá-lo, já que tenho quase certeza de que ele está possuído pelo demônio. Eu adoro gatos, mas esse parece existir apenas para sibilar, morder e arranhar. Acho que é por isso que se dá tão bem com Doris.

Ela e o gato supervisionam enquanto organizo todas as compras. Aceno distraída conforme Doris me dá sua opinião sobre o tempo ("Calor demais"), as notícias da noite ("Por que eu deveria me importar com esses assuntos estrangeiros?") e o corte de cabelo recente do sobrinho ("Ridículo"). Para ser honesta, acho que não existe nada no mundo sobre o qual Doris não tenha opinião.

O que, agora que penso a respeito, pode ser útil pra mim.

— Ei, Doris. — Arrisco. — Se estivesse num lar de idosos, você ia gostar de fazer passeios a museus?

— Se eu estivesse num lar de idosos, ia querer ser fuzilada.

Ok. Eu deveria ter previsto essa resposta.

Eu me despeço de Doris com um boa-noite ("Como você pode achar que a noite vai ser boa? Não sabe que tenho oitenta e seis anos?") e vou para a casa da sra. Finnamore.

— Não acho que alguém esteja tão interessado em barris, querida — ela comenta quando faço a mesma pergunta que fiz a Doris. — Além disso, aquele prédio antigo é muito gelado.

— Certo, mas se você *tivesse* que ir — insisto. — Como gostaria que fosse?

— Não sei — responde, desinteressada. Mas, talvez percebendo minha decepção, suspira e acrescenta: — Você deveria colocar mais assentos se vai arrastar gente da casa de repouso até lá. Aqueles pisos de madeira são duros demais.

— Mais assentos. — Confirmo com a cabeça. — Obrigada!

Quando pergunto ao Jim, ele tem ideias ainda mais úteis. Na verdade, parece que estava esperando alguém perguntar.

— Aquele lugar é escuro demais — argumenta ele. — Mal dá pra ler aqueles cartazes minúsculos das exposições. Não que alguém realmente se dê ao trabalho de lê-los. As pessoas passam a maior parte do tempo olhando pro Trey.

Mais luzes, mais Trey, anoto mentalmente.

— Então, se você fosse numa visita lá, só gostaria de ver o Trey?

— Ah, não sei — Jim responde. — Seria legal sentar e bater um papo, talvez tomar um chá.

Concordo, pensativa. Poderíamos montar mesas na parte externa, talvez servir chá e lanches... Será que consigo encontrar canecas em formato de barril? Parece o tipo de coisa que deveria existir, tipo para festas de aniversário com tema de pirata.

Espera um pouco.

Festas de aniversário.

Que ideia genial! Que criança não gostaria de comemorar o aniversário num museu de barris? Depois que eu adicionar um playground com tema de barris, é claro.

Entusiasmada, agradeço a Jim e vou para casa. Depois do jantar, procuro as informações de contato das escolas e lares de idosos locais. Só há duas escolas — uma de ensino fundamental e outra para alunos de ensino fundamental e médio — e uma casa de repouso nas imediações da cidade. Existem mais lares de idosos em Summerside e Charlottetown, mas acho que vou esperar para abordá-los. Não quero que os residentes dirijam por uma hora até aqui antes de eu me assegurar de que posso lhes oferecer um dia incrível.

Por volta das nove, me aconchego na cama com uma taça de vinho e dou uma olhada no Instagram. Fallon compartilhou meu post sobre a promoção do site nos stories dela (junto com uns cem outros) com a legenda "Temos fãs em todo o Canadá!!!". Mais adiante nos stories, tem uma foto dela e do marido em frente à filial de Toronto. Os dois estão bastante bronzeados, como se tivessem acabado de voltar de uma viagem até o sul, e a equipe deles está ao redor, segurando garrafas de suco. Todos parecem muito felizes, e não daquele jeito falso de Instagram. Estão de braços dados e alguns foram flagrados no meio de uma risada.

Clico nos stories da Martha. Ela postou umas cinquenta fotos de si e das crianças em uma visita ao zoológico. Também parecem muito felizes (mesmo que internamente eu ache que as camisetas combinando são meio bregas).

Largo o celular com um suspiro. Eu estava me divertindo ao planejar maneiras de melhorar o museu, mas agora tudo parece meio bobo. Talvez eu devesse parar de gastar tempo com essas coisas. Não é como se isso fosse me aproximar do meu emprego dos sonhos.

Afundo nas cobertas e melancolicamente dou um gole no vinho. Eu deveria passar a noite procurando mais vagas de emprego para me candidatar, mas de repente isso também parece inútil. Como se eu estivesse apenas me debatendo, me candidatando a qualquer coisa, desesperadamente tentando encontrar algo que funcione.

Estou zapeando pela Netflix procurando uma série de comédia para me distrair quando o celular vibra com uma mensagem vinda de um número desconhecido.

[21:07] Número desconhecido
Oi, Emily... Sou o George, amigo do John. Ele me disse que você está planejando algum evento ao ar livre em Waldon e talvez queira que eu toque?

Eu me sento um pouco mais ereta. Tinha me esquecido completamente disso. Estou surpresa que John já tenha entrado em contato com ele.

[21:08] Eu
Oi, George! Sim, adoraria, se você estiver disponível.

[21:08] Eu
Não posso te pagar nada, então entendo perfeitamente se não puder tocar

[21:09] Desconhecido
Parece ótimo!

[21:09] Desconhecido
Não se preocupe com o pagamento, devo uns 2 mil ao John, rs

[21:10] Eu
Incrível!! Ainda estou esperando por alguns detalhes.

(Tipo, se a Shelley vai me deixar fazer isso.)

[21:10] Eu
Mas te aviso o mais rápido possível pra confirmar

[21:11] Desconhecido
Combinado. Valeu!

Sorrio para a tela por um momento, depois abro a conversa com John Smith (Oficina).

[21:12] Eu
Ei, seu amigo George acabou de me mandar mensagem! Obrigada por falar com ele.

[21:13] John Smith (Oficina)
Sem problema

[21:13] John Smith (Oficina)
Ele está estranhamente animado com isso

[21:13] John Smith (Oficina)
Acho que ele tem tentado entrar na cena dos museus de barris

Dou risada.

[21:14] Eu
Bom, é um mercado muito competitivo

[21:14] Eu
Já recebi até uma ligação da Beyoncé, implorando pra eu deixar ela se apresentar

[21:15] John Smith (Oficina)
Hahaha

Mordo o lábio, pensando se devo dizer mais alguma coisa. Ainda é estranho falar com o John como um (meio que) amigo, mas não é como se eu tivesse muitas opções no momento. Melhor perguntar a opinião dele. Não pode ser pior que a de Doris.

[21:19] Eu
Você acha que essa ideia toda do evento é meio idiota?

[21:19] John Smith (Oficina)
Não

[21:19] John Smith (Oficina)
Por quê?

[21:20] Eu
Não sei

[21:20] Eu
É só um museu bobo de barris, né?

[21:20] Eu
Não acho que eu deveria estar gastando tanto tempo nisso

Há uma breve pausa. Fico pensando se falei demais.

[21:21] John Smith (Oficina)
Você pensa demais

[21:21] John Smith (Oficina)
Tá se divertindo com isso ou não?

Franzo a testa, pensativa.

[21:22] Eu
Sim

[21:22] Eu
Tô sim

[21:23] John Smith (Oficina)
Então é isso

Ele manda um emoji de um carinha dando de ombros. Esboço um sorriso divertido.

[21:23] Eu
Obrigada 😊

[21:23] Eu
Indo dormir agora. Boa noite!

[21:23] Eu
Ou, como o Wordle diria:

[21:23] Eu
NOITE

[21:24] John Smith (Oficina)
Hahaha

[21:24] John Smith (Oficina)
Boa noite

Dou mais um gole no vinho, guardo o notebook e pego minha lista de tarefas novamente, sorrindo para mim mesma, só um pouquinho.

CAPÍTULO 12

Na manhã seguinte, no trabalho, aproveitei um intervalo entre os clientes (não foi difícil, considerando que só tínhamos quatro agendamentos) e, determinada, peguei o telefone. Disquei o número da escola local e esperei chamar. No segundo toque, desliguei.

Droga.

Parece estranho fazer isso por telefone. Meio spam, tipo um telemarketing, e também meio esquisito. O que vou dizer? "Oi, você não me conhece, mas quer trazer seus alunos ao lugar onde sou voluntária para uma visita guiada?"

Viu? Estranho.

O que eu queria *mesmo* era ir às escolas pessoalmente para A) provar que sou uma pessoa normal e B) levar uns folhetos que peguei no museu. Acho que posso ser mais persuasiva pessoalmente também. Posso falar sobre as demonstrações do Trey e até mencionar o evento "Verão no barril".

Mas o problema das escolas é que elas estão abertas durante o dia, assim como a oficina mecânica. Eu poderia sair rapidinho na hora do almoço, mas tenho a impressão de que os professores não gostariam de ser incomodados nesse horário. Lembro que era o momento mais caótico na escola, com centenas de adolescentes cheios de hormônios tentando socializar em um período de sessenta minutos.

Olho para o relógio. São 10h50. Só temos dois clientes agendados para a tarde, porque o Dave está de folga hoje. Mordo o lábio. Talvez... talvez eu possa dizer que estou doente e tirar o restante do dia de folga.

E, sim, sei que é errado faltar ao trabalho sem estar de fato doente.

Na verdade, meio que odeio pessoas que fazem isso. Eu trabalhava em um restaurante durante o verão, na época da faculdade, e havia uma garota que *vivia ligando* para dizer que estava doente, como se não percebesse que isso significava que o restante de nós teria que trabalhar o dobro para cobrir sua ausência, ou só não se importasse com isso.

Mas nunca fiquei afastada nem por um dia desde que comecei a trabalhar na oficina. Será que seria tão errado tirar um único diazinho?

Empurro a cadeira para trás e vou até a garagem antes que perca a coragem. Preciso gritar o nome de John três vezes antes que ele me ouça por causa do barulho das máquinas.

— O quê? — ele pergunta quando enfim me vê.

Faço uma careta.

— Estou indo para casa. Estou com uma dor de cabeça terrível.

Instantaneamente me sinto péssima, porque ele larga as ferramentas e vem em minha direção com uma expressão... bem, não exatamente *preocupada*, mas talvez um pouco menos indiferente do que o normal.

— Você está gripada ou algo assim?

— Hum... não. Só... sabe, meio com dor de cabeça e tonta. Provavelmente é só estresse.

— Quer que eu te leve pra casa? Você não deveria dirigir se está tonta.

Droga. Ele tem razão.

— Não estou tonta *agora* — afirmo, minimizando a situação. — Estava mais cedo, mas já passou.

— A tontura pode voltar.

— Não, não — eu me apresso em responder. — Tenho certeza de que não vai. Isso às vezes acontece... Eu tenho essas... crises... — Termino a frase, insegura. O olhar preocupado no rosto dele sumiu, substituído por uma expressão ligeiramente desconfiada.

Não estou convencendo com essa mentira, estou?

— Ok, olha — começo a dizer, envergonhada. — Não estou doente de verdade. Só preciso sair por uma hora ou duas para levar esses folhetos do museu às escolas e ver se eles querem fazer uma excursão. Sei que é idiota, mas quero ir hoje, porque as aulas vão terminar em cerca de um mês, então é minha única oportunidade. Posso encaminhar as ligações para o meu celular, e quando os clientes pagarem...

— Sem problemas — John me interrompe. — Pode ir.

— O quê?

— Vai logo — ele repete. — Posso cuidar dos clientes.

Hesito.

— Tem certeza?

— Sim.

Ainda assim, vacilo.

— E se o Fred aparecer?

— O Fred está na Flórida. Mas se ele voltar só pra verificar se você está trabalhando na recepção, vou dizer que você foi pra casa porque está doente.

Engulo uma risada.

— Ah. Bem... ok, então. Prometo que não vou demorar.

— Não me importo, de verdade.

Estudo o rosto de John. Ele está sendo realmente sincero.

Sentindo-me um pouco menos culpada, corro para o carro e dirijo até a escola local, que fica a apenas dez minutos de distância. Embora abrigue tanto o ensino fundamental quanto o médio, a escola não é muito grande. Assim que entro, sinto como se tivesse voltado quinze anos no tempo. É incrível como tanto tempo pode passar, mas as escolas parecem sempre as mesmas. Este lugar até tem o mesmo cheiro da minha antiga escola, como se todas as escolas do universo fossem obrigadas por lei a usar o mesmo produto de limpeza com cheiro de limão.

Sigo o caminho até a sala do diretor e bato de leve na porta. Ela se abre um momento depois, revelando um homem alto e careca de quem gosto de imediato. O nome dele é sr. Peterson, e ele me deixa entrar no escritório e ouve minha divagação animada sobre o museu. Até prepara uma xícara de chá para mim, usando uma chaleira que tem na mesa. Ele diz que acha que excursões ao museu são uma boa ideia para algumas das crianças mais novas, embora talvez não para os alunos do ensino médio. Sinto alívio por dentro quando ele diz isso. Não quero adolescentes revirando os olhos e fingindo que são bons demais para o meu museu.

O sr. Peterson afirma que não pode me prometer nada — tão perto do fim do ano, os horários estão bem apertados —, mas que entrará em contato. E sei que parece algo que você diz só para se livrar de alguém, mas juro que ele parece sincero.

Saio da escola de bom humor e sigo para o lar de idosos. Tem mais ou menos o mesmo tamanho da escola, mas a atmosfera não poderia ser mais diferente. A escola tinha aquele silêncio de sapatos estridentes, enquanto aqui o lugar está cheio de um caloroso burburinho de vozes.

Fico parada na entrada por um momento, sentindo-me nervosa. Nunca estive em um lar de idosos antes e tenho medo de que seja um lugar bem deprimente, cheio de pessoas tristes esperando para morrer. Mas, na verdade, assim que entro, parece bem animado! Tem uma jovem guiando um grupo de pessoas em cadeiras de rodas em uma rotina de exercícios sentados, uma enfermeira ajudando uma idosa a montar um quebra-cabeça e um homem tocando piano em um canto. Faço uma anotação mental de tudo o que vejo para contar a Jim depois. Ele mencionou que não tem certeza de quanto tempo mais conseguirá ficar na própria casa. Acho que está muito cheia de lembranças de sua esposa. Talvez um lugar como este seja bom para ele. Menos solitário.

Demoro um pouco para encontrar a pessoa responsável, uma mulher baixinha e corpulenta com cabelo crespo. Ela está bastante ocupada durante nossa conversa — o telefone dela toca a cada cinco segundos, e três pessoas entram para fazer perguntas enquanto conversamos —, mas ela ouve tudo o que digo e pega os folhetos. Assim como o sr. Peterson, ela diz que vai pensar no assunto e entrar em contato. Não tenho *muita* certeza se ela vai mesmo entrar em contato, mas pelo menos dei o primeiro passo. Sempre posso voltar no mês que vem e ver se ela considerou a proposta. Diferentemente da escola, os residentes estarão aqui o ano todo.

Meu último destino é a escola de ensino fundamental. Apesar de todas as minhas boas intenções anteriores, acabo chegando bem quando toca o sinal do almoço. Centenas de crianças saem pelas portas, todas gritando a plenos pulmões.

Para ser sincera, não sei como os professores aguentam. Fico exausta só de *vê-los* tentando organizar a bagunça. Corro para dentro, desviando e me esquivando das crianças, e chego à sala da diretora. Como eu temia, ela está almoçando quando bato à porta e não parece muito animada com a interrupção.

Resumo meu discurso a sessenta segundos, entrego os folhetos, agradeço pelo tempo dela e saio correndo.

Volto à oficina por volta das 12h30, suada e ligeiramente agitada.

— Caramba — digo, desabando em uma cadeira na sala de descanso.

John olha por cima do celular.

— Achei que você ia tirar o dia de folga.

— Eu disse que ia sair por uma ou duas horas — corrijo. Depois deixo a cabeça cair nas mãos. — Isso foi cansativo.

— Você não precisava ter se apressado pra voltar. Eu te disse que conseguia cuidar daqui.

— Ah, eu sei, só estou cansada da escola primária — respondo. — Como as pessoas conseguem ter filhos?

John desembrulha o sanduíche.

— Você não gosta de crianças?

— Gosto de crianças, mas só por cinco minutos, até eu poder devolvê-las para alguém. Mas ter filhos de verdade... — Faço que não com a cabeça. — Sei que dizem que é um trabalho em tempo integral, mas acho que isso é besteira. Quando você tem um emprego em tempo integral, vai pra casa no fim do dia e relaxa. Ter um filho parece mais dois empregos em tempo integral, e seu chefe nunca te deixa tirar uma folga e ainda dorme na sua casa toda noite. — Suspiro cansada. — Acho que nunca vou querer ter filhos.

— Eu também não — John diz. — Algumas partes parecem legais, mas acho que estou bem com sobrinhos e sobrinhas.

— Minha amiga Martha diz que um dia vou acordar e mudar de ideia.

John dá uma mordida no sanduíche.

— Meio rude isso.

— É, né? Como se eu não fosse madura o suficiente pra saber o que quero. — Vou até a geladeira e pego meu almoço de sempre: um copo de iogurte e um saquinho de granola. — Ela também diz que vou me arrepender quando ficar mais velha, porque não vou ter ninguém pra cuidar de mim.

John faz uma careta duvidosa.

— Esse é um bom motivo pra ter filhos? Forçá-los a cuidar de você quando ficar velho?

Eu rio.

— Foi exatamente o que eu disse! Ela não ficou muito feliz.

— Ela mora por aqui?

— Não, fizemos faculdade juntas. Agora ela mora no Maine. — Hesito e então acrescento: — Na verdade, eu não conheço muitas pessoas por aqui.

— Que chato — comenta John.

— É. É mesmo. — Fico quieta por um momento, então me animo. — Talvez eu conheça alguém durante as visitas ao museu!

John bufa enquanto mastiga um pedaço de sanduíche.

— O quê, tipo um estudante do ensino médio?

— *Não*. — Reviro os olhos. — Tipo um professor legal e descolado. Sabe, eu cogitei ser professora uma vez.

— Você acabou de me dizer que não suporta crianças.

— Eu disse que não quero *ter filhos* e que as crianças parecem incrivelmente exaustivas — retruco. — Mas, sim, essa foi uma das razões pelas quais não segui por esse caminho.

— Você deveria conhecer minha irmã — diz John. — Ela não é professora, mas gosta de se achar legal e descolada.

Tento imaginar uma versão feminina de John e surge na minha mente a imagem de uma mulher bem intimidadora, com jaqueta de couro e centenas de tatuagens. Não tenho certeza se sou descolada o suficiente para sair com esse tipo de garota. Além disso, sei que ele não está oferecendo de verdade me apresentar à irmã. Só mencionou por educação. (Algo de que não estou reclamando, a propósito. Isso é um grande avanço em comparação com a semana passada.)

— Seria legal — comento. Consulto o relógio. — Você tem tempo pra jogar Wordle ou precisa voltar?

Antes que ele possa responder, a campainha da recepção toca. Nosso primeiro cliente da tarde deve ter chegado.

Faço uma careta e me levanto.

— Acho que o Wordle vai ter que esperar.

Levo o almoço comigo e volto para a minha mesa, onde uma garota bonita de cabelos escuros, na faixa dos dezoito anos, bate o pé impacientemente, esperando para deixar o carro dos pais para trocar o pneu.

— Tem algum lugar pra esperar? — ela pergunta, avaliando os arredores da loja como se esperasse que eu abrisse uma cortina vermelha e revelasse um spa para os pés.

— Apenas aquelas cadeiras ali — informo, apontando.

A garota parece vagamente ofendida e se senta com um suspiro breve e quase inaudível. Dois segundos depois, coloca um par de fones de ouvido e liga a música num volume tão alto que consigo ouvir de onde estou, na minha mesa.

Passo os próximos vinte e cinco minutos terminando o almoço e verificando mensagens no celular, e então não tenho mais nada a fazer além de ficar sentada e ser incomodada pela música da garota.

Eu a observo de forma discreta. Ela definitivamente não é de Waldon. Aposto que os pais dela têm um chalé aqui ou algo assim. Está vestida de forma bem casual, com short jeans e um suéter, mas consigo notar os pequenos sinais de riqueza, como a pulseira Tiffany que aparece sob a manga e a bolsa Louis Vuitton jogada sobre o ombro.

Ela levanta os olhos e me pega espiando. Ops. Dou um sorriso educado e constrangido. Ela responde me escaneando da cabeça aos pés e então finge conter um sorriso irônico.

Meu rosto fica vermelho como um pimentão.

Que vaca.

Passo as mãos, constrangida, pelos cabelos e pela roupa. Lavei as roupas de Jim na noite passada em vez das minhas, então estou vestindo um dos meus moletons mais antigos sobre uma legging preta e simples. Não achei que estivesse tão mal quando olhei no espelho hoje de manhã, mas o pensamento daquela garota ficou nítido quando ela me analisou.

As palavras diretas que John disse ontem ecoam na minha mente.

Garota de cidade pequena.

Eu me forço a ficar mais ereta e levanto o queixo com determinação.

Tudo bem, talvez eu esteja um pouco com jeito de cidade pequena agora. Isso não significa que serei assim para sempre. Tenho uma visão rápida de mim mesma sentada atrás de uma mesa enorme, vestida com Balmain e Prada, com janelas do chão ao teto atrás de mim, olhando para a Quinta Avenida. Levanto a mão cheia de joias e aceno para a próxima candidata que está sendo entrevistada para a humilde posição de assistente. E não é que é a Garota de Short Jeans! Os olhos dela se arregalam ao me reconhecer — ela força um sorriso falso e abre a boca para falar... mas não, é tarde demais.

Estou lhe dando o mesmo olhar cortante da cabeça aos pés que ela me deu uma vez e ordenando que saia do meu escritório.

Sufoco uma risada. Ok, isso foi um devaneio imaturo.

Mas agora me sinto um pouco melhor.

Observo os folhetos do museu de barris pela décima quinta vez e depois pesquiso na internet sobre fabricação de barris. Se o sr. Peterson me ligar para falar sobre levar as crianças da escola para uma excursão, quero ter certeza de que tenho muitas coisas divertidas para contar a eles sobre barris.

O problema é que não há muito o que dizer sobre barris, a menos que você queira falar sobre vinho ou uísque, o que não acho muito apropriado para crianças do ensino fundamental.

Mordo o lábio, tentando pensar no que eu teria gostado de fazer em uma excursão no ensino fundamental. Para ser honesta, provavelmente não teria vontade de ouvir histórias sobre barris. Especialmente não nas últimas semanas de aula antes do verão. A única coisa com que eu me importaria seria sair da sala de aula e me divertir com meus amigos.

Ah! Talvez eu possa deixá-los fazer algum tipo de atividade no quintal. Alguma... corrida de rolar barris, talvez. Rolar barris é uma atividade que existe, né?

Faço uma pesquisa rápida no Google, e existe, sim. Mas, honestamente, parece um pouco perigoso para crianças. O artigo que estou lendo fica reforçando a importância de usar botas de aço.

Ah, bem. Vou pensar em outra coisa.

Bato os dedos na mesa. Pense, cérebro, *pense*.

Meu olhar se volta novamente para a garota esnobe. Nem morta ela seria vista em um museu de barris. De jeito nenhum.

Hum. Esse é um pensamento interessante.

Hesito por alguns minutos e então penso comigo mesma: *Dane-se*.

— Com licença? Moça? — Aceno com a mão até que a garota finalmente me nota.

Com relutância, ela retira um dos fones de ouvido.

— O carro está pronto?

— Hã... não. Eu queria saber sua opinião sobre uma coisa. — Ela fecha a cara, meio desconfiada, mas continuo: — Você gosta de museus?

Ela pisca os olhos maquiados para mim.

— O quê?

— Museus — repito. — Tipo, se você fosse a um museu em uma cidade pequena, que tipo de coisas acharia interessante?

Ela me olha como se eu tivesse perdido a cabeça.

— Você está, tipo, arrecadando fundos ou algo assim? — questiona, desconfiada. — Porque já dou *uma grana* pra caridade.

De alguma forma, consigo evitar revirar os olhos. Sim, aposto que ela faz doações para a caridade.

— Não, estou apenas tentando ajudar o museu local de fabricação de barris.

— Fabricação de *barris*? — ela repete de forma zombeteira.

— Sim, fabricação de barris — confirmo. Então respiro fundo de forma exagerada. — Deixa pra lá. Desculpe ter te incomodado. Só pensei que poderia te perguntar, já que você é tão jovem e obviamente muito estilosa… — Aceno com a mão indicando a roupa dela. — Achei que você poderia me ajudar a descobrir o que crianças do ensino fundamental poderiam achar interessante. Estou muito velha para entender isso — acrescento para dar ênfase.

Meu Deus, isso foi fácil demais. A garota parece instantaneamente mais calma. Ela se senta um pouco mais ereta e tira o outro fone do ouvido.

— Bem, não vou a museus porque, tipo, a maior parte da história é muito ofensiva…

— Claro — respondo com uma expressão séria.

— Mas sou convidada para várias exposições de arte, sabe, para o meu Insta? Tenho, tipo, trinta mil seguidores.

Inclino a cabeça e faço uma expressão confusa.

— O que é "Insta"?

Ela me encara.

— Instagram.

— Ah, *Instagram*. — Concordo como quem sabe das coisas. — Minha sobrinha me contou sobre isso. Nunca consegui entender. Os celulares hoje em dia têm muitos botões!

Ok, estou me divertindo demais agora. E a Garota de Short Jeans nem parece mais esnobe, apenas profundamente solidária em relação a mim, a antiga funcionária do museu de barris que não sabe o que é Instagram.

Ela joga seu cabelo brilhante sobre o ombro e se inclina para a frente de maneira conspiratória, como se estivesse prestes a compartilhar os segredos do universo.

— Certo, bom, o que você precisa fazer é contratar um influenciador para ir ao seu museu e tirar várias fotos lá, fazendo parecer superartístico. Eu ofereceria ajuda, mas estou, tipo, muito ocupada agora. Além disso, meu feed segue um tema aquático, então, tipo, barris não combinariam.

— Feed? — pergunto de maneira inocente. — Não sei do que você está falando.

Não ria, Emily. Não ria.

— Isso significa as fotos no Instagram — ela diz devagar. Ela vira o celular em minha direção e me mostra seu feed aquático. — Viu como as cores ficam boas?

— Uau — respondo obedientemente.

— De qualquer forma, é isso que você precisa fazer. Contratar um monte de influenciadores e fazer com que eles promovam esse seu... negócio de barril.

— Obrigada — digo, injetando a quantidade certa de gratidão profunda na palavra. — Isso é muito útil.

Ela sorri como uma santa beatificada e coloca os fones de ouvido de volta. Bato os dedos na mesa outra vez, ponderando acerca de uma ideia que emerge na minha mente. A Garota de Short Jeans foi mesmo útil. Não a dica dela sobre influenciadores, isso é uma loucura. Mas agora acho que posso ter uma ideia de como deixar o museu um pouquinho mais legal para as crianças.

Pego o celular e escrevo uma nova mensagem para Trey.

[13:42] Eu
Ei, Trey! Você vai trabalhar neste sábado?

[13:42] Eu
Tenho uma ideia para o museu. Precisaria da sua expertise em carpintaria. 😊

Ele não responde de imediato. Atendo algumas chamadas, e então a Garota de Short Jeans se aproxima da mesa e pede um post-it para escrever seu nome de usuário do Instagram.

— Você vai adorar — ela diz. — Eu dou, tipo, dicas de estilo para as pessoas e coisas assim.

Ela lança um olhar sutil para o meu look novamente enquanto diz isso. Quanta consideração.

Pego o post-it com um sorriso agradecido e faço uma ceninha ao procurar seu nome de usuário, murmurando:

— Instagram... ponto... com. Ah, droga, escrevi errado. Instagram... p-o-n-t-o... c-o-m. Ah, aqui está. — Então, tento não explodir em risadas com a expressão no rosto dela.

Passo pelo feed da garota por um tempo, que parece o de qualquer outro influenciador que já vi. Daria para pensar que eu sou o tipo de pessoa que acha essas coisas atraentes, já que falo toda hora sobre meu trabalho dos sonhos, mas, na verdade, não tenho estômago para redes sociais. Não me importa acumular seguidores ou conseguir curtidas. Esse tipo de sucesso sempre me pareceu um tanto vazio. Na verdade, nem mesmo me preocupo muito com dinheiro, além do fato de que não quero ter que me estressar com questões financeiras. Não quero riqueza e status; quero felicidade e propósito. Quero acordar todas as manhãs animada para ir ao trabalho. Quero adormecer todas as noites pensando: *Sim. É* isso *que eu devo fazer neste mundo.*

Elogio as fotos da Garota de Short Jeans, algo que ela está claramente esperando, e, quando seu carro fica pronto, ela já se afeiçoou a mim por completo. John sai com as chaves da moça e está rabiscando na nota fiscal enquanto ela me diz:

— Você deveria me passar seu e-mail, porque eu estava pensando em fazer vários perfis de transformação, e seria tão fofo fazer alguns sobre pessoas daqui. Estou passando umas semanas na casa dos meus pais. — Ahá! Eu sabia! — E eu poderia, tipo, ir às compras com você e arrumar suas roupas e tal.

John me lança um olhar de soslaio, mas não vou desistir da minha atuação só porque ele está aqui.

— Isso seria tão legal — exclamo. — Sempre quis uma transformação, porque... bom, você sabe. — Gesticulo com a mão sobre mim mesma e faço uma careta.

— Não seja tão dura consigo mesma — ela diz. — Você é, tipo, realmente bonita para a sua idade.

— Ah, obrigada. — Entrego-lhe a nota fiscal e rabisco meu e-mail na parte de baixo para ela. A garota vai se esquecer de mim no momento em que sair dessa oficina, então não estou particularmente preocupada em lhe dar a informação. — Tenha um ótimo dia!

— Você também. — Ela sorri com pena para mim, dá uma olhadela apreciativa em John (acho que *ele* não é tão velho) e então sai de forma espalhafatosa.

John franze a testa para mim depois que ela vai embora.

— O que foi isso?

Dou uma resmungada.

— Estava só brincando. Ela foi meio rude quando entrou, então...

— Então você se vingou agindo de modo muito legal com ela?

Dou uma risada.

— Isso mesmo. A vingança suprema: fazer com que ela goste de mim sem querer.

John pisca.

— Isso é tão estranho.

— Aham. — Espio o relógio. — Seu próximo cliente ainda não chegou. Quer que eu ligue para ele e veja se está atrasado?

Enquanto digo isso, meu celular emite uma notificação de mensagem. Confiro rapidamente.

> [14:06] Trey
> Fico feliz em ajudar. Mas cortei feio a mão ontem, então talvez não consiga fazer muita coisa até tirar os pontos.

Pontos? Coitado do Trey. E também... droga.

— O que foi? — pergunta John.

— Ah... é só o Trey, o tanoeiro do museu. Esperava que ele pudesse me ajudar com essa ideia estranha que tenho para uma exposição, mas ele teve que tomar pontos na mão. — Solto um suspiro. — Imagino que você não seja bom em carpintaria, né?

John dá de ombros.

— Sou mais ou menos. Quando você precisa de ajuda?

Pisco sem acreditar.

— Sério?

— Contanto que não seja nada muito louco.

Hesito. Vou precisar aprovar a ideia com Shelley, mas posso fazer isso durante meu turno no sábado.

— Você poderia passar no museu neste domingo?

— Claro.

Sorrio para John.

— Obrigada. Agora espera um pouco, vou ligar para a sra. Manthorne.

Disco o número que temos nos arquivos e converso com uma mulher muito doce e visivelmente atrapalhada que está em um salão de cabeleireiro, e é nítido que se esqueceu completamente de seu agendamento. Eu o remarco e então desligo o telefone com uma careta de desculpas. John odeia quando as pessoas cancelam. Ou pelo menos acho que odeia. Ele fica um pouco mais carrancudo sempre que isso acontece.

— Ela não vem — informo. — Quer que eu ligue para a próxima pessoa e veja se pode chegar mais cedo?

John dá de ombros.

— Pode ser. — Então, depois de uma pausa breve: — A menos que você queira fazer o Wordle agora.

Meu semblante se ilumina.

— Ahhh, sim, por favor.

Ele se encosta na mesa e pega o celular.

— Primeira palavra?

Reflito por um segundo.

— HERÓI. Como em: *Você é um verdadeiro herói por ajudar com as coisas do museu.* E você?

Sua boca se contrai de forma pensativa.

— PIZZA.

— Como em…?

— Como em: *Você pode me pagar em pizza.*

Dou risada.

— Posso fazer isso.

Ficamos em silêncio, ambos estudando nossos celulares. O R e o O estão amarelos. As demais letras estão em cinza. Penso na Garota de Short Jeans e me pergunto se INSTA é uma palavra.

Não. Não está na lista de palavras.

Que tal… AROMA. Como em: *Quando John está sentado tão perto de mim, posso sentir aquele mesmo aroma de fumaça que percebi naquela vez em que estávamos no carro dele.* Nunca percebi isso no trabalho antes. Fico ponderando se é o xampu dele. Ou talvez seja algum fluido de carro aleatório que simplesmente cheira a fumaça de lenha, assim como o anticongelante aparentemente tem gosto de açúcar. (Sei disso porque, quando era criança, minha mãe me alertou a nunca beber isso, e por um tempo pensei que tudo que tivesse gosto de açúcar fosse secretamente mortal.)

De qualquer forma, é um cheiro bem agradável, como uma fogueira em uma noite fresca de outono. Respiro fundo pelo nariz e, então, furtivamente, movo o olhar sobre o corpo dele. O macacão está aberto até a cintura, revelando uma camiseta preta que se ajusta perfeitamente em seus ombros. John é realmente bonito. Seu cabelo é escuro e ligeiramente ondulado, e os braços são fortes e cheios de veias, e, se ignorarmos todas as manchas de graxa, ele tem mãos muito bonitas. Aposto que são bem fortes, por causa de todo o trabalho que faz na oficina.

Estou admirando suas mãos distraidamente quando ele levanta o olhar e me pega encarando.

Ops.

Apresso-me em voltar a atenção para o Wordle. Em AROMA, o R e o O ainda estão amarelos, assim como um dos A.

ARDOR. Como em: *Sinto um ardor no rosto só de pensar que John poderia achar que eu estava de olho nele agora há pouco.* Finalmente estamos nos tornando amigos, não quero pôr tudo a perder por ficar olhando para ele assim quando já sei que não está interessado. Além disso, não estou interessada nele. Só notei que ele tem um cheiro realmente bom e que seus braços são muito fortes, só isso. E se de repente estou me sentindo um pouco corada, isso é apenas porque está quente aqui hoje.

É óbvio.

As duas letras finais ficam verdes; o A continua amarelo.

Então digito PAVOR no Wordle. Como em: *Preciso tomar cuidado aqui e não me apavorar diante dessa situação.*

Uma por uma, as letras ficam verdes, como se o Wordle concordasse comigo.

— Acertou? — pergunta John, se inclinando para mais perto e olhando por cima do meu ombro. E, droga, esse cheiro de fumaça realmente é tentador.

— Acertei.

— Isso dá o quê... trezentos e nove dias?

Abro um sorriso meio hesitante.

— Sim.

— Legal.

John se afasta da mesa e estende o punho para eu cumprimentá-lo, o que não poderia ser um gesto mais óbvio de "apenas amigos" e, ainda assim, de alguma forma, faz meu coração bater um pouco mais rápido. Ele me lança um sorriso reluzente como um relâmpago antes de voltar à garagem, me deixando trêmula e eletrizada. Assim que ele sai, apoio a cabeça no teclado.

Ah, não.

CAPÍTULO 13

Ok. Decidi que o mais importante é não fazer tempestade em copo d'água. Sim, para ser objetiva, acho John atraente. E daí? Isso não é novidade. Eu o achava lindo quando o conheci, até descobrir mais sobre a sua personalidade (ou a falta dela). E, sim, percebi que ele tem *um pouco* mais de personalidade do que pensei a princípio, mas ele ainda é o John Chato. Ainda se importa mais com carros que com pessoas. Ainda responde metade das coisas que digo com um olhar incrédulo.

Sinceramente, acho que isso reflete mais a minha fome de uma paixão de verdade. Tipo, se você está perdido no deserto por um mês, até uma lata de refrigerante velha vai parecer tão boa quanto um daiquiri de morango, certo?

Tá, isso foi cruel.

John não é uma lata de refrigerante velha. Mas também não é o tipo de cara que eu quero namorar. Gosto de caras realmente determinados e extrovertidos. Que nem meu namorado do colégio, que era presidente da turma e capitão do time de futebol. Ou meu namorado da faculdade, que estava se preparando para cursar direito, ou mesmo meu rolo pós-faculdade com aquele estudante de medicina ligeiramente excêntrico (mas muito interessante). Gosto de caras que almejam grandes coisas na vida e que me incentivam a querer mais da minha própria vida. O que John vai me incentivar a fazer? Trabalhar na oficina para sempre? Morrer com manchas de graxa na roupa?

... Tá, isso também foi cruel. Não há nada errado em trabalhar em uma oficina para sempre.

Mas *eu* não sou assim.

Enfim. Refleti sobre isso na noite passada e decidi que o que devo fazer é simplesmente ignorar a inconveniente atração física pelo John e focar em outra coisa, como meu evento "Verão no barril".

Na quarta-feira, desenho um folheto e uso a impressora da oficina para imprimir um protótipo. John me ajuda a trocar o cartucho de tinta, e não presto atenção no calor do braço dele ao roçar no meu.

Na quinta-feira, faço uma lista de todos os lugares onde posso pendurar os folhetos, e John e eu praticamente morremos de rir quando a resposta do Wordle resulta em FOLHA (folha, folheto, sacou? Rá). Definitivamente não noto o quanto a risada dele é gostosa ou o fato de que covinhas se evidenciam em suas bochechas quando John ri muito.

Na sexta-feira, entro na sala de descanso e encontro John e Dave assistindo a um vídeo no YouTube sobre uma grande colisão na Fórmula 2. E quando comento que achava que o nome fosse "Fórmula 1", John me submete a uma palestra de vinte minutos sobre todas as diferentes ligas de corrida do planeta. Não quero interrompê-lo, já que é a maior conversa que ele já teve comigo, o que parece meio agradável, mas é tudo incrivelmente confuso e um pouco entediante. Então, realmente, não tenho culpa se me distraí e me deixei envolver pelo tom castanho-mel dos olhos dele.

Para resumir, no sábado estou muito feliz por ter um tempo longe da oficina. Acordo cedo e tomo um café na varanda dos fundos, aproveitando o calor do delicado sol de maio. Às nove da manhã, sigo para o café da manhã que marquei com Jim.

Isso na verdade não faz parte do meu serviço de cuidadora, só senti que ele precisava de um pouco de companhia neste fim de semana. O aniversário de sua esposa é na próxima semana — ela teria completado noventa e quatro anos — e posso ver que ele está muito abalado com isso.

Dirijo até a padaria no centro da cidade, compro uma caixa de enroladinhos de canela recém-saídos do forno e depois sigo para a casa dele. É uma casa de campo antiga que fica no topo de uma colina, com uma varanda ampla que dá vista para a fazenda ao lado. Nós nos sentamos do lado de fora e tomamos chá com os pãezinhos doces, assistindo aos cavalos do vizinho pastarem. Há um branco que decidi chamar de Fantasma e um marrom que nomeei Epona.

Peço a Jim para me contar sobre sua falecida esposa, e as lembranças deslizam pouco a pouco dele. Não é tanto uma história sobre o tempo que passaram juntos; está mais para uma coleção de cenas desconexas. Ela sempre colocava meia xícara de açúcar no chá. Certa vez, pisou em uma cobra no jardim e gritou tão alto que os vizinhos correram para ver. Não gostava de dirigir. Cozinhava frango com batata aos domingos.

Ouvindo-o falar, não consigo de fato entender muito sobre o relacionamento deles, ou mesmo que tipo de pessoa ela era, mas sei que não importa. Jim está revivendo aqueles pequenos momentos com a esposa enquanto me conta sobre eles, e depois de uma hora ou duas de conversa seus ombros parecem mais relaxados.

— Você é uma boa garota — ele me diz quando volto da cozinha com nossas xícaras de chá. — Passando seu sábado com um velhote como eu.

— Estou feliz em fazer isso — respondo com sinceridade. — Gostaria de poder ficar mais tempo, mas tenho meu turno no museu. Vou perguntar à Shelley se posso fazer aquele evento de que te falei.

Jim solta um suspiro.

— Shelley — repete, balançando a cabeça de forma desdenhosa. — Não tenho muito a ver com ela. Sabe que ela tentou me impedir de trabalhar lá depois que a Josephine morreu? Ela disse que o lugar não precisava de segurança.

— Tá brincando? — comento, indignada. Que tipo de pessoa tenta demitir um voluntário de noventa e seis anos? — O que o senhor fez?

Jim encolhe os ombros.

— Continuei indo para lá mesmo assim.

Dou uma risadinha.

— Que incrível.

— Se quiser fazer sua festa, simplesmente faça. Não dê ouvidos àquela mulher.

Sorrio.

— Obrigada, Jim. A gente se vê amanhã?

— Estarei aqui.

Aceno para Fantasma e Epona e sigo para o museu, ensaiando minha argumentação para Shelley enquanto dirijo. Vou pagar toda a comida com meu cartão de crédito, então não vai custar nada para ela, e Trey e eu cuidaremos de tudo no dia do evento. Não sei por que ela negaria — e ainda assim tenho uma sensação de que ela vai fazer isso.

A voluntária da manhã, uma mulher legal de mais idade chamada Brenda, está tendo dificuldades para usar a máquina de cartão de crédito quando chego. Ajudo-a a resolver e decido escrever um papel com dicas para ela usar no futuro. Brenda concorda em ficar de olho na mesa por mais cinco minutos durante minha conversa com Shelley. Minhas mãos estão meio suadas de nervosismo. Eu as esfrego na calça e então bato à porta do escritório de Shelley.

— O que foi? — ela pergunta.

Abro a porta. Sopa está pingando de sua colher na mesa enquanto ela olha o Facebook no computador, e há uma embalagem amassada de fast food no chão. Engulo uma pontada de irritação. O escritório dela poderia ser realmente bonitinho se ela fizesse algum esforço para mantê-lo limpo. Há uma janela grande que dá para o quintal e uma estante de livros de cada lado da mesa, dando ao lugar uma vibe aconchegante de canto de leitura.

— Oi, Shelley — começo a dizer educadamente. — Tem um minuto?

Ela levanta o olhar.

— O que foi?

Respiro fundo e começo:

— Estava pensando que seria divertido organizar um evento aqui no próximo fim de semana, para celebrar o início do verão e talvez atrair um pouco mais de movimento.

— Não temos dinheiro para isso — rebate Shelley, já começando a se voltar para o computador.

— Eu sei — me apresso a responder. — Mas tenho tudo planejado para que não custe nada. Há um músico local que pode tocar de graça, e o Trey tem uma churrasqueira que podemos usar, então podemos vender cachorro-quente, hambúrguer e limonada...

— Não tenho tempo para planejar algo assim.

— Você não precisaria fazer nada — insisto. — Posso planejar tudo. Você só poderia... aparecer e aproveitar!

Shelley solta um suspiro impaciente e olha de volta para o computador, como se eu a estivesse impedindo de continuar algum trabalho importante.

— Quando quer fazer isso?

— Estava pensando no próximo sábado. O tempo deve estar realmente agradável, e será uma semana antes de as crianças saírem da escola, então pensei que poderíamos chamar o evento de "Verão no barril". — Forço um sorriso alegre. — É um nome meio fofo, não acha?

Shelley faz uma careta.

— Uma semana não é tempo suficiente para planejar algo assim.

Ela está se virando novamente. Seu tom é definitivo.

— Acho que é uma boa ideia — diz uma voz na porta. Olho para trás e vejo Trey encostado no batente, com os braços cruzados.

Os lábios de Shelley se apertam. Seus olhos se movem entre Trey e eu, como se estivesse pesando se vale a pena discutir com a gente.

— Ah, tá bom — cede ela num tom desagradável. — Mas vocês dois terão que resolver isso sozinhos. Já tenho muita coisa em mente.

Muita coisa *em mente*? O que seria, tentar olhar o Facebook inteiro ou algo assim? Mas tanto faz. Ela concordou. É o que importa.

— Ótimo — digo. — Obrigada.

Eu me viro para sair e hesito na porta. Considero contar a ela sobre minha outra ideia, a que a Garota de Short Jeans me deu, mas então penso: *Dane-se*. Vou seguir o conselho de Jim e apenas fazer, sem Shelley. Ela provavelmente nem vai notar.

No corredor, levanto a mão para Trey em um cumprimento.

— Sucesso!

Ele ri.

— Sucesso. Precisa de mim para fazer algo?

— Você poderia me ajudar a montar algumas coisas do lado de fora? Ah, espera... sua mão...

Olho para a mão dele, que acabei de notar que está enfaixada.

— Ah, ainda posso levantar coisas.

Franzo a testa.

— Tem certeza? Não disse que levou pontos?

— Está tudo bem. — Ele tira o curativo (o que, credo, não pedi que ele fizesse) e me mostra a longa linha de pontos pretos por baixo.

— Não está tão ruim.

Parece bastante ruim para mim, mas percebo que não adianta discutir com Trey.

— Vou fazer todo o carregamento — proponho. — Só preciso que me diga quais coisas posso levar para fora. E quero te contar sobre essa exposição que quero fazer. Quer dizer, se você achar que é uma boa ideia.

Levo Trey até a parte de trás do museu, onde há um grande trecho de parede vazia. Por causa de como o prédio é projetado, essa parte da parede vai até o segundo andar.

Trey parece estar se divertindo enquanto explico minha ideia.

— Acha que é possível? — pergunto.

Ele estuda a parede.

— Deve ser. Mas vou precisar da ajuda de mais uma pessoa se você quiser que isso fique pronto até o próximo fim de semana.

— Meu amigo John disse que poderia ajudar amanhã. Ele trabalha comigo na oficina.

Trey acena.

— Veja se ele pode vir por volta do meio-dia.

Ele se afasta para retornar ao seu posto de demonstração, e eu volto à recepção, fazendo uma dancinha de celebração durante o percurso. Libero a outra voluntária, Brenda, e me acomodo na cadeira, pegando o celular para mandar uma mensagem para John.

[12:19] Eu
Alguma chance de você ainda poder vir ao museu amanhã pra ajudar o Trey?

Ele responde com um joinha.

[12:19] John Smith (Oficina)
A que horas?

[12:20] Eu
Meio-dia, pode ser?

Há uma pausa.

[12:21] John Smith (Oficina)
CLARO

Eu olho para a mensagem por um momento, confusa. Ele acidentalmente ativou o caps lock ou algo assim?

Então dou uma risadinha.

[12:21] Eu
Haha!

[12:21] Eu
Se essa for mesmo a resposta de hoje, vou ficar revoltada

[12:22] John Smith (Oficina)
kkk

[12:22] John Smith (Oficina)
Ainda não fiz

[12:23] Eu
IGUAL(mente)

Dou uma risadinha e coloco o celular de lado por um minuto para ajudar um adorável casal de meia-idade que entra para comprar ingressos. Estão vindo da Austrália e parecem genuinamente interessados no museu. Converso com os dois por alguns minutos, e eles me contam que possuem uma vinícola! Daí o interesse por barris, suponho.

— Não se esqueçam de contar ao Trey sobre isso — sugiro. — Ele é nosso tanoeiro.

O casal se afasta, animado, rumo ao museu. Pegando meu celular de novo, noto que chegaram algumas mensagens.

[12:24] John Smith (Oficina)
Hahaha

[12:24] John Smith (Oficina)
Primeira palavra?

[12:37] Eu
FESTA

[12:37] Eu
Como em: A Shelley acabou de concordar em me deixar fazer a festa do "Verão no barril"!

[12:38] John Smith (Oficina)
Legal

[12:38] John Smith (Oficina)
Me avisa se eu puder ajudar

[12:39] Eu
Obrigada!

[12:39] Eu
Provavelmente vou aceitar essa oferta

[12:40] Eu
Qual é a sua primeira palavra?

[12:41] John Smith (Oficina)
Humm

[12:41] John Smith (Oficina)
ORDEM

[12:41] Eu
Como em??

[12:42] John Smith (Oficina)
Como em nada

[12:42] John Smith (Oficina)
Você sabe que não precisa escolher cada palavra com base em algo que está acontecendo na sua vida, né?

Dou uma gargalhada.

[12:43] Eu
Sei que não PRECISO, mas é mais divertido assim

[12:43] Eu
Além disso, estou convencida de que as respostas do Wordle estão conectadas à minha vida

[12:43] John Smith (Oficina)
...

[12:44] John Smith (Oficina)
Quê?

[12:45] Eu
Tipo na quinta-feira, quando saiu FOLHA!

[12:45] Eu
E lembra de ontem, quando a resposta foi GOTAS?

[12:45] Eu
Eu derrubei café em cima da mesa uma HORA depois

[12:45] Eu
Coincidência???

[12:45] John Smith (Oficina)
Sim

[12:46] John Smith (Oficina)
Foi uma coincidência

[12:47] Eu
Não

[12:47] Eu
O Wordle estava tentando me avisar sobre o futuro

[12:48] John Smith (Oficina)
E se a resposta de hoje for MORTE?

[12:49] Eu
Fale bem de mim no meu velório

[12:50] John Smith (Oficina)
Hahaha

[12:51] John Smith (Oficina)
... você não acha mesmo que as respostas do Wordle estão conectadas à sua vida, né?

[12:51] Eu
Você nunca vai saber com certeza até ler minha autobiografia

A porta do museu abre novamente e uma mulher um pouco atrapalhada entra com um garoto pequeno.

— Oi, tudo bem? — eu os cumprimento.

— Oi — ela responde. — Você tem um banheiro que poderíamos usar?

— Hã... claro. — Aponto. — Logo ali.

— Obrigada.

Droga. Juro que mais pessoas vêm aqui para usar o banheiro do que para ver os barris. O que há de errado com as pessoas?

Então tenho uma ideia. Pego o folheto do "Verão no barril" da minha bolsa e rapidamente faço dez cópias na antiga copiadora do museu. Volto para a recepção bem na hora em que a mulher e seu filho estão saindo do banheiro.

— Obrigada — ela diz.

— Imagina. — Sorrio. — Vocês estão visitando Waldon de férias ou...?

— Ah, não, eu sou daqui. Estávamos no parque aqui perto.

O parque aqui perto? Me pergunto se há um mural lá.

— Bem, se estiver por aqui no próximo fim de semana, teremos um evento — conto de maneira alegre, entregando-lhe um folheto. — Vai ter música, churrasco e... atividades divertidas para as crianças.

Não posso ser mais específica que isso, principalmente porque ainda não planejei nada para as crianças. Do que elas iriam gostar e que não teria custo nenhum?

— Como uma caça ao tesouro? — pergunta o garoto.

Sorrio para ele.

— *Igualzinho* a uma caça ao tesouro. Como você sabia?

O garoto sorri orgulhoso para mim, e sua mãe me agradece outra vez. Assim que a porta se fecha atrás deles, acrescento "Planejar caça ao tesouro" à lista de tarefas no celular. Que ideia perfeita! Posso fazer um mapa do tesouro e esconder pistas pelo museu. Vou ter que conseguir prêmios, mas talvez eu encontre algo barato na loja de um dólar. Eu me pergunto se eles têm brinquedos temáticos de barril.

(Provavelmente não.)

Meu celular vibra na mesa.

[12:57] John Smith (Oficina)
Tem uma letra repetida?

[12:58] Eu
Um segundo, estou começando agora

Abro o Wordle e digito FESTA, que não me dá nada. Droga. Olho ao redor, batendo meus dedos na mesa. De dentro do museu, consigo ouvir o barulho das ferramentas de Trey.

CAIXA

O C está verde; o resto está cinza. Hum.

TENSO. O jogo de hoje está tenso.

Ahh, essa terceira tentativa é mais útil. O S fica verde.

C_ _ S_

Penso nas palavras possíveis e...

CRUSH!

[13:04] Eu
Acabei de resolver

[13:04] Eu
Nenhuma letra repetida

[13:04] John Smith (Oficina)
Legal

[13:04] John Smith (Oficina)
E está conectado com a sua vida? hahaha

Desvio a atenção do celular e vislumbro meu reflexo na janela em frente à mesa. Minhas bochechas estão levemente coradas e estou sorrindo de maneira boba.

Olho para o Wordle, aquelas cinco letras verdes me encarando de volta, tirando uma com a minha cara.

CRUSH.

[13:06] Eu
Não

[13:06] Eu
Acho que eu estava errada

CAPÍTULO 14

— Não preciso de tudo isso — anuncia a sra. Finnamore.

São 10h45 do dia seguinte, e estou sentada em sua cozinha, com uma xícara de chá pela metade à minha frente. Eu já deveria ter saído para o meu turno no museu há uns dez minutos, pois preciso buscar Jim no caminho, mas a sra. Finnamore está decidida a não tomar os remédios hoje. Quando passei aqui às 8h para organizá-los (o horário em que ela de fato deveria tomá-los), ela disse que os tomaria depois do café da manhã. Quando voltei, uma hora depois, ela alegou estar com azia. E agora diz que não precisa deles.

— Bem... a escolha é sua — pontuo, incerta. — Mas você sabe que a Debra quer que você os tome.

— A Debra não manda em mim.

— Eu sei. Mas o médico também quer que você os tome. — Na verdade, pesquisei todos os remédios dela on-line, e alguns parecem bem importantes.

A sra. Finnamore emite um som de desprezo.

— Os médicos de hoje não sabem de nada. O Bill nunca tomou um comprimido sequer e era forte como um touro.

Bill era o marido da sra. Finnamore. Hesito.

— Mas ele faleceu de diabetes, não?

Ela me encara com um brilho afiado nos olhos.

— Isso foi por causa da *genética*.

Suspiro e deixo de lado a caixa de medicamentos da sra. Finnamore. Tenho a sensação de que ela não vai mesmo tomar os remédios hoje.

— Certo, bem... preciso mesmo ir.

A sra. Finnamore mexe na asa da xícara de chá.

— Aqueles médicos não fizeram nada pelo Bill — continua ela, como se eu não tivesse falado. — Só queriam que ele tomasse insulina. Durante vinte anos, insistiram nessas injeções. E, quando ele finalmente concordou, não demorou nem seis meses para ele morrer.

Mordo o lábio. Não sou médica, mas tenho quase certeza de que a sra. Finnamore entendeu a situação do jeito errado. Parece mais que o problema foi ele ter *evitado* a insulina por vinte anos. Mas não vou lhe dizer isso. Imagino que deve ser reconfortante ter alguém para culpar.

— A senhora sente muita falta dele? — pergunto.

— Ah, sabe como é — ela responde vagamente.

— Na verdade, não sei. — Ofereço-lhe um sorriso tímido. — O relacionamento mais longo que tive durou apenas dois anos. A senhora e o sr. Finnamore ficaram juntos por, tipo, quarenta anos, certo?

A sra. Finnamore mexe na xícara por mais um momento e então solta um suspiro profundo.

— Vocês, meninas de hoje, são espertas por não se casarem tão jovens.

Hesito, então pergunto timidamente:

— A senhora... não foi feliz com o sr. Finnamore?

— Ah, fomos muito felizes — responde a sra. Finnamore, sem emoção. — Mas a juventude é uma coisa preciosa. — Ela me encara. — Você precisa tomar muito cuidado para não a desperdiçar.

Um arrepio percorre minha espinha. Definitivamente, vou ter que investigar mais sobre essa história do Bill em algum momento. Mas agora preciso mesmo ir.

— Vou passar aqui mais tarde — prometo. — Aí tomamos um chá.

Ela acena com a cabeça e diz que adoraria, mas percebo que sua mente está longe. Um peso toma conta do meu peito enquanto dirijo para buscar Jim. Eu estava meio brincando quando disse a John que achava que as respostas do Wordle estavam conectadas à minha vida, mas não consigo ignorar a sensação de que o aviso da sra. Finnamore tem mesmo algo a ver comigo. *A juventude é uma coisa preciosa,* ela disse. E a minha está escapando a cada segundo.

Jim me espera do lado de fora de sua casa, usando seu colete de segurança do museu.

— Olá, querida — cumprimenta ele, entrando no banco do passageiro.

Forço um sorriso caloroso.

— Desculpa o atraso. Pronto para enfrentar ladrões de barris?

Jim ri.

— Prontíssimo.

Abro as janelas para deixar a brisa quente e de aroma doce entrar e conecto o celular ao sistema de som do carro. Uma música animada começa a tocar.

— Que estação é essa? — pergunta Jim.

Sorrio.

— Não é rádio. Fiz uma playlist dos anos 1950 só para você.

Jim escuta por um momento.

— Isso é The Diamonds?

Concordo.

Ele ri.

— Não ouço isso há anos.

— Posso criar uma playlist no seu computador, se quiser.

— Ah, você sabe que não me entendo com aquela coisa. — Jim fica quieto por alguns minutos, batucando suavemente os dedos ao som da música.

Tenho que admitir que a música dos anos 1950 está começando a me conquistar. É tão despreocupada e alegre. Mas, no momento, não está ajudando muito a melhorar meu humor. As palavras da sra. Finnamore ainda pesam em meu peito.

— Está tudo bem? — pergunta Jim enquanto pegamos a estrada para a cidade.

— Ah... sim, desculpa. Só estou pensando. — Faço uma pequena pausa e, então, pergunto: — O senhor já teve arrependimentos na vida?

— Claro que não — ele responde, sem hesitar um segundo. — Por quê? Aconteceu alguma coisa?

— Não. Não exatamente. — Dou de ombros ao parar no semáforo. — Acho que estou apenas preocupada em desperdiçar minha juventude.

— Você não gosta de morar aqui?

— Não é que eu não goste — argumento, sentindo uma onda de lealdade à medida que viro na Main Street. — Só não sei se estou feliz o suficiente, acho.

— Você nunca vai ser feliz se pensar demais — comenta Jim.

Solto uma risada.

— Então seu conselho é pensar menos?

— Exatamente. Olhe só que dia lindo. — Ele aponta para o céu sem nuvens. — Temos boa música, boa companhia. De que mais você precisa?

— Não sei se é simples assim.

Jim faz um gesto despreocupado.

— A vida é tão complicada quanto você permite que seja.

Deixo escapar uma expressão de incerteza.

— Mas você nunca esperou que sua vida se tornasse... não sei, maior do que ela era?

— O que você quer dizer com "maior"?

— Não sei. Mais significativa, acho. Não que sua vida não tenha sido importante — acrescento rapidamente. — Só estou dizendo... não sei, era seu sonho trabalhar no correio todos esses anos? Ou tinha algo mais que o senhor gostaria de fazer?

Jim reflete enquanto estaciono o carro no museu.

— Tenho certeza de que houve milhares de coisas que eu queria fazer — conta ele. — Mas não dá para fazer tudo o que se quer na vida.

Ele afirma isso como se fosse simples, mas a declaração só aumenta minha ansiedade. Porque ele tem razão. Não dá para fazer tudo o que se quer na vida. E isso significa que preciso ter *ainda mais* certeza sobre o que escolher fazer. Não quero acabar como a sra. Finnamore, lamentando a juventude desperdiçada e falando sobre o marido de forma tão apática.

Suspiro e sigo Jim até o museu, onde me instalo na recepção, enquanto ele vai para os fundos. Pego uma pilha de panfletos amarelos e brilhantes do evento "Verão no barril" que imprimi na biblioteca na noite anterior. Já espalhei uns cinquenta pela cidade, em lugares como o centro comunitário, a mercearia, a farmácia e a padaria. Colo alguns na parede atrás da recepção e, para garantir, penduro um na frente do banheiro.

Estou decidida a fazer com que que todo mundo que vier ao museu, nem que seja para ir ao banheiro, saia daqui sabendo sobre o evento.

Estou cogitando colocar uns panfletos perto de alguns objetos em exposição quando meu celular vibra na bolsa.

[11:24] John Smith (Oficina)
Estou indo praí

[11:24] John Smith (Oficina)
Quer um café?

Mordo o lábio. Ontem, essa mensagem provavelmente teria me dado uma pequena alegria, mas hoje já não tenho tanta certeza. Foi assim que a sra. Finnamore acabou em apuros. Ela provavelmente achou o Bill meio interessante, então ele a convidou para sair, e ela pensou: *Claro, não faz mal sair com um cara bonito, mesmo que ele não pareça ser o tipo de marido ideal.* E então, *bum!* Oitenta anos depois, sua vida está quase no fim, e ela gostaria de ter uma segunda chance.

Por outro lado, Jim me aconselharia a parar de pensar demais e apenas aproveitar o momento. Além disso, a situação com John é outra coisa, porque já sei que ele não está interessado em mim, o que significa que não preciso me preocupar em acabar presa em um casamento medíocre. Isso é só uma atração boba e unilateral. Não faz mal nenhum curtir a situação do jeitinho que ela é.

Sim. Faz sentido. Vou seguir por esse caminho.

Pego o celular e respondo:

[11:25] Eu
Adoraria 😌

Cinco horas depois, John ainda não foi embora do museu.

Fizemos o Wordle juntos tomando um café (ROUPA, na quinta tentativa), depois o levei para os fundos e o apresentei ao Trey. Eles estão lá desde então, martelando e furando e debatendo com entusiasmo sobre... sei lá, sobre como martelar e furar coisas da maneira correta, imagino. Parecem estar se divertindo, então na maior parte do tempo eu os deixo à vontade, aparecendo de vez em quando para garantir que não perderam de vista a minha (ligeiramente excêntrica) visão artística.

Eventualmente, Shelley sai do escritório para reclamar do barulho, mas para de repente quando vê que Trey é o culpado. Acho que ela se sente um pouco intimidada por Trey, na verdade. Shelley limita suas reclamações a uma expressão azeda e volta ao escritório sem sequer perguntar o que estão fazendo.

Cerca de dez minutos depois de Shelley ir embora, uma mulher bonita e curvilínea, com cabelo curto e castanho, aparece na porta da frente. Ela traz duas caixas de pizza em uma das mãos.

— A Shelley já foi? — ela pergunta.

— Hã... sim — digo, incerta. — Você queria falar com ela? Ou comprar um ingresso para o museu?

A mulher sorri.

— Esperava que você me deixasse entrar de graça. Eu sou a Rose, esposa do Trey.

— Ah! — Sorrio e estendo a mão. — Eu sou a Emily.

— Pensei em trazer um jantar para vocês — explica Rose. — Mas não para a Shelley — acrescenta de maneira conspiratória.

Tento conter o riso.

— Os rapazes estão lá nos fundos.

Tranco a porta da frente e viro a placa de "Aberto" para "Fechado". Depois nós nos dirigimos ao depósito, onde Jim observa Trey e John trabalharem. Eles estão apenas na metade do serviço, mas já dá para perceber que vai ficar incrível.

Rose equilibra as caixas de pizza sobre um barril próximo, e todos nos reunimos para comer. Eu estava um pouco preocupada que a situação fosse ser constrangedora, mas Rose é uma daquelas raras pessoas que fazem todos se sentirem imediatamente à vontade. Ela repreende Trey por estar trabalhando com a mão machucada e faz Jim rir ao dizer que o filho dele é "um colírio para os olhos". (Pelo visto, o filho de Jim foi professor dela no ensino médio.) Quando lhe conto sobre o evento "Verão no barril", Rose se oferece para distribuir panfletos no bairro dela, para atrair mais gente.

— Já era hora de alguém fazer algo por este lugar — observa. — É um prédio tão lindo. Totalmente desperdiçado com a Shelley no comando.

— Rose e Shelley estudaram juntas no colégio — acrescenta Trey.

— E também trabalhamos juntas no supermercado — complementa Rose. — Ela vivia pulando de emprego em emprego, fazendo um milhão de queixas sobre os colegas e os chefes, tentando conseguir licença médica por estresse... Quando Josephine morreu, todo mundo torcia para que a sociedade histórica não contratasse a Shelley, mas acho que quiseram manter as coisas na família, por causa da Jo. Mas a Jo estaria se revirando no túmulo se visse a Shelley administrando o lugar. As duas nunca se deram bem quando a Jo estava viva. — Rose balança a cabeça. — Talvez um dia você possa assumir o trabalho dela.

Aponto para mim mesma.

— Eu?

— Por que não? — indaga Rose. — Você faria um trabalho muito melhor que a Shelley. E o turismo está crescendo muito nos últimos tempos. Pode anotar: este lugar vai superar Summerside em alguns anos.

Dou um sorriso um pouco culpado e fico em silêncio, porque seria muito grosseiro dizer o que penso de verdade. Adoro este lugar, mas ser gerente de um museu minúsculo em uma cidadezinha da Ilha do Príncipe Eduardo é exatamente o oposto do meu trabalho dos sonhos. E, mesmo que não fosse, não há a menor chance de Shelley abrir mão do cargo. Ela ganha para ficar no escritório olhando o feed do Facebook enquanto os voluntários fazem o trabalho de verdade. Por que ela iria querer sair?

Rose muda de assunto e pergunta como está a filha de Jim desde que saiu do hospital. Depois, conta uma história sobre um cliente do supermercado que tentou esconder um pacote de quinze quilos de ração de cachorro debaixo da camiseta, o que nos faz rir enquanto terminamos os últimos pedaços de pizza. Pouco depois das seis, todos nos dirigimos para os carros.

— Quer que eu te leve para casa, Jim? — pergunta Rose. — Moramos a alguns metros da casa dele — acrescenta, virando-se para mim.

Jim concorda, e os três saem no carro de Rose. John estacionou um pouco mais à frente, perto de mim. Caminhamos juntos pela calçada, em silêncio. O ar está fresco e tem um perfume adocicado, e as árvores ao longo da estrada balançam suavemente com a brisa. Olho de soslaio para John, que caminha com as mãos enfiadas nos bolsos. Eu me pergunto se ele acha estranho sair comigo assim, fora do trabalho.

— Obrigada por toda a ajuda hoje — agradeço quando chegamos ao meu carro.

— De nada. — Ele tira as chaves do bolso. — Foi divertido.

— Eu te disse, museus de barris são superlegais.

John ri.

— "Superlegais" talvez seja um exagero.

— Bastante legais, então.

— Moderadamente legais — ele contrapõe.

Eu sorrio.

— Pode ser.

Um breve silêncio se instala entre nós, mas, pela primeira vez, não parece constrangedor. Na verdade, há uma espécie de tensão no ar. Quase como o final de um encontro.

Mordo o lábio. Estou tentada a dizer algo mais ousado para continuar a conversa, mas seria uma bobagem. Isso não é um encontro, e não tenho uma queda por John.

— Bem... boa noite — despeço-me rapidamente.

— Boa noite — ele responde. Então, enquanto abro a porta do carro, ele acrescenta: — Não faça o Wordle amanhã sem mim.

Meu coração dá uma reviravolta idiota dentro do peito.

— Ou o quê?

— Ou nada — ele diz. — Só não faça.

Ele me lança um sorriso, e eu estaria mentindo se dissesse que isso não causa um rebuliço em mim.

— Veremos — retruco. Então, entro no carro e deixo a cabeça cair sobre o volante à medida que John se afasta.

Espero que a resposta do Wordle de amanhã seja BESTA.

CAPÍTULO 15

Tenho que admitir: escolhi uma semana *muito* inconveniente para, de repente, começar a me sentir atraída por John. Depois de mais de um ano basicamente me ignorando no trabalho, de repente ele está no balcão da frente, tipo, a cada cinco minutos. Até as cinco da tarde de segunda-feira, já passamos uma hora ajustando o cronograma da loja para John encaixar uns horários para os amigos dele que correm de carro, meia hora descobrindo como encomendar um balanceador de pneus (acho que ele enfim convenceu Fred a comprar um novo) e mais uma hora no horário de almoço fazendo Wordle (a palavra foi CORAL, na quarta tentativa) e conversando sobre o evento "Verão no barril".

Isso sem contar todas as vezes que ele apareceu no balcão da frente para escrever um recibo ou conferir um horário de atendimento.

O que seria realmente útil para acabar com essa pequena atração seria um comportamento clássico de John, como me olhar sem expressão quando faço uma piada ou ser grosseiro com um cliente.

Na manhã de quinta-feira, parece que meu desejo vai ser atendido. Uma mulher de meia-idade, com cabelos alaranjados bem chamativos e roupas levemente excêntricas, veio trocar os pneus, e enquanto John escreve o recibo, ela faz a mesma pergunta pelo menos cinco vezes. Até eu já estou ficando um pouco irritada com ela.

— Então, você tem certeza de que os pneus estão *bem firmes*? — ela pergunta. — Não vão sair voando?

Olho para John, esperando a explosão.

— Não — ele responde.

— Porque li na internet que os pneus podem voar se não forem colocados com firmeza.

— Eles estão firmes — John afirma.

A mulher fecha a cara, desconfiada.

— Você os testou corretamente? Não só manualmente, mas com uma máquina de pneus apropriada?

— Sim, senhora — John responde. — Nós usamos o Pneuflex 3000 para garantir que todos os pneus estejam firmes. Mas — acrescenta quando a cliente respira fundo para falar de novo — também usei o Roda Max 4000 no seu carro, só para ter certeza absoluta.

— Hum. — A mulher parece satisfeita. — Bem, desde que tenha verificado com os dois.

— Claro — diz John.

Passo o cartão de crédito dela, entrego o recibo e desejo um bom dia, ao que ela responde com um pessimista:

— Veremos.

Quando a cliente se vai, John me lança um sorriso malicioso, com um brilho sagaz nos olhos.

— O quê? — pergunto, desconfiada. — Você verificou os pneus dela duas vezes, não verificou?

— Verifiquei — ele responde. — Mas não usei o Pneuflex 3000 nem o Roda Max 4000. Principalmente porque nenhum dos dois existe.

Dou uma risada surpresa.

— John! — respondo, meio repreensiva. — Isso é terrível.

— Que foi? Você me disse para ser mais educado com as pessoas.

— Eu não te disse para *mentir* para elas.

— E como isso é diferente do que você fez com aquela menina rica outro dia, exatamente?

— Eu... bem...

John levanta uma sobrancelha.

— Bem o quê?

Dou um sorrisinho.

— Acho que assim é melhor que sua abordagem de sempre no atendimento ao cliente.

Ele sorri.

— Obrigado. Agora você tem que tentar do meu jeito.

— O quê? Ser rude com as pessoas sem motivo?

— Não sem motivo — ele diz. — Mas, da próxima vez que alguém for babaca, você não tem permissão para sorrir e ser educada. — Ele estende a mão. — Combinado?

— Acho que sim — concordo, relutante, apertando a mão dele. O aperto é quente e firme, e há calos em seus dedos. Solto rapidamente e pigarreio. — Preciso voltar ao trabalho.

— Certo. — John se afasta do balcão. — Você vai fazer o seu trabalho com os velhinhos hoje à noite? Porque Trey e eu estávamos pensando em terminar a exposição.

— Faço meu trabalho de *cuidadora* todas as noites — corrijo. — Mas posso passar lá depois.

— Combinado — ele diz, e então vai para a garagem. Eu me viro para o balcão, contendo um sorriso. Depois balanço a cabeça para mim mesma.

— Se controla, Emily — falo com firmeza.

O restante do dia passa sem grandes novidades, exceto por uma vez em que volto à garagem para levar o telefone a Dave e acabo flagrando John usando a barra da camiseta para enxugar o rosto, revelando um abdômen muito impressionante. Depois do trabalho, passo na casa da sra. Finnamore para ver se ela precisa de algo, e também para investigar um pouco mais a situação do seu falecido marido. Acho que é disso que preciso agora: uma lição fria de advertência sobre os perigos de se contentar com o homem errado.

— Estive na casa do Jim no fim de semana passado — conto enquanto ela faz uma xícara de chá para nós. — O aniversário da esposa dele seria esta semana.

— Pobre Jim — diz a sra. Finnamore. — Deve ser difícil.

Concordo com a cabeça e depois pergunto casualmente, como se tivesse acabado de me ocorrer:

— Quando era o aniversário do seu marido?

— Em março — responde a sra. Finnamore, mexendo nos armários. — Quando for ao mercado, pode pegar mais daqueles biscoitos *wafer*? Os com recheio de baunilha. Os de chocolate são muito enjoativos.

— Hum... claro — concordo, distraída.

— Também gosto dos de limão. Não são muito azedos. A maioria dos biscoitos de limão é azeda demais.

— Baunilha ou limão — repito. — Entendido. — Então, pigarreio e tento de novo. — A senhora fica meio triste quando o aniversário dele se aproxima?

— Quando o aniversário de quem se aproxima? — a sra. Finnamore pergunta ao servir o chá.

— Do seu marido.

— Ah, não sei — ela responde sem muita clareza.

Hesito, depois decido ir a fundo.

— É que, outro dia, quando a senhora estava falando dele, pareceu que... não sei, soou como se vocês dois não tivessem sido perfeitamente felizes o tempo todo.

A sra. Finnamore me lança um olhar afiado.

— Não sei do que você está falando. Bill era um ótimo provedor. Ele era gerente sênior na fábrica de peixes, sabia?

— Isso é muito impressionante — digo rapidamente. — Não queria me intrometer. Só estava... querendo um conselho, eu acho.

— Conselho?

— É, tipo... como saber com quais caras eu deveria sair. Não que eu tenha alguém específico em mente — acrescento. — Só estou preocupada de acabar me casando com a pessoa errada, sabe?

A sra. Finnamore parece mais interessada agora. Juro: se há algo que as pessoas amam mais do que falar sobre si mesmas, é dar conselhos.

— Bem, você não vai achar bons homens nesses aplicativos bobos que vocês, garotas jovens, usam — ela declara diretamente. — Você deveria pedir à sua mãe para sugerir alguém. Assim, pode ter certeza de que ele tem bom caráter.

— Ah... certo — respondo educadamente.

Tenho quase certeza de que, se eu pedisse à minha mãe para me arranjar alguém, ela pensaria que enlouqueci. Além disso, minha mãe passa todo o tempo em excursões de ônibus para pessoas com mais de sessenta anos. Onde, exatamente, ela conheceria homens da minha idade?

Dou um gole no chá.

— Quando a senhora diz "bom caráter" — continuo —, quer dizer alguém que seja... respeitoso?

— Gentil, respeitoso, esse tipo de coisa — explica ela, acenando distraidamente com a mão. Eu me recosto na cadeira, um pouco desapontada. Não era exatamente o conselho revolucionário que eu esperava.

Mas então ela mexe na asa da xícara de chá e acrescenta:

— Você deveria encontrar alguém prestativo. A maioria dos homens não é, sabe? Não está na natureza deles.

— Prestativo — repito.

— Isso.

Hesito por um segundo, então pergunto:

— Bill era prestativo?

— Ah, ele sempre fazia as coisas quando eu pedia — conta ela, naquele tom leve que estou começando a perceber que é sua maneira de se esquivar. — Mas acho que teria sido bom — acrescenta — se eu não tivesse que pedir.

Franzo a testa, pensativa. Acho que sei o que ela quer dizer. Meu namorado da faculdade era assim. Sempre estava disposto a fazer as coisas por mim se eu pedisse, mas nunca fazia nada espontaneamente. Tipo, tivemos uma matéria juntos no último ano, e ele sempre ia à cafeteria perto da casa dele antes da aula. Nunca trouxe café para mim, mesmo sabendo que era a minha cafeteria favorita. Tenho certeza de que ele traria se eu tivesse pedido, mas não era essa a questão. Quando alguém faz algo por você sem que seja preciso pedir, é simplesmente muito legal, né? Mostra que a pessoa está pensando em você mesmo quando você não está por perto.

— Esse é um bom conselho — falo à sra. Finnamore. — Obrigada.

— Não há de quê, querida.

— Preciso ir — respondo, ficando em pé. — Tenho um milhão de coisas para fazer antes do fim de semana. A senhora vem, né?

— Se você quiser, sim — diz a sra. Finnamore.

Ela não soa muito entusiasmada, mas está de bom tamanho.

Sigo direto para o carro, sem passar em casa. Estou morrendo de fome, mas não tenho tempo para fazer nada. O evento "Verão no barril" é depois de amanhã, e ainda não arranjei pratos e copos descartáveis nem resolvi quais vão ser os prêmios para a caça ao tesouro.

Meu celular vibra no bolso.

[17:57] John Smith (Oficina)
O que acha?

Inclino a cabeça, confusa, mas um segundo depois uma imagem aparece. É uma caixa cheia de medalhas, como as que se ganham em competições escolares.

[17:57] John Smith (Oficina)
São as medalhas de vôlei antigas da minha irmã

[17:57] John Smith (Oficina)
Felizmente, nossa escola era muito mão de vaca
pra comprar medalhas específicas pra esportes
diferentes, então elas têm só um desenho genérico

[17:57] John Smith (Oficina)
Pensei que você poderia usar elas pra caça ao tesouro

[17:58] Eu
Seria perfeito!!

[17:58] Eu
Obrigada 😊

[17:59] John Smith (Oficina)
De nada

[17:59] John Smith (Oficina)
Indo pro museu em breve, só vou pegar uma pizza

[17:59] John Smith (Oficina)
Quer que eu veja se eles vendem copos/pratos descartáveis?

Sim!!!, digito freneticamente. Isso seria tão...

Meus dedos pairam sobre a palavra.

Prestativo.

Isso seria tão prestativo.

Mordo o lábio com força. Droga. Conversar com a sra. Finnamore deveria me afastar de John, não fazer com que ele parecesse mais atraente.

Com um suspiro resignado, apago minha mensagem pela metade e começo de novo.

[18:01] Eu
Sim, por favor!

[18:01] Eu
Seria ótimo 😊

CAPÍTULO 16

Certo. É hoje.

Sábado. Dia do evento.

Ou, como passei a chamar, o Dia B.

(E, sim, eu sei que isso geralmente não significaria nada, mas hoje significa "Dia do Barril", ok?)

Estou no museu com Trey, Rose e John desde as sete da manhã, e afirmar que estou passando dos limites seria o eufemismo deste (ainda incipiente) século.

— Temos gelo suficiente? — pergunto. — O arranjo dos balões está bom assim?

Nenhum deles me responde, provavelmente porque já fiz essas perguntas umas quinze vezes. Não me importo de ser ignorada. Tenho certeza de que só estou falando para tentar acalmar um pouco os nervos.

Às dez da manhã, estamos prontos. E não quero soar convencida, mas o lugar está mesmo incrível. Tipo, muito, *muito* incrível.

Gastei cem dólares do meu próprio bolso para comprar decorações na loja de um dólar, e optei por um tema vermelho e dourado. A entrada do museu está emoldurada por balões vermelhos e dourados, as árvores do quintal estão artisticamente decoradas com serpentinas nas mesmas cores, e todos os barris no quintal estão enfeitados com correntes de papel vermelho e amarelo (não consegui encontrar papel dourado, então amarelo foi o melhor que pude fazer). Queria colocar uma corrente de papel na churrasqueira também, mas Trey pontuou que provavelmente não seria uma boa ideia colocar material inflamável sobre uma grelha aberta.

A melhor parte, no entanto, é a nova exposição, que John e Trey terminaram ontem à noite. Basicamente, é uma pilha enorme de barris embutidos na parede, mas eles foram colocados de forma que alguém possa posar embaixo deles, fingindo carregá-los. Do outro lado da sala, dá para tirar a foto perfeita de uma criança ou amigo fingindo ter superforça. John e Trey até encaixaram os barris na parede de modo que alguns parecessem prestes a cair do topo da pilha.

E olha, não estou dizendo que é uma obra genial nem nada, mas é fofo e engraçado, e acho que os turistas vão adorar. Acho que até a Garota de Short Jeans aprovaria.

Enquanto Rose e Trey acendem a churrasqueira e John ajuda seu amigo George a montar os alto-falantes para o violão, vou sozinha até a recepção para abrir oficialmente as portas. Não olhei para fora nos últimos trinta minutos porque estava com muito medo de ver um estacionamento vazio, mas quando abro a porta...

Há uma fila.

Uma fila!

Quer dizer, ok, não é como uma fila para comprar ingressos da Taylor Swift nem nada, mas há pelo menos cinco famílias e um grande grupo de turistas mais velhos. Alguns deles têm panfletos do "Verão no barril", e uma criança está fazendo birra por causa da espera.

Sorrio para todos eles.

— Bem-vindos!

Nas próximas duas horas, só deixo meu posto para ajudar as pessoas a tirarem fotos de si mesmas na nova exposição de barris. É absolutamente adorável ver todos inventando poses engraçadas com os barris. Minha favorita é uma menina que planta bananeira embaixo deles, então parece que está equilibrando todos os barris com os pés. O ambiente é alegre, o cheiro da churrasqueira está delicioso e o trabalho de Trey é um sucesso com todas as crianças. A caça ao tesouro está indo muito bem (mesmo que uma criança tenha derrubado um barril à procura de uma pista) e Rose inventou uma atividade divertida para o grupo infantil no quintal:

um jogo de arremesso de argolas em que as crianças tentam jogá-las dentro dos barris.

Por volta da hora do almoço, a outra voluntária regular do museu, Brenda, chega para me substituir na recepção. Ela parece chocada com a movimentação do lugar, e não consigo esconder um sorriso orgulhoso ao me dirigir ao quintal.

As atividades seguem a todo vapor por aqui. O amigo de John, George, toca músicas folclóricas no violão, e Rose serve hambúrgueres e cachorros-quentes tão rápido quanto consegue montá-los. Aceno para ela por sobre as cabeças de um grupo de turistas americanos e caminho em direção ao fundo do quintal, onde John está cuidando da venda de bebidas.

No meio do caminho, vejo Shelley conversando com um grupo de mulheres mais velhas. Com relutância, meus pés diminuem a velocidade. Acho que seria grosseiro não ir cumprimentá-la.

Forço um sorriso enquanto me aproximo.

— Oi, Shelley — cumprimento, sorrindo para as três mulheres ao redor dela. — Vocês estão se divertindo?

— Com certeza — diz uma das mulheres animadamente. Ela tem cabelos brancos cacheados e um terninho de estilo antigo com um broche oficial de algo importante na lapela. — Somos todas membras da sociedade histórica da cidade — diz, estendendo a mão para mim. — E você é...?

— Essa é uma das nossas novas voluntárias — Shelley completa.

— Emily — me apresento, apertando a mão da mulher.

— Que adorável — ela comenta. — Você ajudou a planejar tudo isso?

— Ela e Trey deram uma ajudinha — intervém Shelley antes que eu possa responder.

Quase não consigo disfarçar a incredulidade. *Ajudinha?* Nós planejamos tudo!

— Que bom — responde a mulher de cabelos brancos. — Espero que não tenha custado muito.

— Ah, não, eu fiz todo o orçamento — Shelley diz. — Vamos ter um pequeno lucro.

— Você pode usar o dinheiro para outro evento — sugere a mulher. — Talvez algo para o Dia do Canadá!

— Era exatamente o que eu estava pensando — Shelley diz.

As mulheres sorriem e se dirigem à churrasqueira. Retribuo os sorrisos educados com dificuldade. Minhas bochechas estão queimando, e sinto meio que um aperto no peito.

Shelley me dá um sorriso indiferente.

— Alguma criança derramou refrigerante no corredor dos fundos. Você faz a gentileza de limpar?

Minhas bochechas queimam ainda mais. Abro a boca para murmurar "Claro", mas me detenho. A voz de John ecoa de repente na minha cabeça.

Na próxima vez que alguém for babaca, você não tem permissão para sorrir e ser educada.

Shelley está definitivamente sendo babaca, mas, mesmo assim, não tenho certeza se tenho coragem de dizer alguma coisa.

Ah, dane-se. Não vai doer se eu tentar.

Respiro nervosa e solto, um pouco trêmula:

— Isso foi meio grosseiro.

Shelley levanta uma sobrancelha.

— Como é?

Umedeço os lábios.

— Você não fez o orçamento deste evento — afirmo. — Eu fiz. E Trey e eu não só "ajudamos". Nós fizemos tudo.

Shelley dá uma risadinha condescendente.

— Isso não é sobre receber *crédito*, Emily. E há muito mais em gerenciar este lugar do que você pode imaginar. Agora, por que você não faz uma pausa? Eu limpo o refrigerante.

Abro a boca para retrucar, mas não adianta — Shelley já está indo embora. Por um segundo, penso em ir atrás dela, mas, para ser honesta, minhas pernas estão meio bambas. Nunca falo com as pessoas assim, nunca. Não fez diferença nenhuma, obviamente, mas ainda assim foi meio eletrizante. Meu coração bate um pouco mais rápido com a adrenalina.

Cruzo o gramado e me aproximo de John, que está pegando uma lata de refrigerante do cooler.

— Adivinha o que acabei de fazer? — digo, pegando uma lata para mim.

— Entediou alguém até a morte falando sobre barris?

— Haha. Não, acabei de peitar a Shelley. Ela estava sendo muito babaca, e eu a confrontei direitinho.

— Boa. — John estende a lata de refrigerante para brindarmos. — Bem feito.

— Mas não tenho certeza se fez alguma diferença.

John dá de ombros.

— Provavelmente não. Ainda assim, foi legal.

— É, foi. — Sorrio. — Como estão indo as coisas por aqui?

Antes que ele possa responder, alguém o chama atrás de mim.

Eu me viro para ver um casal de meia-idade se aproximando. O homem é bem alto, com a pele branca muito bronzeada e cabelos crespos escuros, e a mulher tem cabelos curtos e castanho-escuros, pele marrom-clara e um sorriso que parece meio familiar.

— Ah, oi — John fala, avançando para cumprimentá-los. A mulher beija seu rosto. — Estão aqui há muito tempo, já?

— Há um tempinho — a mulher responde, sorrindo. Ela olha para mim com interesse.

— Esta é a Emily — John me apresenta. — Emily, estes são os meus pais.

Pisco, surpresa. John convidou *os pais*?

Estendo a mão apressadamente para cumprimentá-los.

— Prazer em conhecê-los, sr. e sra. Smith.

— Me chame de Carla — diz a mãe, inclinando-se para beijar minha bochecha.

O pai de John faz o mesmo e se apresenta como Laurent. Ele tem um leve sotaque francês, e seus olhos são exatamente do mesmo tom de castanho que os de John.

— Estão se divertindo? — pergunto.

— Com certeza — Carla responde. — Este lugar é lindo.

— Realmente impressionante — acrescenta o pai, olhando ao redor. — Você é de Waldon?

— Nasci em Halifax — respondo. — O John me contou que vocês são de Quebec, é isso?

— Não exatamente — Laurent responde, e começa a contar uma história sobre o subúrbio de Toronto onde cresceu, o negócio que iniciou lá, que eventualmente o levou a Montreal, e como isso o levou à República Dominicana, onde conheceu a esposa. Escuto educadamente, maravilhada com o quão diferente ele é do filho. Laurent é exuberante, um pouco espalhafatoso e muito falante — a ponto de Carla e John o mandarem parar de falar depois de uns dez minutos.

— Você vai fazê-la pegar no sono — Carla o repreende.

— Ah, que bobagem. Emily estava interessada, não estava? — Laurent diz.

— Sim, senhor — concordo.

Carla coloca a mão no meu braço.

— Não o incentive — ela me aconselha. — Vai acabar presa aqui o dia todo ouvindo-o falar sem parar.

Sorrio para ela. Está tão perto que posso sentir seu perfume, um odor vibrante e floral. Laurent também tem um cheiro muito bom, um aroma sutil de hortelã-pimenta. Deve ser coisa de família.

— John mencionou que vocês dois se aposentaram em Summerside — comento.

Carla assente.

— Ainda faço alguns trabalhos por lá, só para ajudar o hospital. Estão desesperados por médicos. Eu sou endocrinologista — acrescenta.

— Uau — digo. Depois continuo, hesitante: — E o que exatamente é isso?

Ela ri.

— É um médico especializado em problemas hormonais. Doenças das glândulas adrenais, da tireoide, essas coisas.

— Uau — repito. — Muito legal.

— Bom, pode ser. O sistema de saúde está um caos agora. — Ela balança a cabeça e solta um breve suspiro. — John nos contou que você começou a trabalhar como cuidadora recentemente.

Ele contou? Lanço um olhar de lado para ele, mas John só me devolve um olhar neutro enquanto toma um gole de sua bebida.

— Sim, senhora — confirmo. — Não tem a ver com enfermagem ou outros trabalhos importantes assim. Só ajudo com tarefas e faço companhia, basicamente.

— Não há nada de pouco importante nisso — Carla argumenta. — Os hospitais desta ilha estão cheios de pessoas esperando vagas em lares de idosos, tudo porque não têm ninguém para ajudar em casa.

Estremeço.

— Isso é horrível.

Carla concorda.

— Ninguém neste país parece pensar no futuro. Acham que vão ser saudáveis e independentes para sempre, e então ficam absolutamente espantados quando envelhecem! Como se não tivessem percebido que isso aconteceria com eles.

Assinto com seriedade. Esse definitivamente é o caso de Doris e da sra. Finnamore. Até Jim me diz o tempo todo que ficou chocado quando a esposa morreu, porque achava que ainda teriam muitos anos juntos. O que é de partir o coração, obviamente, mas também... sua esposa tinha noventa e três anos quando faleceu. Jim fala sobre ela como se devesse ter mais vinte ou trinta anos de vida, o que até eu sei que não é realista do ponto de vista médico.

— Se quer saber minha opinião, mantemos as pessoas vivas por muito mais tempo do que deveríamos hoje em dia — Carla acrescenta. — Espero morrer dormindo no dia em que completar setenta e cinco.

— Que animador — Laurent comenta secamente.

— Você terá sorte se chegar aos setenta — Carla retruca —, com toda essa carne vermelha e os charutos.

— Falando nisso — Laurent comenta —, estou de olho em um desses hambúrgueres. Foi um prazer conhecê-la, Emily.

— O prazer foi meu — respondo. Ambos sorriem para mim e se dirigem até a área de churrasco, deixando John e eu sozinhos. — Não acredito que você convidou seus pais.

Digo isso para provocá-lo, mas John apenas dá de ombros.

— Eles gostam desse tipo de evento.

— Bom, foi muito legal da parte deles terem vindo. E eles são tão impressionantes! Uma médica e um empresário. — Quase acrescento algo mais, mas penso melhor e rapidamente fecho a boca.

John me observa por um momento.

— Talvez eu tenha batido a cabeça quando era criança.

— Desculpa, o quê?

Ele levanta uma sobrancelha.

— Você estava se perguntando como uma endocrinologista e um empresário bem-sucedido acabaram com um filho mecânico, não estava?

Meu rosto fica completamente vermelho.

— Ah... não...

— Então, talvez eu *fosse* inteligente quando nasci, mas aí bati a cabeça quando era criança, e foi assim que acabei desse jeito. Vou ter que perguntar aos meus pais algum dia. — Sua voz é seca, e há um tom amargo nela.

E John está certo. Era *exatamente* o que eu estava pensando.

— Não acho você burro — comento, mortificada.

— Hum. — Ele toma um gole de refrigerante. — Você meio que acha, sim.

— Não acho! Juro que não acho.

Ele só me olha, e sinto uma pontada aguda no peito. Ele me pegou em cheio.

— Não acho que você seja burro — digo. — Não acho mesmo, de verdade. — Hesito, depois acrescento: — Só parece às vezes que... não sei.

— O quê?

— Bem... parece que talvez você tenha se acomodado um pouco, eu acho.

Ele bufa.

— Sei que é difícil pra você acreditar, mas gosto de trabalhar na oficina. E gosto de morar em Waldon. Meus pais são bem-sucedidos, mas eles mesmos te diriam que isso nem sempre os fez felizes. Os dois preferem que minha irmã e eu façamos algo de que gostamos em vez de nos matarmos de trabalhar.

— Não, eu entendo. Só sinto que... não sei...

— Que eu deveria estar correndo atrás de algum "emprego dos sonhos" grande e importante?

— Bom... sim — respondo, desamparada. — Quer dizer, não precisa ser grande ou importante...

— Porque isso estaria além das minhas capacidades — John responde, sarcástico.

— Não! Só quero dizer que você deveria fazer algo que ama.

— Ok, bem, eu *amo* trabalhar com carros. Só porque você não se interessa por algo, não significa que seja totalmente inútil.

— Eu sei!

— Não acho museus de barris e pessoas idosas muito interessantes, mas você não me ouve questionando suas escolhas de vida, ouve?

— Não. — Passo a mão pelo cabelo. — Eu sou uma idiota, John. Sério. Sinto muito mesmo.

Ele me observa por um momento e depois ri, toda a tensão desaparecendo de sua postura no mesmo instante.

— Não se preocupe. Só estou pegando no seu pé.

— Bem, eu mereço. Você foi tão prestativo a semana toda, e é assim que eu retribuo.

Ele ri novamente.

— Está tudo bem. Vamos fazer o seguinte: compra um hambúrguer pra mim e estamos quites.

— Um hambúrguer de dois dólares vai compensar o fato de eu ter sido uma completa idiota?

— Bem observado. Dois hambúrgueres, então.

Sorrio, constrangida.

— Sinto muito, de verdade.

— Eu sei. Agora vai pegar nossa comida antes que eu decida que vão ser três hambúrgueres.

Dou um sorriso agradecido e vou até a churrasqueira, me repreendendo mentalmente o caminho todo. Não acredito que fui tão babaca.

Rose olha para cima enquanto entrega um cachorro-quente para Trey.

— Quer algo, Emily?

— Dois hambúrgueres, por favor, e um cachorro-quente.

— Posso fazer os hambúrgueres, mas o Trey acabou de roubar o último cachorro-quente — conta ela. Trey sorri para mim, se desculpando com a boca cheia de cachorro-quente.

— Acabou? Sério?

— Sim. — Rose sorri. — E estamos na última embalagem de hambúrguer. Acho que podemos considerar o evento oficialmente um sucesso.

Solto um suspiro de alívio. (Só para você saber: *tecnicamente* eu não tinha o suficiente para pagar o cartão de crédito se não tivéssemos coberto os custos da comida comprada para o evento.)

— Graças a Deus. Então vou querer três hambúrgueres, se você tiver.

— Deixa comigo — diz Rose.

— Todas as crianças adoraram mesmo sua nova exposição — comenta Trey.

— *Nossa* nova exposição — corrijo. — Você e o John fizeram todo o trabalho.

— É, tá certo. É bom ver as pessoas se divertindo aqui. — Ele sorri e dá outra mordida no cachorro-quente, e por um ou dois minutos observamos as pessoas circulando no jardim. Todos parecem estar se divertindo muito.

Quando olho de volta para Trey, ele me observa com uma expressão pensativa.

— O que foi? — pergunto, um pouco constrangida.

— Você é boa nisso.

— Planejar eventos para museus de barris? — Dou risada. — É uma pena que não seja um esporte olímpico.

— Estou falando sério — insiste Trey. — Você deveria ser a gerente deste lugar, não a Shelley.

— Isso mesmo — Rose acrescenta.

Constrangida, faço um gesto de "Ah, nada a ver".

— Você sabe que isso nunca vai acontecer.

— É, talvez não — pondera Trey. — Mas aposto que há museus em Charlottetown que adorariam ter você como funcionária. Embora eu imagine que você não fosse gostar de se deslocar para tão longe de Waldon. — Ele termina o último pedaço do cachorro-quente. — Preciso voltar ao trabalho. Não há descanso para os vilões.

Um momento depois, Rose me entrega três hambúrgueres embrulhados em papel. Sorrio e agradeço. De volta à estação de bebidas, John foi cercado por cerca de trinta crianças que acabaram de finalizar a caça ao tesouro e estão pedindo refrigerantes, então entrego os hambúrgueres dele com um sorriso de desculpas e assumo seu posto enquanto ele come. Distribuo refrigerantes e sucos até que John me despacha dali outra vez, me mandando ir comer meu próprio hambúrguer.

Volto para dentro a fim de escapar do sol e me refugio na sala de descanso para comer. Depois, dou uma volta pelo museu. Eu deveria mesmo voltar à recepção para verificar como Brenda está, mas não quero ir ainda. As palavras de Trey continuam soando nos meus ouvidos, e uma ideia começa a se formar na minha mente.

Aposto que há museus em Charlottetown que adorariam ter você como funcionária.

Ele provavelmente está certo. Deve haver museus lá à procura de funcionários.

Mas deve haver museus em outros lugares procurando funcionários também. Locais como Nova York, Londres e Paris. Lugares onde os museus se estendem por várias quadras e os turistas ficam horas na fila para poder entrar.

Eu me viro lentamente no lugar, absorvendo a cena ao meu redor. O som de risadas e música vindo do quintal. Turistas fazendo fila para tirar fotos de uma exposição que ajudei a fazer. Famílias criando recordações em um evento que ajudei a organizar.

Emprego dos sonhos, sussurra uma voz no fundo da minha cabeça.

Emprego dos sonhos.

CAPÍTULO 17

VAGAS não é uma boa palavra para usar no Wordle. Afinal, só tem uma vogal. Seria uma estupidez usá-la como minha primeira palavra agora que estou tão perto de conquistar minha sequência de um ano.

Mas, na manhã de domingo, eu a uso mesmo assim.

VAGAS.

Como em: *Vou procurar vagas em programas de pós-graduação em museologia hoje.*

Pesquisei a noite inteira depois que voltei do museu. Ao que parece, existem pessoas chamadas coordenadores de exposições, cuja única função é criar exposições em museus, exatamente como fiz no museu de barris. Quando penso em passar a vida construindo lugares para as pessoas aprenderem, lugares que podem proporcionar aquela sensação quente e tranquila que os museus sempre me deram... parece perfeito. Parece certo.

Eu planejava me inscrever em dez ou quinze universidades nos Estados Unidos e no Canadá, mas então vi quanto custava. Cento e cinquenta dólares apenas para *se inscrever*? Quem pode se dar ao luxo de aplicar para mais de uma?

Demorei várias horas para filtrar as opções, mas me decidi por um mestrado em museologia na NYU. O prazo de inscrição é daqui a dois dias, o que me parece um sinal. Encontrei essa opção bem a tempo.

Me sirvo a maior xícara de café do mundo e então preencho de uma vez toda a ficha de inscrição. A parte mais difícil é a redação. Quero expressar no texto toda a emoção que os museus me proporcionam, a longa e sinuosa jornada que fiz para perceber que esse é meu emprego dos sonhos e todas as minhas metas e aspirações para o futuro, mas quando coloco tudo no papel, parece meio clichê e desagradável.

Apago tudo e tento de novo. Expresso o interesse no curso de forma simples e clara, e descrevo brevemente minha experiência no museu de barris e o sucesso de nossa nova exposição. Para minha redação, faço um breve ensaio sobre a importância dos museus rurais.

Faço upload de todos os documentos solicitados e então chego à página de referências. São necessárias três cartas de recomendação. Mordo o lábio por um longo minuto e então digito três nomes.

Trey Fisher, tanoeiro no Museu de Fabricação de Barris de Waldon.

Foi ele quem me deu essa ideia, e tenho certeza de que estará disposto a ajudar.

Fred Martin, proprietário/gerente da Martin Auto.

Não tenho tanta certeza de que ele aceitará ser uma das minhas referências, mas acho que precisa estar na lista, já que é meu chefe atual.

Jim Williams, oficial de segurança do Museu de Fabricação de Barris de Waldon.

Fico um pouco nervosa por colocar Jim como referência, mas na verdade não tenho ninguém melhor. Shelley nunca concordaria em me dar uma referência (muito menos uma *boa* referência), a sra. Finnamore não sabe usar o computador e Doris provavelmente escreveria quinze páginas sobre como eu não sei usar cupons da maneira correta. Jim sabe usar o computador razoavelmente bem — sua neta o ensinou quando veio de Ontário —, mas enviar uma carta de recomendação pelo sistema on-line da NYU ainda pode ser complicado para ele. E não tenho certeza se posso me oferecer para ajudá-lo. Isso parece eticamente duvidoso, como se eu estivesse espiando por cima do ombro dele para garantir que ele escrevesse coisas boas.

Ah, enfim. Vai ser difícil de um jeito ou de outro.

Pago a taxa de inscrição — adeus, oitenta dólares — e então chego à página final. Ando pela cozinha por cerca de dez minutos antes de conseguir coragem para clicar em *enviar*.

Uma página impessoal me agradece pela inscrição, e é isso.

Terminei.

Solto um suspiro nervoso e começo a fechar todas as abas que abri desde que comecei a inscrição — centenas de buscas no Google, o portal da universidade em que cursei a graduação (no qual obtive todos os meus históricos), minha conta bancária, o Instagram da Garota de Short Jeans (não me julgue, eu precisava de uma pausa de cinco minutos). Agora estou mais do que pronta para parar de encarar essa maldita tela de computador. Estou prestes a fechar a última aba quando algo chama minha atenção. É um resultado de busca que parei de ler na metade da página.

Estágios | Museu Metropolitano de Arte.

Clico no link tão rápido que fico zonza.

Cinco minutos depois, estou com outra xícara enorme de café na mão (não importa que já sejam quase oito da noite) e começando minha inscrição para um estágio de um ano no Met.

Isso, eu sei, é uma chance bem remota. Quase completamente fora das possibilidades. Esses estágios são feitos para alunos ávidos que acabaram de entrar na faculdade, não para recepcionistas de oficinas mecânicas cujas maiores conquistas estão relacionadas ao Wordle. Mas não custa tentar, certo? E a inscrição é gratuita.

Quando enfim me afasto do computador, duas horas depois, minha visão está embaçada de tanto olhar para a tela. Pego o celular (sim, sei que é outra tela) para terminar o Wordle e ver as mensagens que chegaram nas últimas horas.

Primeiro, Wordle. VAGAS me deu um S amarelo.

Próxima tentativa. CHEGA, como em: *Chega, estou cansada demais.*

Tudo cinza, menos um H amarelo.

BANHO, como em: *Estou precisando muito de um banho agora para relaxar.*

N, H, O, todas verdes! E ainda tenho o S amarelo…

A resposta é SONHO.

Enquanto assisto às letras ficarem verdes, um arrepio sutil percorre minha espinha.

Isso tem que ser um sinal.

Admiro minha contagem de vitórias por um momento e então sigo para as mensagens.

[13:00] Rose Fisher
Todo mundo no mercado está comentando sobre como foi bom ontem!

[13:01] Rose Fisher
Você gostaria de vir jantar na nossa casa na sexta-feira?

[15:17] Fallon
Oi, amiga!! Tem um desconto novo e incríííível no site se você quiser usar (ou divulgar)!

[15:17] Fallon
Vou enviar o link no seu Insta!

Mando uma resposta rápida para Rose, faço uma anotação mental para ver a mensagem de Fallon mais tarde e, em seguida, abro a conversa com John. As coisas ficaram tão loucas no final do evento ontem, com a limpeza e os agradecimentos a todos pela presença, além da tentativa de não ficar furiosa quando Shelley desapareceu sem ajudar, que eu e John nem tivemos outra chance de conversar antes de ele sair para jantar com os pais.

Sei que ele aceitou meu pedido de desculpas, mas ainda me sinto muito mal com o que aconteceu.

[21:42] Eu
Oi! Espero que seu domingo tenha sido bom!

[21:43] Eu
Obrigada por toda a ajuda ontem!!

[21:43] Eu
E desculpa de novo por ter sido tão idiota ☹

Escuto o som de notificação no celular enquanto estou colocando meu pijama.

[21:49] John Smith (Oficina)
Hahaha

[21:49] John Smith (Oficina)
Sem problemas

[21:49] John Smith (Oficina)
O que você fez hoje?

Começo a digitar sobre a NYU e o estágio no Met, mas paro.

Parece meio esquisito falar sobre empregos dos sonhos depois do que aconteceu ontem.

[21:51] Eu
Nada de mais!

[21:51] Eu
Só estou me recuperando de ontem, na verdade

[21:52] John Smith (Oficina)
E tramando a derrubada da Shelley, espero

[21:52] Eu
Haha

[21:53] Eu
Sim, estou planejando uma nova exposição

[21:53] Eu
Bom, não exatamente uma exposição, mas um jeito de equilibrar um barril na porta do escritório da Shelley pra cair na cabeça dela quando ela entrar

Adiciono uma sequência de carinhas maléficas sorrindo.

[21:54] John Smith (Oficina)
Hahaha

[21:54] John Smith (Oficina)
Vou ajudar com isso

Paro por um momento, depois volto a digitar.

[21:56] Eu
Te vejo amanhã pra fazer o Wordle?

[21:57] John Smith (Oficina)
ÓTIMO

[21:57] John Smith (Oficina)
😊

A carinha sorridente provoca uma sensação quentinha no meu peito. Também abro um sorriso.

[21:58] Eu
Ótimo 😊

CAPÍTULO 18

Não me julgue, tá? Mas posso ter feito uma coisa bem estúpida.

Na noite passada, depois de trocar mensagens com John, fiquei toda animada, então decidi que era um ótimo momento para tomar minhas duas bebidas alcoólicas permitidas da semana. E, como não encontrei em lugar nenhum nas novas diretrizes de álcool quanto tempo você deve levar para beber, não vi problema algum em descer dois copos cheios de vinho como se fossem shots de tequila.

Ops.

Depois que a bebida fez efeito (e depois de passar uns trinta minutos dançando pela casa ao som dos maiores sucessos do ABBA), pareceu uma ideia *genial* fazer um cartão de agradecimento para John por ter consertado meu carro e ajudado no evento.

E, sim, sei o que você está pensando: será que sou uma criança de doze anos? E, sim, me lembro vagamente de ter dado um cartão de aniversário para um garoto de quem eu gostava quando tinha essa idade. Mas não foi por isso que fiz o cartão para John, ok? Apenas acho educado fazer cartões de agradecimento. Dei um para a minha dentista no ano passado, e você não vai me acusar de estar apaixonada por ela, vai?

(Na verdade, seria muito mais provável que eu estivesse apaixonada pela minha dentista do que por John. Ela é realmente linda e tem, tipo, cinco consultórios pela ilha, então claramente é uma pessoa muito determinada.)

Enfim. Decisão estúpida ou não, fiz um cartão de agradecimento para John. O cartão está na minha bolsa agora, e tenho que admitir que estou bastante orgulhosa dele.

Levo a bolsa para a sala de descanso durante o almoço de segunda-feira, e enquanto John esquenta um prato de macarrão no micro-ondas, pego o cartão de forma casual.

— Ah, quase esqueci — digo (ok, minto). — Fiz isso pra você, por consertar meu carro. E por ajudar tanto com as coisas no museu.

Ele limpa as mãos no macacão — não faz diferença, ainda estão cobertas de graxa — e pega o cartão.

Na frente, desenhei um jogo de Wordle, exatamente como aparece no aplicativo. As palavras são MOTOR, FREIO, RODAS, VALEU, MESMO e JOHNS, mas fiz de forma que todas as letras estão em cinza ou amarelo, exceto as letras verdes que formam o "VALEU MESMO, JOHN."

Está bem legal, modéstia à parte.

As sobrancelhas de John se franzem por um momento, então ele sorri, como se também achasse bem legal.

— Isso ficou demais — ele diz, mostrando aquele sorriso radiante para mim. Minhas bochechas esquentam sob seu olhar, e preciso morder o lábio para não sorrir feito uma idiota.

E, ok, tudo bem. Vou admitir.

Tenho um pequeno crush no John.

(Pelo menos tente fingir um pouco de surpresa, tá?)

Mas, ainda assim, não é grande coisa. O que há de errado em ter uma quedinha divertida e boba? É inofensivo. É óbvio que ele não está a fim de mim dessa forma, então não há pressão, e posso simplesmente relaxar e aproveitar minha paixão secreta em paz.

John sorri para o cartão por mais um segundo, então o micro-ondas apita e ele se vira para pegar o macarrão. Dou uma olhada discreta em seu corpo. Agora que admiti que estou a fim dele, diria que posso admirar seus ombros largos.

Limpo a garganta enquanto ele se vira e pego meu celular.

— Com qual palavra você vai começar hoje?

John senta-se na minha frente com o macarrão.

— Não sei.

— Vou usar RODAR. Como em: *Mesmo que eu tenha recuperado meu dinheiro com a comida de ontem, ainda posso rodar.*

John ri, e por um momento ficamos em silêncio, digitando em nossos celulares. Uso RODAR como primeira palavra, e todas as letras, exceto o segundo R, estão certas. Digito a resposta óbvia — RODAS — com uma pontada de decepção.

É meio frustrante quando acerto rápido demais.

— Acertei — digo.

— Já? Legal.

— Sim. Me avise se precisar de uma dica.

Ele não responde, então me levanto e coloco a chaleira para ferver água. Me apoio no balcão e bato os dedos distraidamente no linóleo.

— RODAS — anuncia John.

— Acertou.

Então ele ri.

— Ei, que nem no cartão que você me deu.

John tem razão. Usei mesmo a palavra RODAS no cartão dele. Solto uma risada.

— Acho que sou vidente. Mas só para o Wordle. É um tipo muito específico de clarividência. — Franzo a testa. — Clarividência? Isso é uma palavra? Clarividância? Clarividitude?

John ri de novo.

— Clarividitude.

A chaleira está fervendo; desligo e procuro um sachê de chá no armário.

— Quais são seus planos pra semana? — John pergunta.

— Nada de mais. Passar tempo com o Jim, deixar a Doris gritar comigo... Ah, e talvez eu faça uma maratona de filmes do Heath Ledger.

— Tipo... com amigos?

— Não, só eu mesma. Adoro maratonar filmes sozinha — acrescento, um pouco na defensiva.

— Que legal. — John limpa a garganta. — É hoje à noite? Porque tem um festival de luzes em Charlottetown, se você quiser ir.

Fico completamente paralisada.

Ele acabou de...?

Não.

Não pode ser.

... mas o que mais ele poderia querer dizer?

Umedeço os lábios e tento falar de forma despreocupada.

— Você quer dizer, tipo... juntos?

John pigarreia de novo.

— Sim. Se você quiser.

Eu me viro, meu coração quase saindo pela boca.

— Como... em um encontro?

John ri.

— Sim, como em um encontro.

— Mas... você não gosta de mim — solto.

— Eu não te chamaria pra sair se não gostasse. Mas se não quiser ir...

— Não, eu quero ir! — respondo apressadamente. — Quer dizer, se *você* quiser.

John parece estar se divertindo com a situação.

— Ok. Precisamos sair por volta das sete, se estiver bom pra você.

— Às sete está ótimo — digo baixinho.

Sinto como se estivesse tendo uma experiência extracorpórea, como se estivesse flutuando no teto assistindo a dois estranhos combinando um encontro.

— Por que achou que eu não gostava de você? — John pergunta.

Fico envergonhada.

— Não sei. Você só... não parecia tão interessado, eu acho. Você nunca conversou de verdade comigo.

— Estamos conversando há semanas.

Reviro os olhos.

— Sim, *agora* estamos. Mas quando comecei a trabalhar aqui, você basicamente me ignorou toda vez que eu tentei falar com você.

John dá de ombros.

— Não sou muito falante. Além disso, achei você meio esnobe.

Jogo a cabeça para trás, surpresa.

— O quê?

— Você parecia não querer trabalhar aqui ou estar em Waldon de jeito nenhum — explica ele. — E você realmente achou que eu fosse burro. — Ele acrescenta com um sorriso irônico: — Independentemente do que você alegue agora.

Fico em silêncio, as bochechas queimando. Será que passei mesmo essa impressão? Tento lembrar das coisas que disse ao John quando comecei a trabalhar aqui. Acho que posso ter mencionado uma ou duas vezes que esse trabalho de recepcionista era só temporário. E pode ser que eu tenha feito piadas sobre Waldon ser uma cidade minúscula. A parte patética mesmo é que acho que fiz algumas dessas coisas para tentar impressioná-lo.

Ah, meu Deus.

— Eu *sou* esnobe — respondo com pesar.

John ri.

— Não de verdade. Você só parecia ser no começo.

— Não, eu sou! — insisto. — Eu me acho melhor que as pessoas que vivem aqui.

— Você provavelmente é melhor que algumas delas — argumenta John. — Tem umas pessoas bem ruins aqui. — Ele ri de novo, vendo a expressão no meu rosto. — Não quis fazer você se sentir mal. Só achei que você parecia meio metida no começo. Agora eu sei que não é. Quer dizer, você pode dizer que gostou mesmo de mim logo que nos conhecemos?

Hesito.

— Hã...

John ri.

— Viu?

Sorrio com timidez.

— Você sempre insulta as pessoas quando as convida para sair?

— Você sempre espera que quem te convida pra sair pense que você é perfeita em todos os sentidos? — John responde.

Solto uma risada sem graça.

— Sim. Você deveria achar que eu sou impecável. Obviamente.

— Obviamente — John concorda.

Então ele se levanta dizendo "Até mais" e sai como se estivéssemos tendo uma conversa totalmente normal. Luto contra a súbita vontade de jogar minha xícara de chá nas costas dele. Posso ser esnobe, mas ele é realmente um esquisitão.

(Um esquisitão que gosta de mim.)

(Um esquisitão com quem tenho um *encontro*.)

Decido deixar de lado os planos de arremessar a xícara e dou uma giradinha sem sair do lugar.

Tenho um encontro com *John*.

CAPÍTULO 19

Não quero parecer uma pessoa ruim, mas juro que Doris às vezes finge ter problemas de audição. Agora mesmo, ela está me contando uma longa história sobre a infância dela, e em outras ocasiões eu ficaria feliz em ouvir (bem, talvez não exatamente *feliz*, já que muitas das histórias dela são apenas reclamações disfarçadas sobre as pessoas que ela conheceu, mas não me *importaria* em ouvir). Porém, agora estou desesperada para voltar para casa e me preparar para o meu encontro.

(Meu encontro com *John*.)

A cada pausa de Doris para respirar, anuncio em voz alta que preciso ir, mas ela continua falando como se não tivesse me escutado. Se realmente não consegue ouvir, então sou uma péssima pessoa por pensar isso, mas se ela estiver fingindo... bem, é meio genial, não é?

Por fim, desisto e saio pela porta.

— Sinto muito! — grito. — Vou ouvir o restante amanhã!

Juro que escuto Doris rir quando a porta se fecha.

Em casa, gasto meia hora alisando o cabelo, que ficou todo bagunçado no trabalho, e passo um pouco de sombra escura nos olhos, o que acho que me deixa com um ar descolado e atraente, mas é provável que só pareça uma maquiagem normal.

Normalmente, para um encontro, eu montaria um look mais caprichado — no encontro com Arjun, por exemplo, usei um vestido evasê e sandálias de tiras —, mas sabendo que John vai aparecer de jeans e camiseta, vou acabar parecendo superproduzida. Coloco um jeans escuro que um ex disse certa vez que valorizava minha bunda, uma camiseta preta e uma jaqueta *bomber* mais justa. Estou calçando meus tênis quando luzes brilhantes iluminam minha sala de estar. Pouco depois, alguém bate à porta. Coloco celular, cartão de crédito e dinheiro no bolso, ajeito o cabelo mais uma vez e abro a porta.

John está de camiseta e jeans (eu sabia!), mas, de alguma forma, parece mais arrumado, como se tivesse penteado o cabelo de um jeito diferente ou algo assim.

— Oi — eu o cumprimento, com a voz um pouco aguda pelo nervosismo. — Hã, como você está?

John exibe uma expressão divertida.

— Tudo certo. E você?

Dou de ombros, tentando parecer casual.

— Estou tranquila.

(Estou *tranquila*? Meu Deus.)

John ri.

— Você está tranquila?

— Ah, cala a boca — digo, empurrando-o para longe da porta. — Falo coisas estúpidas quando estou nervosa.

— Você está nervosa, é?

Ele parece muito satisfeito. Eu o encaro.

— Não é por *sua* causa. É só pelo estado do mundo. Mudanças climáticas. Aumento dos preços do petróleo. A inevitável morte térmica do universo.

Ele ri.

— Claro. Sua casa é muito bonita — acrescenta enquanto caminhamos até o carro dele.

— Não é? — concordo, andando de costas a fim de admirá-la. — Vai ficar ainda melhor em algumas semanas, quando todas as flores desabrocharem.

— A casa é sua?

Faço uma careta.

— Quem dera. Quem consegue comprar uma casa hoje em dia? O mercado está péssimo.

Explico como acabei vindo morar nessa casa enquanto seguimos pela rodovia. John responde com “Hum…” algumas vezes e acena, mas quando paro de falar, o silêncio reina. Olho ao redor, em busca de algo para dizer.

— A Ilha do Príncipe Eduardo é linda, né? — pergunto enfim.

— Hum.

Aponto pela janela.

— Olha, as vacas.

John olha, mas não se pronuncia.

— John — digo de modo firme. — Você está muito quieto.

Ele ri.

— Não tenho nada pra dizer. E não sou muito falante. Você sabe disso.

— Sim, mas isso é um *encontro* — digo, me virando no assento para encará-lo. — A conversa deveria *fluir*. Precisamos conversar por horas e horas sem perceber o tempo passar.

— Isso parece horrível.

— John!

Ele sorri.

— O quê? Não seria melhor relaxar e aproveitar o percurso? Você pode conectar o celular nas caixas de som se quiser ouvir música.

Faço uma careta para ele. Ridículo.

Dito isso, seria bom ouvir música. Além do mais, tenho a playlist perfeita de "viagem relaxante" no celular.

— Vou colocar música — aviso —, mas só se você me contar três fatos sobre você.

Esse é um truque que usei em vários primeiros encontros. Já falei: as pessoas adoram falar sobre si mesmas.

— Eu passo — John responde.

Levanto as mãos.

— Você não pode passar. Sério, quer que eu curta esse encontro ou não?

John me olha.

— Você não está se divertindo?

Meus lábios se contorcem, lutando contra um sorriso. Porque, sim, talvez seja meio divertido brincar com ele.

— Três fatos — repito teimosamente.

— Três fatos e depois dez minutos de silêncio — ele contrapropõe.

— Por que você me chamou pra sair se não gosta de me ouvir falar? — questiono, indignada.

John ri.

— Não me importo de você falar...

— Que romântico.

— ... mas não faz sentido conversar só por conversar. Se você tiver algo pra dizer, quero ouvir. Mas não precisa falar só pra preencher o silêncio.

— Você e eu somos pessoas muito diferentes — declaro, meio seca, o que o faz rir de novo. — Mas tudo bem, fechado. Três fatos por dez minutos de silêncio. Eu vou primeiro. Vamos ver. Nunca quebrei um osso... tirei o apêndice no colégio... e acho cerveja nojenta.

— Eu gosto de cerveja.

Reviro os olhos.

— Claro que gosta. Isso não conta como um dos seus fatos.

— Beleza.

— E nada de coisas chatas! — acrescento rapidamente. Ele me lança um olhar exasperado, e eu sorrio.

— Três fatos... — Ele bate os dedos no volante. — Ok. Um: comprei este carro em Calgary e dirigi de volta pra cá no verão passado. Dois: vou pra Toronto no fim deste verão pro casamento do meu amigo Kareem. E três... — Ele pensa por um minuto e depois faz um gesto de negação com a cabeça. — Não sei mais o que dizer.

— Não tem como você não ter mais o que dizer — eu o repreendo. — Com certeza consegue pensar em mais *um* fato sobre si mesmo. Eu poderia listar cinco fatos sobre você!

John dá uma risada meio irônica.

— Poderia?

Eu me sento um pouco mais ereta.

— Poderia, sim. Olha. — Começo a contar nos dedos. — Você toma seu café puro. Não usa relógio. Fala espanhol e francês. — Hesito. Isso está sendo um pouco mais difícil do que eu pensava. — Ah! Lembrei. Você gosta de carros antigos e é um pouco mal-educado com os clientes.

— Carros vintage — John corrige. — E estou usando um relógio neste momento.

Reviro os olhos.

— Quero dizer, na maioria das vezes.

— Você quer dizer no trabalho.

— Isso é a *maioria* das vezes! Então conta. Eu ganhei.

— Era uma competição?

— Claro. Aposto que você não consegue listar cinco coisas sobre mim.

Espero que John me ignore, mas, em vez disso, ele me olha, pensativo. O silêncio se estende por um momento, longo o suficiente para eu ficar um pouco nervosa em relação ao que ele pode dizer.

— Você é boazinha demais com os clientes — ele diz, finalmente. — E você parece sentir que precisa falar muito para entreter as pessoas.

— Ei! — protesto.

— Você gosta mais do que deveria de conversar com pessoas idosas — ele continua. — E é um pouco idealista.

Coloco a mão no rosto, dividida entre a diversão e a irritação.

— Você devia ter falado fatos sobre mim, não insultos.

Ele levanta uma sobrancelha.

— Alguma dessas afirmações é falsa?

Penso um pouco.

— Não sou um pouco idealista — digo finalmente. — Sou *extremamente* idealista.

John ri.

— Você está certa. Foi mal.

Rio junto com ele.

— Não consigo evitar — admito. — Não quero parecer arrogante, mas é que... não sei. Você nunca deseja que sua vida seja mais emocionante e tipo... importante?

— Importante como?

— Sei lá. Quando o você morrer, não quer que as pessoas se lembrem de você por algo?

— Vou estar morto. Com certeza não vou me importar.

Respiro fundo.

— Você não entende.

— Não mesmo. — John gesticula para o para-brisa. — Um bêbado idiota pode invadir nossa faixa e nos matar agora. Não estaríamos menos mortos se fôssemos bilionários mundialmente famosos.

— Ok, mas você não acha que estaríamos mais felizes agora se fôssemos bilionários mundialmente famosos? Ou, melhor ainda, se tivéssemos feito algo importante pelo qual as pessoas se lembrariam de nós?

— Acho que eu poderia estar mais feliz se fôssemos ricos o suficiente para dirigir um McLaren. Mas, fora isso, não.

Estudo o rosto de John. Acho que ele realmente pensa assim.

— Bem, eu quero que minha vida tenha significado — digo teimosamente.

— E eu não acho que o que torna sua vida significativa é o que acontece depois que você morre.

Abro a boca para argumentar, mas a fecho de novo.

Putz.

Ele tem razão.

— Ei, você só disse quatro coisas sobre mim — percebo em voz alta. — Precisa dizer mais uma. Talvez uma que seja um pouco menos emocionalmente devastadora dessa vez.

Ele franze a testa, pensativo por um momento, e depois assente com a cabeça.

— Você tem uma bunda bonita.

Uma risada escapa de mim, envergonhada e satisfeita.

— Meu Deus — digo, corando, e me inclino para a frente a fim de aumentar a música. — Vamos fazer nosso momento de silêncio agora, por favor.

CAPÍTULO 20

Os contornos no céu estão coloridos em tons de roxo quando chegamos a Charlottetown. Estamos no início da temporada de turismo, mas as ruas já estão bem movimentadas. Encontramos uma vaga a algumas quadras do festival e caminhamos em silêncio. Uma hora atrás, eu poderia chamar isso de silêncio constrangedor, mas depois de praticar no carro a caminho daqui, decidi renomeá-lo como "silêncio amigável". E, devo admitir, é bem agradável. A cada poucos minutos, uma voz irritante na minha cabeça sussurra: *Diga algo!*, mas decidi ignorá-la. É melhor caminhar lado a lado, respirando o ar fresco e salgado, admirando os pisca-piscas pendurados na rua principal de Charlottetown.

O festival acontece em uma larga rua à beira-mar cercada por lojas. Eles fecharam a passagem para o tráfego, então as pessoas estão apenas caminhando, olhando os menus das barracas de comida ou as barracas de artesanato ao longo da rua.

— Quer pegar algo pra comer primeiro? — pergunta John. — E uma cerveja?

Abro a boca para lembrá-lo de que não gosto de cerveja, quando percebo que ele está me zoando.

— Haha — digo sem humor. — Comida primeiro, por favor.

Damos uma volta pela rua para ver os diferentes cardápios, depois guardo um lugar em uma mesa de piquenique enquanto John vai fazer os pedidos. Sento com as pernas cruzadas no banco e apoio o queixo nas mãos. Agora que o sol está se pondo, a iluminação piscando sobre a rua parece ainda mais bonita, e alguém começou a tocar violão do lado de fora de uma das lojas. Respiro fundo e solto o ar, feliz.

Eu me pergunto se estaria aproveitando mais esse momento se fosse famosa ou milionária. Minhas roupas seriam melhores, com certeza, e eu teria uma maquiadora pessoal para fazer um look sofisticado com sombra. Mas as luzes não seriam mais brilhantes, e a fumaça dos alimentos grelhados nas barracas de comida não teria um aroma mais delicioso.

Ainda assim, não acho que seja errado querer um trabalho que eu ame. As minhas candidaturas para a NYU e para os estágios ressoam na minha mente, mas empurro esse pensamento para longe. É uma chance tão remota que não quero nem me animar. Além disso... meus olhos se voltam para John, que está se aproximando com duas latas de refrigerante em uma mão e uma pilha cuidadosamente equilibrada de caixas de papelão na outra.

Talvez não seja tão ruim ficar em Waldon um pouco mais.

— O que você está olhando? — pergunta John, enquanto se senta à minha frente.

Pigarreio.

— Apenas aquelas lojas ali. — Aponto. — Eu me pergunto se gostaria de ter uma loja. Obrigada — acrescento, pegando minha comida que ele trouxe.

— O que você venderia?

— Boa pergunta. Roupas, talvez. Ou acessórios. — Mesmo enquanto digo isso, soa meio sem graça. Eu gosto de roupas e bijuterias, mas não acho que gostaria de fazê-las. — Ou talvez eu pudesse ter uma padaria!

— Você sabe fazer pão?

— Bem... não. Quer dizer, um pouco, mas nada sofisticado. Mas poderia aprender em um curso de gastronomia. Seria divertido, não seria? Tipo ir à escola, mas no caso a lição de casa seria fazer biscoitos.

John ri.

— Não acho que é assim que funciona o curso de gastronomia. Uma amiga da minha irmã fez o curso e disse que a maior parte das aulas trata de custos de alimentos e de aprender coisas de bastidores. Também tinha muita prática de cortes de carne.

Faço cara de nojo.

— Ok, isso parece menos divertido. — Experimento a comida, um prato de curry picante. — Ah, está tão gostoso — comento. Então, com a boca cheia, continuo: — Sua irmã é mais velha ou mais nova que você?

— Dois anos mais velha. Você tem irmãos?

Balanço a cabeça.

— Filha única. Mas meus primos eram meus vizinhos, então não me tornei uma daquelas filhas únicas chatas que não sabem dividir as coisas.

John solta uma risada ao mesmo tempo que bebe o refrigerante.

— Isso é algo que costuma acontecer?

— Chama síndrome do filho único — respondo. — É uma teoria de algum psicólogo antigo que diz que todos os filhos únicos estão destinados a ser mimados e egoístas. Escrevi um trabalho sobre isso no ensino médio.

— Que aleatório — comenta John.

— É isso aí. Bem-vindo ao meu cérebro.

John dá outra risada. Nós comemos em silêncio (amigável), depois jogamos o lixo fora e andamos por entre as barracas. A maioria trabalha com itens artesanais demais para o meu gosto, mas acabo comprando uma caixa de chocolates caseiros.

— Para minha maratona de filmes — explico a John. — Quais são seus planos para o restante da semana? — acrescento, enquanto entramos em uma fila para uma das barracas mais populares, que parece vender algum tipo de bijuteria.

— Só trabalhar no carro de corrida mesmo.

— Ah, certo. Você faz... coisas de corrida?

John ri.

— Sim. Só na pista local. Eu e meus amigos temos um Nissan antigo que usamos para correr.

— Então você compete contra outras pessoas?

— Mais ou menos. Cuido mais da parte do carro. Meu amigo Tim é quem dirige na maioria das vezes. Você deveria vir andar na pista um dia desses.

Faço uma careta para provocá-lo.

— Tem certeza de que você quer se comprometer com um segundo encontro antes mesmo de este acabar? As coisas podem desandar a partir daqui, sabe. Posso te contar que estou em uma seita ou algo assim.

— Você está?

— Não. Mas você podia ter concordado em sair comigo de novo antes de saber disso, tá vendo? Primeiros encontros... — acrescento sabiamente — ... são como entrevistas. Você não contrataria alguém no meio de uma entrevista. O RH não iria permitir.

John me observa com um misto de diversão e incredulidade no rosto.

— Você é tão esquisita.

Abro a boca para retrucar, mas chegou a nossa vez na fila. A proprietária da barraca, uma mulher bonita com pele marrom-clara e cabelo cacheado, sorri para nós.

— Oi, pessoal.

Sorrio de volta.

— Oi.

— O que acha dessas coisas? — pergunta John, apontando para a mesa.

Eu me inclino para mais perto a fim de inspecionar as joias expostas ali. Na verdade, são muito legais, meio góticas e finas ao mesmo tempo, como um anel de prata delicado com uma pequena caveira esculpida ou uma miniespada medieval pendurada em uma corrente de prata bem fina.

— É incrível — digo. — Gosto daquela. — Aponto para a espadinha. — Parece algo de *Zelda*.

— Ah, que bom — diz John, com um sorriso estranho no rosto. Então gesticula para a dona da barraca. — Esta é minha irmã, Kiara, a propósito.

Sinto todo o sangue correr para o meu rosto. Dou um tapa no braço de John.

— Ah, meu Deus. — Cubro o rosto com uma mão. — E se eu tivesse dito que não gostei?

— Eu teria dado risada.

— Você é um idiota, John — a irmã dele fala, rindo.

— É mesmo — concordo. — Prazer em conhecer você — acrescento, estendendo a mão. — Meu nome é Emily.

— Ah, eu sei — ela diz. — John me contou tudo sobre você.

Levanto uma sobrancelha, incrédula.

— Contou?

Kiara ri.

— Ok, não exatamente. Só que vocês vinham aqui hoje à noite. Ele nunca me conta nada interessante.

Sorrio. Isso faz mais sentido.

— Você fez tudo isso sozinha? — pergunto, gesticulando para a mesa.

— Sim. Vendo bijuteria no Etsy e em algumas lojas da cidade.

— Que demais!

Kiara dá de ombros.

— É... é só uma maneira de passar o tempo. Estou presa na ilha até o panaca do meu marido terminar a faculdade de veterinária.

— Faculdade de veterinária — repito. — Isso é muito legal.

— Talvez esse deva ser seu trabalho dos sonhos — sugere John.

Faço uma careta para ele.

— Não acho que conseguiria sacrificar cães. Eu acabaria chorando tanto quanto os donos toda vez.

— Eu também — concorda Kiara. — Exceto se fossem cães pequenos e barulhentos.

— Ei! — protesto. — Meus pais têm um desses, e o maluquinho meio que conquistou meu coração. É como uma ratazana grande e muito violenta. Mas de um jeito fofo.

Kiara ri alto.

— Ah, gostei dela — comenta com John.

— Ótimo, porque sua aprovação é muito importante para mim — ele declara.

— Agora vaza — Kiara ordena, acenando para o irmão. — A menos que vá comprar algo. Caso contrário, vai incomodar outra pessoa.

— Eu compro — anuncio. Não é uma ótima ideia, dado meu saldo bancário atual, mas gostei de verdade dos acessórios feitos por Kiara. Além disso, pareceria mal-educado não comprar nada.

— Não dê dinheiro a ela só para ser educada — John fala. — A Kiara só está fingindo ser uma hippie que faz acessórios. Na verdade, ela é representante farmacêutica.

— Sim, uma representante canadense da indústria farmacêutica vendendo remédios chatos para tratar diabetes — explica Kiara. — Não estou nadando em dinheiro que nem os representantes de Viagra nos Estados Unidos.

Dou risada.

— Não, eu quero. Gostei mesmo do colar da espadinha.

— Verdade? — Kiara a levanta. — Fiz depois de assistir àquele desenho antigo *A espada era a lei*.

— Ah, eu me lembro desse!

— Que desenho é esse? — pergunta John. — Aquele com o unicórnio deprimido?

Kiara e eu reviramos os olhos ao mesmo tempo.

— Esse era *O último unicórnio* — corrijo.

— Obviamente — Kiara acrescenta.

Sorrio para ela e então pego a carteira no bolso, mas John me afasta.

— Deixa que eu pago.

— Ah... não, sério... — protesto.

— Por favor, deixa ele pagar — corta Kiara. — Eu ia te dar de graça, mas assim ganho um dinheiro do John.

— Quanto custa? — pergunto, incerta.

— Depende. John, quanto dinheiro você tem?

— Dá pra ver o preço na etiqueta — ele diz, entregando à irmã uma nota de vinte.

— Mas você não sabe ler? — pergunta Kiara. — Aqui diz que custa vinte e cinco.

— Desconto pra família — retruca John, mas entrega uma nota de cinco dólares mesmo assim.

Kiara se vira para embrulhar o colar em uma bolsinha de pano e então me entrega com um sorriso.

— Prazer em te conhecer, Emily. Você parece muito legal, embora claramente tenha um gosto esquisito para homens.

— Prazer em conhecer você também.

Quero meio que acrescentar algo como: "Até mais", ou soltar um "Podemos ser amigas?", porém, em vez disso, consigo apenas sorrir como uma pessoa normal e sigo John até a próxima barraca.

— Sua irmã é tão legal — digo, demonstrando admiração, enquanto volto a olhar para ela rapidamente. — Eu gostaria de saber fazer acessórios como aqueles.

John ri.

— Você gostaria de fazer muitas coisas.

— Eu sei. São opções demais! Como alguém consegue encontrar a sua vocação na vida quando existem literalmente um milhão de carreiras diferentes? E se quando você *encontrar* sua vocação estiver velho demais para segui-la? — Suspiro. — Isso é desanimador.

— Talvez você devesse pensar menos nisso — sugere John. — Ou parar de procurar tanto.

— Talvez. Tipo quando as pessoas dizem que você só encontra sua alma gêmea depois que desiste de procurar.

John faz uma careta.

— Quem diz isso?

— As pessoas da minha seita.

Isso o faz rir, como eu esperava. Dou risada junto com ele, então disfarço um bocejo.

— Quer ir pra casa? — pergunta John.

— Tudo bem por você? — pergunto. — Juro que estou me divertindo, só que geralmente vou pra cama às dez, como uma perdedora.

— Não acho que isso faça de você uma perdedora. Vamos.

Voltamos pela rua, acenamos para Kiara ao passarmos e caminhamos de volta até o estacionamento. Um novo silêncio recai sobre nós, mas o de agora parece levemente carregado, quase elétrico. Estamos chegando à parte final do encontro.

Meus pés desaceleram ao nos aproximarmos do carro. Não sei por quê, mas quero fazer isso agora, não depois que ele me levar para casa.

— Foi divertido — comento. Agora que o ruído das pessoas no festival está abafado, minha voz parece alta nas ruas tranquilas.

— Foi — concorda John.

Após mais alguns passos, paro de andar completamente. John para também e se vira para me encarar. Estamos parados no meio de um estacionamento, e há uma mulher colocando caixas dentro de uma van próxima, mas não me importo. Esta noite foi totalmente diferente do que eu esperava. Foi... mais tranquila. E mais relaxante. E muito, muito divertida.

Meu coração retumba nos meus ouvidos, e as pontas dos dedos formigam.

— Ainda quer que eu vá te assistir correr um dia? — pergunto.

John concorda.

— Com certeza.

Umedeço os lábios.

— Talvez você pudesse ir lá em casa pra uma maratona de filmes antes disso. Poderíamos assistir a *O último unicórnio* e *A espada era a lei.*

— Isso não parece nada divertido — John diz. — Eu topo.

Dou um passo mais para perto dele.

— Legal.

— Legal — ele concorda.

Esboço um sorriso, e então ele se aproxima, colocando as mãos na minha cintura. Consigo sentir o cheiro de fumaça de fogueira, com um leve odor de gasolina que me lembra de estar na oficina. Deslizo os braços sobre seus ombros e olho para ele, esperando.

Há um momento único e delicioso de tensão, então John se inclina e pressiona seus lábios sobre os meus. Estão secos e quentes, sua barba é áspera e me pinica. Ele beija do mesmo jeito que fala, devagar e preguiçoso, e pressiono meu corpo contra John, sentindo uma tensão profunda se formar dentro de mim.

De início, ele se afasta, mas envolvo seu pescoço com os braços e o beijo novamente, perseguindo aquela sensação leve e elétrica que se espalha pelo meu peito.

Ficamos assim até que a mulher xinga alto após derrubar uma das caixas que estava carregando. Nós nos afastamos, sem fôlego e sorrindo, e seguimos para o carro dele. É uma viagem de trinta e cinco minutos de volta para Waldon, mas nenhum de nós diz uma palavra. Não sinto necessidade de quebrar o silêncio. Esse silêncio é perfeito; esse silêncio é *brilhante*. Eu me ajeito de maneira confortável no assento do carro e apoio a cabeça na janela, sorrindo enquanto vejo a estrada escura passando.

CAPÍTULO 21

Uma tempestade de fim de primavera cai sobre a ilha na manhã seguinte, atingindo a janela do meu quarto com respingos esparsos de chuva. Eu esperava conseguir fazer uma corrida matinal, mas tudo bem. Nada pode abalar meu ânimo hoje.

Eu me levanto da cama, tomo banho e prendo o cabelo molhado em uma trança francesa, depois faço um café e me jogo feliz no sofá. De vez em quando, lembro da noite passada e uma pequena explosão de energia eletrizante me percorre.

Eu beijei o *John*.

À medida que saboreio a primeira xícara de café, pego o celular e abro o Wordle. John não está trabalhando na loja hoje — tirou um dia de folga para ir ao dentista em Charlottetown —, então não faz sentido esperar até o almoço para jogar.

SURTO.

Como em: *Ainda estou surtando com o quão incrível foi nosso encontro.*

R, T e O ficam verdes.

BEIJO, digito. Como em: *Não consigo parar de pensar naquele beijo.*

Hum... E e O estão verdes.

Ok, talvez seja hora de parar de usar palavras românticas. Volto ao meu método de sempre, chato e sensato, e em pouco tempo descubro a palavra: PERTO, e assim completo trezentos e vinte e três dias!

Afundo de volta no sofá, sorrindo para o celular. Penso se deveria mandar uma mensagem para John e ver se ele já fez o Wordle. Ou isso pareceria muito ansioso? Nós acabamos de sair juntos. Talvez eu devesse esperar ele mandar mensagem primeiro.

Passo cerca de quinze minutos debatendo isso comigo mesma, depois mais quinze tentando elaborar a mensagem perfeita, descontraída. Então olho a hora e percebo que estou perdendo toda a manhã com isso. Balanço a cabeça e coloco o celular de lado, resoluta.

Sim, o encontro com John foi ótimo, mas não quero ser uma daquelas pessoas que focam a vida toda nos relacionamentos. Como Martha era na época da faculdade. Nos primeiros dois anos da graduação, tudo de que ela falava era o quanto queria ser guru de autoajuda. Na verdade, ela costumava nos deixar malucas, sempre nos julgando porque comíamos açúcar ("Isso é literalmente mais viciante que metanfetamina") ou se irritando quando não líamos todas as suas recomendações de livros. Todos tinham títulos como *Seja um vencedor: Cinco truques infalíveis para se tornar uma história de sucesso instantânea* ou *O jogo da felicidade: Os dez segredos das pessoas mais felizes do mundo*. Até tentei ler este último, mas não passei do primeiro segredo: "Deixe sua primeira xícara de café do dia de lado". Para ser sincera, se esse é o segredo para a felicidade, acho que prefiro morrer completamente infeliz.

De qualquer forma, daí Martha conheceu o marido dela, Jason, e literalmente nunca mais ouvimos falar do lance de autoajuda. Tudo de que ela falava era Jason. Fallon até criou um jogo de beber com isso. Se Martha dissesse o nome de Jason mais de vinte vezes em um dia, todas nós tínhamos que tomar uma dose.

Eventualmente tivemos que parar, porque estávamos ficando bêbadas, tipo, toda noite.

Então, é isso. Definitivamente não quero ser assim. O que significa que não posso parar de tentar organizar minha vida só por causa de um pequeno (e incrível) encontro com John.

Termino de beber outra xícara de café (estou oficialmente perdendo no *Jogo da felicidade*) e passo o restante da manhã fazendo um cartão para Divya, para parabenizá-la pela gravidez, e outro para Martha, que deve ter seu terceiro filho em questão de semanas. Também ligo para o banco a fim de pedir um novo cartão de débito, já que a função de aproximação do meu parou de funcionar há alguns meses. E se eu sonhar acordada um pouco com John enquanto o banco me mantém em espera, bem, isso não diz respeito a mais ninguém além de mim.

Às nove, vou para a oficina. Há cerca de quinze mensagens telefônicas me esperando — imagino que a cidade inteira tenha acordado e percebido que estamos quase no verão e que deveriam mesmo trocar os pneus de neve — e os três primeiros clientes do dia estão meio impacientes, mas hoje não estou nem um pouco preocupada. O tempo passa em brilhantes explosões de felicidade, e quando não estou relembrando todos os melhores momentos do encontro com John, estou planejando o próximo evento do museu, que farei no Dia do Canadá. Quero fazer desse evento um sucesso ainda maior que o último. A contagem final de convidados para o evento "Verão no barril" foi de oitenta e oito pessoas. No Dia do Canadá, estou determinada a quebrar a marca de cem.

Na hora do almoço, vou até o mercado. Jim e a sra. Finnamore precisam de alguns itens, e compro uma porção de doces e chocolates em promoção.

Na fila do caixa, ouço o som de notificação do meu celular.

[12:14] John Smith (Oficina)
Como estão as coisas?

Meu coração dispara.

[12:15] Eu
Tudo bem!

[12:15] Eu
Só comprando o equivalente ao meu peso em doces no mercado

[12:15] Eu
Snacks para minha maratona de filmes hoje à noite 😌

[12:17] John Smith (Oficina)
Filmes do Heath Ledger, certo?

[12:17] Eu
Não, mudei de ideia

[12:17] Eu
Filmes nostálgicos

[12:17] Eu
Embora eu provavelmente assista a *Coração de cavaleiro*

[12:17] Eu
Este soma Heath Ledger E nostalgia

[12:17] Eu
(E sim, eu sei que sou estranha)

[12:18] John Smith (Oficina)
Hahaha

[12:18] John Smith (Oficina)
Parece divertido

Olho ao redor para me certificar de que não estou empacando a fila, então fico trocando meu peso de um pé para o outro. Será que devo convidá-lo para se juntar a mim? Ou isso seria muito estranho? Normalmente eu espaçaria mais os encontros. Embora isso seja porque normalmente acho um pouco cansativo estar com alguém tanto assim. Como se eu sentisse que precisaria ser mais animada, divertida ou algo assim.

Não sinto isso com John. As coisas com ele são, de alguma forma… diferentes.

[12:20] Eu
Você é bem-vindo se quiser participar

[12:20] Eu
Embora eu vá te fazer assistir a *O último unicórnio*

Nem tenho tempo de ficar nervosa de verdade antes que a resposta de John apareça.

[12:20] John Smith (Oficina)
Claro

[12:20] John Smith (Oficina)
Parece legal

Sorrio para as palavras.
Simples, percebo.
É por isso que as coisas são diferentes.
As coisas com John são *simples*.

Simples ou não, ter John dentro da minha casa é definitivamente meio estranho. Não estranho de um jeito *ruim*, mas é um pouco bizarro, como ver um pinguim no deserto. Fico alguns passos para trás e o observo explorar a sala, sua pele banhada de luz vermelha por causa do pôr do sol. John está muito interessado na casa e me faz várias perguntas cujas respostas não sei, como quando foi construída e se tem poço perfurado ou poço cavado.

— Como diabos eu saberia disso? — pontuo.

— Você poderia ter perguntado antes de se mudar.

— Estão me cobrando duzentos dólares por mês. A única pergunta que fiz foi: "Quando posso me mudar?".

— Duzentos por *mês*? — Ele assobia. — Insano. Este lugar é inacreditável.

— Pois é, né? — Sorrio olhando ao redor da sala. — Acho que eles só queriam alguém para cuidar do lugar enquanto estavam fora.

— Isso é um fogão a lenha?

— Sim. — Não menciono que nunca o usei antes, porque na verdade não tenho certeza se sei como acender o fogo.

— Quando acha que os donos vão querer a casa de volta?

Faço uma careta.

— Não sei. Meus pais falaram que eles realmente estão adorando o Novo México, então acho que tenho um tempo ainda.

Dou uma volta pela casa com ele, sorrindo sempre que John aponta as coisas legais que espero secretamente que ele note, como a banheira vitoriana no banheiro principal e a enorme mesa de mogno no escritório. Até o levo para a garagem, um local à parte que fica um pouco afastado da casa e no qual acho que só entrei uma vez. A porta da garagem não funciona desde que me mudei, então nunca guardei meu carro lá, e, de qualquer forma, está meio cheia de caixas com os pertences do proprietário e alguns móveis de jardim quebrados.

— Caramba — comenta John, encarando o grande espaço empoeirado como se fosse um paraíso. — Aqui é insano. Você poderia colocar uma bancada de trabalho enorme aqui. E tem outra sala lá atrás?

Eu me estico nas pontas dos pés. Parece que há uma porta escondida atrás daquela pilha de caixas.

— Talvez.

Levamos dez minutos para mover caixas suficientes para conferir, e mais cinco para John abrir a porta. Uma chuva de poeira e insetos mortos cai quando ele finalmente consegue abri-la, mas ele não parece notar.

— Tem todo um outro espaço aqui atrás — ele exclama.

Vou ter que acreditar na palavra dele. De jeito nenhum vou atravessar essa chuva de insetos mortos.

John anda de costas no caminho de volta à casa principal, admirando a vista do porto.

— Este lugar é incrível mesmo. Você não encontraria algo assim em uma cidade grande — ele comenta.

— Se encontrasse, custaria cerca de um milhão de dólares.

John dá uma risada.

— Está mais pra uns dez ou vinte milhões. Os imóveis nas cidades estão ridiculamente caros. Meu amigo em Toronto comprou um apartamento pequeno de dois quartos por um milhão e meio.

— É aquele que vai se casar neste verão? — pergunto, enquanto entramos na cozinha.

— Uhum. — John olha para o aquecedor. — Este lugar tem uma caldeira a lenha ou a óleo?

— Não faço ideia. — Ignoro seu olhar ligeiramente ofendido e abro a geladeira. — Quer uma bebida?

Depois que John dá uma passada no porão para confirmar que é uma caldeira a óleo, nos esticamos no sofá com refrigerantes e pipoca, e dou play no primeiro filme nostálgico da noite — *Coração de cavaleiro*. Eu meio que esperava que John fosse um daqueles caras que acha chato qualquer filme que não seja de ação sombria ou um thriller violento, porém, mais uma vez, ele me surpreende. John presta atenção o tempo todo, mesmo que tenha o hábito de esquecer quem são os personagens. "Quem é esse cara?" é uma frase repetida com frequência. Se fosse qualquer outra pessoa, poderia ser irritante, mas sendo John só me faz rir.

— Esse é o Heath Ledger — explico pela quarta vez. — É o protagonista.

— Ah. — John responde, balançando a cabeça. — Ele está diferente agora.

Definitivamente não está, mas só reviro os olhos e estendo a mão para a tigela de pipoca. Ele a entrega para mim sem tirar os olhos da tela, franzindo a testa para Heath Ledger como se ainda suspeitasse secretamente de que se trata de outro personagem. Disfarço um sorriso.

Meus olhos se demoram nele por mais alguns momentos, observando as luzes da TV refletindo em sua pele. Ainda é um pouco estranho vê-lo com outras roupas que não as de trabalho. De camiseta e jeans, dá realmente para notar aspectos como seus bíceps e as linhas fortes de seu pescoço.

John percebe que estou olhando, e algo muda no ar quando nossos olhos se encontram. Sinto um calor agradável me percorrendo, mas apenas sorrio e volto para o filme. É mais divertido assim, deixando a tensão crescer naturalmente.

O último cara com quem dormi foi alguém que conheci on-line e com quem saí algumas vezes durante o inverno. Ele era legal, não me leve a mal, mas tudo parecia terrivelmente previsível. Além disso, acho que ele deve ter lido em algum lugar que as garotas se excitam com beijos. Gosto de beijar tanto quanto qualquer outra garota, mas estou falando de, tipo, *quarenta e cinco minutos* de beijo. Eu ficava tentando passar para outras coisas, mas ele continuava afastando minhas mãos e murmurando frases constrangedoras como "Sem pressa" e "Temos a noite toda". Eu queria dizer: "Sim, cara, sei que temos a noite toda, então vamos passar para a parte divertida, por favor".

Provavelmente não deveria ter sido tão dura. Eu podia ver que ele tinha boas intenções, mas estava tão entediada nos primeiros dez minutos que tenho certeza de que ele acabou fazendo o oposto do que pretendia.

Já consigo ver que não será assim com John. Na hora seguinte, nós nos aproximamos lentamente. Eu me ajeito no sofá para me apoiar em seu ombro. Ele coloca a mão na minha perna. Passo os dedos sobre seu braço. O polegar dele se move sobre meu joelho.

No final do filme, ambos sabemos exatamente para onde isso está indo, mas gosto que ele pergunte mesmo assim.

— Quer que eu vá embora?

Eu o encaro com um sorriso.

— Qual é a palavra de cinco letras para "de jeito nenhum"?

Rindo, John me puxa para mais perto e prende meus lábios nos dele. Passo uma perna sobre seus joelhos, montando nele no sofá. Os beijos são intensos e ofegantes, suas mãos estão quentes ao deslizar pelas minhas costas. Elas se movem mais para baixo, dedos fortes se enterrando na minha carne, e então John me puxa contra si, uma fricção rítmica e vertiginosa. Passa os lábios pelo lóbulo da minha orelha, e uma risada surpresa escapa de mim. Ele também ri; acho que sabe exatamente como me sinto. Por um ano, trabalhamos lado a lado, apenas como conhecidos formais. Agora sua pele quente e nua desliza contra a minha, e minha respiração está irregular em seu ouvido, e é tudo ainda mais íntimo depois de termos sido estranhos por tanto tempo.

Sua boca desce pelo meu pescoço, sobre a clavícula; um som escapa da minha garganta enquanto a boca de John desce ainda mais, sua língua se movendo sobre a pele arrepiada. Meu sutiã está no chão — vagamente me lembro de tê-lo jogado ali — e o restante das nossas roupas segue logo depois. Nós nos separamos para eu procurar um preservativo, e rio outra vez enquanto corro nua pela casa, rindo mais ainda ao me abaixar sob as janelas.

— Você é tão esquisita — John comenta, rindo comigo ao mesmo tempo que eu pulo de volta no sofá.

— Sou mesmo — concordo com um sorriso.

Um momento depois, ele me puxa de volta para o colo, e meu riso dá lugar a uma respiração ofegante e suave. Suas mãos estão nos meus quadris de novo, recapturando aquele ritmo constante, mas agora não há nada entre nós. Tudo fica quente e borrado, meu mundo se estreita para a pele de John, seus dedos, seus lábios. Ele é muito quieto (nenhuma surpresa), mas posso sentir sua respiração mudando à medida que nossos movimentos se tornam mais rápidos. Então minha cabeça está em seu ombro, e estou gritando e o agarrando, e seu gemido é um tremor que ecoa dentro do meu ser.

Volto a mim aos poucos, por fim mudando de posição para me jogar ao lado dele no sofá. Não estamos mais nos tocando, mas ambos estamos sem fôlego e sorrindo.

— Isso foi divertido — John diz, e eu rio, por ser a cara dele dizer isso.

— Muito divertido — concordo. — Quer ficar aqui esta noite e se divertir de novo mais tarde?

Ele sorri e ecoa minhas palavras de mais cedo.

— Qual é a palavra de cinco letras para "com certeza"?

CAPÍTULO 22

Você já teve uma daquelas noites em que dormiu bem de verdade? Tipo, você acorda e todas as dores e desconfortos que nem percebeu que estavam incomodando simplesmente desapareceram, e seus membros parecem soltos, molengas e quentes?

Bem, é assim que me sinto ao acordar na manhã seguinte: como se tudo dentro de mim vibrasse com uma luz quente e suave.

Estico os braços e me viro na cama para observar John. Ele está dormindo de lado, com uma mão apoiada levemente perto do travesseiro. Meu olhar percorre seus dedos, me lembrando da força que eles têm, da sensação deles se movendo sobre a minha pele. A noite volta para mim em flashes — o deslizar de sua boca sobre meu pescoço, a firmeza de seu peito, o som das nossas risadas. Foi simples, íntimo e *maravilhoso*, e não consigo lembrar de ter me sentido tão relaxada ao acordar ao lado de alguém antes.

— Bom dia — ele anuncia, começando a se mexer.

— Bom dia.

John esfrega uma mão sobre o rosto, piscando com dificuldade.

— Você estava deitada aí só me olhando?

— Sim.

— Isso é bem esquisito.

Eu sorrio.

— Sim.

Ele ri e me puxa para perto, um braço forte envolvendo minha cintura. Coloco minha perna entre as dele e subo as mãos pelo seu peito; leva um tempo até finalmente sairmos da cama.

Mais tarde, nos sentamos no sofá para encarar o Wordle do dia, equilibrando os pratos de café da manhã sobre os joelhos.

— Com qual palavra você vai começar? — pergunto.

— AVEIA — ele responde, meio de boca cheia.

Eu rio.

— Eu vou de BACON.

Digito e... Não. Não pode ser.

Está *certo*!

Nunca acertei na primeira tentativa antes, nem uma vez!

Tento disfarçar a reação para não estragar a surpresa para John, mas ele percebe mesmo assim.

— Era isso mesmo? BACON?

Sorrio e mostro o celular para ele.

— Sim.

— Demais — ele fala, guardando o celular sem digitar a resposta. Sorrio para ele carinhosamente. Que esquisitão.

John vai para a oficina mais cedo para alinhar o ajuste do diferencial do carro de corrida (tá bom, eu não estava prestando atenção de fato quando ele mencionou o que ia fazer) e me arrumo para o trabalho, em um estado efervescente e radiante, como uma taça de champanhe em forma de gente.

Estou um pouco nervosa em relação a como as coisas vão ser no trabalho — e se ficar muito constrangedor agora que dormimos juntos? E se Fred descobrir e nos demitir por falta de profissionalismo? Mas, para meu alívio, não muda muita coisa. John e Dave trabalham nos carros, faço o check-in e o check-out dos clientes. Só que, agora, quando John se dirige à recepção para assinar recibos, sorri para mim de um jeito caloroso que me faz querer girar na cadeira.

Dave vai para casa por volta das cinco e, logo em seguida, fecho a parte da frente da loja e vou até a oficina para me despedir de John, que ainda está trabalhando. A oficina está tão cheia de carros no momento que não consigo nem ver onde ele está.

— Estou indo embora — falo na direção do barulho dos martelos.

A cabeça de John aparece por trás de um carro azul-escuro no canto.

— Já?

— Tenho um encontro imperdível com um senhor de noventa e seis anos — respondo. — Tente não ficar com muito ciúme.

Ele ri.

— Vou tentar.

Hesito.

— Ia te dar um beijo de despedida, mas tem uns cinco milhões de carros no caminho.

— É bom, né? — ele diz, olhando ao redor. — Eu disse a todos os pilotos locais que podiam trazer seus carros aqui em vez de irem até a cidade. O Fred está furioso.

— Por que ele estaria furioso? Isso não significa mais dinheiro?

John revira os olhos.

— Ele está preocupado que eu esteja trazendo um "pessoal ruim". Me parece que tudo o que ele sabe sobre corridas vem do fato de ter assistido a dez minutos de um dos filmes da franquia Velozes e Furiosos em um voo.

Tomo cuidado para não pisar em uma peça enorme de carro no chão e começo a me dirigir até ele.

— Você gosta mais desse tipo de coisa, né? Coisas de carro de corrida?

John ri.

— Sim. Eu gostaria de fazer ajustes no dinamômetro e instalar algumas peças e coisas assim, mas sabe como é. — Ele dá de ombros. — Fred.

— Qual é o seu carro?

— Este aqui. — Ele bate na lateral do carro azul-escuro em que está trabalhando, depois se estica para me ajudar a me equilibrar enquanto passo por uma peça de maquinário gigante.

— É... bonito — elogio, incerta, olhando para ele. John levanta uma sobrancelha, achando graça. — Bem, a cor é bonita — corrijo. — É rápido?

Ele ri.

— Não no momento. O motor inteiro está detonado. Superaqueceu na última corrida.

— Que pena.

— Ah, acontece. Estou meio ansioso pra consertar.

— Hã... por quê? Não, estou falando sério — acrescento, rindo, quando ele me lança um olhar incrédulo. — Quero entender.

Ele dá de ombros.

— Não sei, é que é divertido. Tipo, você achou realmente satisfatório ver todas aquelas crianças irritantes se divertindo com a sua exposição no museu, certo? — Concordo. — Bom, é a mesma coisa. Este motor está completamente quebrado, mas vou descobrir o porquê, consertá-lo e fazê-lo funcionar de novo.

Eu me inclino para olhar sob o capô. Acho que é meio interessante pensar em como todas aquelas peças funcionam juntas.

— Como você vai descobrir o que está errado?

Ouço enquanto John descreve algo chamado "teste de compressão", apontando diferentes partes do motor e me explicando o que cada uma faz. É estranho, porque já o ouvi falar sobre carros milhões de vezes antes, mas, pela primeira vez, consigo perceber a paixão silenciosa em suas palavras. Ele ama mesmo este trabalho — e parece ser muito bom no que faz.

— Como você aprendeu tudo isso? — pergunto.

John solta uma risada.

— Aprendi alguma coisa na escola, mas a maioria foi só brincando. Quando Kiara e eu estávamos no ensino médio, nosso pai comprou um velho Jaguar 2003 pra gente ir à escola. Ele não sabe muito sobre carros — acrescenta, com uma expressão de arrependimento. — Acho que só pensou que era chamativo. De qualquer forma, minha mãe ficou furiosa. Ela sempre disse que nunca iríamos ter um carro, porque não queria que nos tornássemos metidos.

Agora sou eu quem ri.

— Sua mãe é demais.

— Sim. Ela também é uma gênia do mal, porque quando viu meu pai chegando com um dos carros mais problemáticos do mundo, disse que poderíamos ficar com ele, desde que Kiara e eu cuidássemos de qualquer problema sozinhos. Ela nos fez aprender a trocar o óleo, os pneus e tudo o mais, e então esperou pacientemente que o carro quebrasse... e isso aconteceu, tipo, uma semana depois. — Ele sorri. — Demorei um ano para fazê-lo funcionar de novo. Basicamente tive que reconstruir todo o motor.

— E você ficou viciado — digo.

— Mais ou menos isso.

— Ainda tem esse carro?

John ri.

— De jeito nenhum. Eu o vendi no dia seguinte em que consegui fazê-lo voltar a funcionar. Kiara e eu dividimos o dinheiro. Comprei um carro mais barato e menos problemático, e ela fez uma tatuagem.

— Cara. — Eu balanço a cabeça. — Ela é tão legal.

— Ela definitivamente não é.

— Bem, *eu* acho que é. Eu toparia sair com ela num piscar de olhos — acrescento com um toque de nostalgia.

John levanta uma sobrancelha.

— Então por que não a chama?

— O quê?

— Posso te dar o número da Kiara. É só mandar uma mensagem e ver se ela quer tomar um café ou algo assim.

Eu me mexo, incerta.

— Você acha que ela gostaria?

— Não sei, provavelmente. — Ele dá de ombros. — Não custa nada perguntar, né?

— Acho que não. — Pego o celular. — Pode falar.

Digito o número que John me dita e então abro uma nova conversa.

— "Oi, Kiara..."

— Vai fazer isso agora? — John pergunta, achando graça.

— Antes que eu perca a coragem — respondo. — Agora, silêncio. "Oi, Kiara". — Leio em voz alta enquanto digito. — "Aqui é a Emily... Nós nos conhecemos na outra noite".

— Ela sabe quem você é.

— "Espero que não tenha problema o John ter me dado seu número..."

— Por que ela se importaria?

— "... mas eu queria mandar uma mensagem pra ver se você gostaria de tomar um café algum dia nesta semana, ou quando você puder. Sem pressa, se estiver ocupada! E desculpe por esta mensagem do nada!"

— Meu Deus do céu.

— Escrever assim é educado! — argumento enquanto clico em *enviar*.

— É insano. Você sabe que não precisa se desculpar por chamar alguém pra tomar um café educadamente, certo?

— Sei que não *preciso*. Mas ela provavelmente tem um monte de amigos legais com quem sair. Além disso, não quero que ela se sinta, tipo, obrigada a sair comigo só porque você e eu... — Pigarreio rapidamente. — Você sabe, só porque saímos uma vez.

Ele ri, se divertindo.

— Ela não vai pensar isso. E ela não tem tantos amigos assim. Por que você presume que a vida de todo mundo é muito mais legal que a sua?

— Porque provavelmente é verdade.

— Sua vida é legal. Quer dizer, não sua obsessão por barris. Isso ainda é bem chato. Mas o Trey e a Rose são bem legais, e dá pra entender por que você gosta daquele cara, o Jim.

— Ele é ótimo, né?

— Sim. — John assente. — Você não deveria se estressar tanto com as coisas.

Esboço um sorriso relutante.

— Talvez você esteja certo.

— Ah, eu definitivamente estou certo.

— Tá... — Nós sorrimos um para o outro por alguns segundos, então me levanto na ponta do pé para lhe dar um beijo de despedida. Não passa de um rápido toque dos meus lábios nos dele, mas o leve arranhado da barba provoca uma sensação gostosa dentro de mim. As mãos dele se acomodam em minha cintura, e os polegares deslizam sob a barra da minha blusa, e logo estamos nos beijando intensamente contra a porta da frente do seu carro. Ele me puxa com força para perto de si, e deslizo as mãos sob sua blusa, enterrando os dedos nos músculos quentes e fortes das costas.

Nunca entendi muito bem o apelo de transar em lugares públicos — as pessoas não percebem quantos germes existem por aí? —, mas uma ideia começa a ferver na minha mente. Eu me afasto de John e procuro a maçaneta da porta.

— Já transou no seu carro de corrida? — pergunto, sorrindo.

Então, abro a porta e paro.

Hum...

Ah, não.

Só há um assento neste carro. O resto é literalmente uma peça de metal escavada. E o banco do motorista é incrivelmente pequeno. Sério, como John cabe ali?

— Não acho que alguém já tenha feito isso em um carro de corrida — ele responde, parecendo se divertir. — Pelo menos não sem remover a gaiola de proteção.

Analiso as grossas barras pretas que cruzam todo o carro, reduzindo ainda mais o espaço já limitado.

— Existe alguma chance de isso ser feito, tipo, em cinco minutos?

— Não.

— Então... — Olho ao redor, meio sem saber o que fazer. — Talvez... no capô?

— Você sabe que este lugar todo tem câmeras de segurança — pontua John.

— Eu... não sabia. Alguém realmente assiste às gravações?

— Pode ser que Fred assista. Não sei se ele assiste *mesmo*, mas...

Esboço uma careta. É. Com certeza não quero que Fred tenha acesso a um vídeo sensual meu.

— Talvez essa não seja a melhor ideia — admito.

— Talvez você devesse vir à minha casa mais tarde — sugere John. — Depois do seu encontro imperdível, quero dizer.

Eu rio e me inclino para lhe dar mais um beijo.

— *Isso* parece uma boa ideia.

CAPÍTULO 23

O apartamento de John fica no último andar de um grande prédio de tijolos aparentes na Main Street. Encontro uma vaga não muito longe do museu de barris e caminho pela calçada com as mãos nos bolsos e a cabeça ligeiramente jogada para trás, admirando o céu em tons de rosa e dourado. O ar tem um cheiro delicioso, uma mistura de maresia e grama recém-cortada. Meu peito está leve, como se houvesse mais espaço nele ou algo assim. Só metade dessa sensação é por causa de John; a outra metade vem da mensagem que Kiara me enviou mais cedo, dizendo que adoraria tomar um café e perguntando se amanhã de manhã seria muito cedo. Ao que parece, ela está viciada em um cappuccino de avelã que a padaria local faz e tem ido lá todas as manhãs há semanas. Quem sabe, se nos dermos bem, o café da manhã se torne um programa nosso (mesmo que eu pretenda comprar o café preto de noventa e nove centavos em vez de um cappuccino de cinco dólares).

O prédio está um pouco deteriorado, mas o apartamento de John é muito agradável. O piso é de madeira e o teto tem um padrão de moldura bonito, um pouco antiquado, e há uma parede de tijolos expostos que dá um ar artístico ao ambiente. Na sala, há sofás grandes e confortáveis e tapetes variados dispostos de qualquer jeito, além de uma sacada pequena nos fundos, com vista para o porto.

John abre uma garrafa de vinho enquanto circulo pelo ambiente e dou uma espiada no banheiro (surpreendentemente limpo), o closet (previsivelmente bagunçado) e, por fim, o quarto, que tem janelas grandes, uma cama *king-size* e… espera aí.

Aquilo é um *aquário*?

— O que foi? — John chama da cozinha. Ele deve ter ouvido meu suspiro de empolgação.

— Você tem *peixes*! — grito de volta.

Um momento depois, John aparece na porta.

— Eu tenho peixes — ele concorda.

— Que bonitinhos! — Olho para eles através do vidro. Um deles é pequeno e dourado, outro é laranja e pontudo e o terceiro tem uma cor brilhante e está meio escondido entre duas pedras. — Quais são os nomes deles?

— Eles não têm nomes.

Eu o encaro, surpresa.

— Você não *deu nome* pra eles?

— Não. Aquele é um *Rasbora*...

— Um *o quê*?

— E aquele é um espadinha...

— Ele não se parece com uma espada.

— E o que está lá atrás é um *Geophagus*.

— Esses nomes são péssimos.

— Não são nomes, são as espécies deles.

Reviro os olhos.

— Posso dar nomes melhores?

— De jeito nenhum.

— Ah, vai — imploro. — Vou pensar em nomes bem legais.

Ele balança a cabeça.

— Isso não vai acontecer.

— Por que não?

— Você gosta quando as pessoas dão nomes aos carros?

Faço uma careta.

— Deus me livre.

— Bem, é assim que me sinto em relação a nomes de peixes. Você não dá nome ao seu carro, eu não dou nome aos meus peixes.

Suspiro e cedo.

— Desculpem, meninos — digo aos peixes. — Se um de vocês começar a se afogar, não vou ter como dizer ao John qual é.

— Peixes não se afogam. E você pode usar os nomes das espécies deles.

— Raspadinha, Espadachim e... Geólogo?

John ri.

— Você pode chamá-los de Peixe 1, Peixe 2 e Peixe 3. É o melhor que posso fazer.

Dou um sorriso.

— Aceito sua sugestão.

Nós nos acomodamos no sofá enquanto tomamos vinho e beliscamos uma pizza que ele encontrou na geladeira. Falamos sobre assistir a algo na Netflix, mas acabamos apenas conversando. Ele me conta sobre todos os pilotos da região que levaram seus carros para a oficina e sobre os diferentes serviços existentes para carros de corrida (ou, como ele e os pilotos chamam, "serviços para carros de alta performance") que ele quer convencer Fred a oferecer na oficina. Eu, por minha vez, conto a ele sobre as flores que a sra. Finnamore vai me ajudar a plantar ao redor da minha casa neste verão.

Conforme conversamos, sou atingida pela mesma sensação que tive na noite anterior. Estar com John é tão simples. Não sinto que preciso ser fofa, engraçada, sexy ou interessante. *Posso* ser, se quiser, mas não *preciso* — e isso faz toda a diferença.

— Você se divertiu com o Jim? — ele pergunta, enquanto se levanta para jogar fora a caixa vazia de pizza.

— Sim. Ele me mostrou várias fotografias antigas dele e da esposa no dia do casamento, em 1949. Tirei algumas fotos delas.

Mostro o celular para ele ver as fotos em preto e branco.

— Não são legais?

John pega o celular da minha mão.

— Caramba... olha aquele Porsche antigo. É um 356? — Ele dá um zoom na imagem meio desfocada. — Acho que é.

— Posso perguntar ao Jim.

— Isso é demais. Agora entendo por que você gosta de pessoas mais velhas.

Dou risada.

— É, exatamente. Por causa dos carros.

Ele ri e vai para o banheiro. Observo as fotos novamente. Jim e sua esposa eram um casal incrivelmente bonito — ela parecia um pouco com a Julie Andrews e ele tinha um sorriso largo e charmoso —, e dá para perceber pelas fotos que estavam mesmo apaixonados. Em praticamente todas, sorriem um para o outro como se não pudessem acreditar na própria sorte.

— Ei, você vai dormir aqui hoje, né? — John me pergunta. — Posso tentar te arranjar uma escova de dentes.

Sorrio.

— Sim — respondo. — Obrigada.

Olho para as fotos outra vez. Nunca pensei muito sobre me casar — na verdade, ainda não me sinto muito empolgada com isso —, mas espero que um dia eu tenha uma pilha de fotos como essas, do tipo que qualquer um que olhar possa perceber que eu estava de fato feliz. E se por acaso eu estiver imaginando John ao meu lado nas fotos... bem, vamos manter isso entre nós.

As próximas semanas passam voando. De alguma forma, fui de não ter amigos em Waldon a estar levemente sobrecarregada por causa deles. Meu primeiro encontro matinal para tomar café com Kiara é incrível — ela é tão legal quanto pensei, realmente engraçada e inteligente —, e nossos encontros matinais se tornam parte da minha rotina. Isso significa menos dez dólares do meu orçamento toda semana (mesmo que Kiara continue revirando os olhos e dizendo: "Deixa eu pagar, pelo amor de Deus!"), mas vale muito a pena. Eu e Trey também estamos passando muito tempo juntos planejando o evento do Dia do Canadá, e ele e Rose convidaram John e eu para jantar duas vezes. Os pais de John até nos levaram para um longo almoço em Summerside. E isso sem contar todo o tempo que passo com Jim e a sra. Finnamore.

Passo praticamente todas as noites com John, seja na minha casa ou no apartamento dele. Ainda me impressiona como é simples estar com ele. É tanto que chega a parecer meio anticlimático, se é que isso faz sentido. Meio que pensei que, quando encontrasse "o cara", seria uma grande e dramática história de amor. Mas provavelmente isso é resultado de assistir a filmes demais. E, de qualquer forma, não é melhor assim do que drama? Alguém com quem você pode relaxar completamente, mas que ainda a faz se sentir especial por dentro?

Na sexta-feira, durante um momento entediante no trabalho, decido enviar uma mensagem para Martha, Divya e Fallon para saber o que elas acham. Já faz semanas desde que tive notícias delas, e todas encontraram "o cara", não é?

Abro nosso grupo de mensagens.

> [10:01] Eu
> Ei, meninas! Espero que todas estejam ótimas. Pergunta aleatória pra vocês: como souberam que seus maridos eram "o cara"?

Não espero que respondam de imediato, então guardo o celular e volto a pesquisar sobre subsídios comunitários. Trey e eu temos conversado sobre construir um playground temático de barris no quintal, mas eu não tinha ideia de quão caro é o equipamento de playground. Tenho certeza de que Shelley ficaria furiosa se eu fosse à sociedade histórica atrás de dinheiro sem que ela soubesse, então estou tentando encontrar um subsídio que Trey e eu possamos solicitar sozinhos.

Meu celular só toca durante o almoço, mas ignoro a notificação sem olhar. Estou prestes a começar o Wordle com John. Preciso me *concentrar*. Minha sequência está se aproximando de um ano.

— Primeira palavra? — John pergunta.

— OPÇÃO — digo.

Hum. Todas as letras estão em cinza.

CLARO é minha segunda tentativa.

Apenas o R amarelo. Vamos lá, cérebro. Pense.

Nada me vem. Ok, vamos tentar eliminar algumas outras letras. Olho todas as que não usei e penso em AREIA.

O I está verde e o R continua amarelo.

— Droga — murmuro. Apenas o I não é suficiente.

COZIR é uma palavra? Não está na lista.

FRUIR? Ah! I e R estão verdes, e o U está amarelo.

— Conseguiu alguma coisa? — John pergunta, inclinando-se na minha direção.

— Um U, um I e um R.

Ele olha para seu celular e levanta uma sobrancelha. Não consigo saber se John descobriu a palavra ou não. Droga de expressão enigmática.

— Você conseguiu? — questiono.

— Consegui agora — ele responde enquanto digita a palavra. — Eu tinha as duas outras letras.

Mordo o lábio. U, I, R.

— Tem alguma letra repetida?

— Não.

Meu celular toca com mais uma notificação, então mais duas. Continuo ignorando-as, não tenho paciência para lidar com isso agora.

— É uma palavra estranha? Uma que eu nunca ouvi antes?

— Não.

— Não consigo pensar em nada — resmungo.

Ele reflete por um momento e então diz:

— Tente pensar mais fora da caixa.

— Aff, não é tão fácil assim!

Em meio a essa frustração, meu celular toca novamente.

— São seus pais? — John pergunta. — Eles já voltaram da Nova Zelândia?

— Não, ainda vai demorar umas semanas para voltarem — respondo. Dou uma olhada nas mensagens. — É só um grupo com minhas amigas da época da faculdade. — Volto para o Wordle, mas, um momento depois, a campainha da recepção toca. Olho para ele e dou um suspiro.

— Deixa eu atender.

John assente.

— Me avise se precisar de mais dicas.

Ajudo o cliente na recepção, que precisa de uma cópia do recibo para a companhia de seguros. Quando acabo, John já voltou a trabalhar. Encho um copo de café e o levo à minha mesa. Fico olhando para o Wordle por um tempo antes de sacudir a cabeça. Estou totalmente bloqueada. Melhor voltar a isso mais tarde.

Deslizo, abrindo o grupo com Fallon, Divya e Martha para ver todas as mensagens que perdi.

[12:32] Fallon
Aeeeeee, Emily, você finalmente encontrou um cara?

Reviro os olhos. Valeu, Fallon.

[12:32] Fallon
Brincadeira, amiga

[12:32] Fallon
Que emocionanteeeee

[12:33] Fallon
Mas não existe isso de "o cara", isso é coisa de filme da Disney

[12:41] Martha
Você é tão cínica, Fallon!

[12:41] Martha
Não escute a Fallon, Em. Almas gêmeas
são 100% reais. Posso garantir!

Faço uma careta para o celular. Credo. Acho que preferia o insulto da Fallon.

[12:43] Divya
kkkkkkkkkkk

Certo, de todas as respostas essa é a menos útil. E isso não significa muito, porque nenhuma delas respondeu de fato à minha pergunta. Estou fazendo uma careta enquanto olho para o celular, ponderando se vale a pena responder, quando ele toca outra vez.

[13:17] Martha
Apenas se certifique de que ele tenha os mesmos valores familiares que você. Isso é tudo que realmente importa.

Os mesmos valores familiares... como se ele quer ter filhos ou não? Ele já me disse que não acha que quer, assim como eu. Mas parece que deveria haver mais critérios que isso para decidir se alguém é "o cara". O estranho no mercado de bebidas que sempre fica olhando para os meus peitos provavelmente também não quer filhos. Não significa que eu vá acabar ficando com *ele*.

Fallon manda um emoji de olho revirando.

[13:18] Fallon
Isso não é TUDO que importa

[13:18] Fallon
Você precisa de alguém que tenha os mesmos interesses que você

[13:18] Fallon
Como eu e o Ethan

[13:18] Fallon
Nós dois amamos negócios e ser fitness

Bato os dedos na mesa. John e eu definitivamente não temos todos os interesses um do outro em comum. Temos o Wordle, sim, mas fora isso somos praticamente opostos. Ele gosta de corridas de motocicleta (me poupe), acampamento (me mate) e carros (prefiro ir dormir). Mas não acho que isso seja necessariamente algo ruim. Além disso, meus gostos são bem ecléticos. Duvido que algum dia eu encontre um cara de vinte e sete anos que goste de resolver enigmas, aprender francês e assistir a *Anne de Green Gables*.

[13:22] Eu
Humm, interessante. Obrigada!

(E sim, isso é uma mentira. Estou apenas sendo educada, ok?)

[13:22] Eu
Divya, o que você acha?

Quinze minutos se passam. Recebo pagamentos de dois clientes e atendo algumas chamadas. Não sei se Divya vai responder mais tarde ou se está simplesmente ignorando a gente.

Espera um segundo.

Ignorar.

SUMIR.

Pego o celular de novo e digito a palavra no Wordle.

E está certa! SUMIR.

Estou comemorando com uma giradinha da cadeira quando John entra.

— O que está comemorando?

— SUMIR — declaro, triunfante.

— Legal — ele diz. — Ei, vou sair mais cedo, mas ainda estamos combinados para a corrida amanhã?

Paro de girar. Meio que esqueci que tinha concordado em ir à corrida de carros de John neste fim de semana. Agora entendo por que Fallon disse que interesses em comum são importantes. Não consigo pensar numa maneira pior de passar um fim de semana do que ficar em um autódromo barulhento e sujo.

Mas prometi que iria. E, de qualquer forma, não é como se ele quisesse fazer todas as coisas que eu quero fazer. (Embora minhas coisas sejam incríveis, como meu jogo de beber de *Legend of Zelda*.)

— Claro — concordo. — A que horas você vai me pegar?

— O treino começa às nove, e ainda tenho trabalho pra fazer no carro, então vou ter que sair por volta das... quatro?

Quatro?

Da manhã?

— Ou você poderia ir com a Kiara. Acho que ela e o Jake vão sair daqui por volta das oito.

Hesito, tentando não parecer muito ansiosa.

— Não quero perder nada da parte da manhã.

John dá de ombros.

— É só treino.

Graças a Deus.

— Bem, tudo bem, então. Quer dizer, se Kiara e Jake não se importarem.

— Tenho certeza de que não tem problema. Vou mandar uma mensagem pra eles agora.

— Obrigada. Dirija com cuidado amanhã — digo.

John acena e sai pela porta.

Minha cabeça está um pouco confusa depois de saber mais sobre os subsídios comunitários, então passo o resto do dia arrumando o escritório e organizando minha agenda para a próxima semana. Trey quer almoçar para planejar mais um pouco do nosso evento do Dia do Canadá, e Jim e a sra. Finnamore precisam que eu lave as roupas deles.

Saio da loja por volta das cinco e vou para casa. Algo está me incomodando enquanto dirijo, e por um tempo não consigo descobrir o que é.

Jogo as chaves na mesa de centro e me sento no sofá, abrindo a conversa com Trey para enviar links sobre possíveis subsídios comunitários. A sensação incômoda fica mais forte à medida que respondo a uma mensagem que Kiara me enviou. Nela, Kiara se oferece para perguntar aos amigos artesãos se eles podem se juntar ao nosso evento do Dia do Canadá.

[17:37] Eu
Isso seria incrível!

[17:37] Eu
Que ótima ideia! 😊

Seria só um pouquinho de exagero se eu dissesse que estou mais encantada por Kiara que por John. Ela é tão espirituosa e inteligente, e também atenciosa. Como quando comentei com ela que queria ter cupcakes para o evento do Dia do Canadá, e duas horas depois ela me enviou uma mensagem me conectando com sua amiga Cara, que tem uma padaria em Charlottetown.

Tenho um momento de iluminação ao perceber o que está me incomodando. Divya nunca respondeu à minha mensagem no grupo. Minha mensagem — "Divya, o que você acha?" — é a última da conversa.

Abro o grupo e deslizo a tela para cima lentamente, indo cada vez mais longe. A sensação incômoda aumenta à medida que faço isso.

No último ano, a única que começou conversas neste grupo fui eu.

Jogo o celular de lado e vou à cozinha preparar algo para comer, mas estou tão distraída que mal percebo o que estou fazendo.

Lembro como eu, Martha, Divya e Fallon éramos próximas. Saíamos aos fins de semana e nos juntávamos para um brunch de ressaca depois, organizávamos noites de cinema no nosso apartamento e nos ajudávamos mutuamente em relação a provas ruins, relacionamentos ruins e dias ruins. Claro, às vezes nos irritávamos, mas também nos divertíamos muito juntas. Éramos mesmo melhores amigas. Não é uma lembrança equivocada.

Mas acho que era natural que a relação não fosse durar. A época da faculdade foi há muito tempo, e todas seguimos caminhos diferentes e nos tornamos pessoas diferentes. E se eu for totalmente honesta comigo mesma... mesmo que elas estivessem aqui em Waldon agora, não tenho tanta certeza de que continuaríamos tão próximas. Somos diferentes demais hoje em dia. E não é algo ruim, é só... a vida. As coisas são assim. Acho que eu estava tentando me apegar a isso porque estava solitária, ou porque sentia que ainda precisava delas. Mesmo que o que eu precisasse fosse algo que elas nunca me dariam.

Eu me sento à mesa da cozinha e belisco meu jantar. E que nojo, eu realmente deveria ter prestado mais atenção enquanto cozinhava. Definitivamente coloquei açúcar nesse peixe em vez de sal.

Ah, que seja. Dou outra mordida no peixe adocicado. Foi uma descoberta importante.

O celular toca com uma mensagem, e por um segundo me pergunto se será Divya, dizendo algo e provando que a minha teoria está completamente errada. Mas não é. É Kiara.

[18:07] Kiara
Que incrível! Podemos conversar mais sobre isso amanhã...
Fiquei sabendo que você vai com a gente, é isso mesmo?

[18:07] Eu
Se estiver tudo bem pra você, vou, sim 😌

[18:08] Kiara
Aff, claro que está. Te pego às oito?

Sorrio.

[18:08] Eu
Está ótimo

CAPÍTULO 24

Motores roncam à distância, e o ar está carregado com o cheiro de gasolina e borracha queimada. Eu me coloco na ponta dos pés para ver os carros de corrida se aproximando, contornando a última curva da pista.

Os veículos passam em alta velocidade, um a um, e meu sorriso se alarga quando o carro de John passa. Ele não está realmente dirigindo — seu amigo Tim é quem pilota a maior parte do tempo —, mas está na torre de controle com um rádio, passando atualizações sobre os tempos de volta para Tim e esperando para agir sempre que há uma parada nos boxes ou quando o carro quebra (o que já aconteceu, tipo, três vezes).

— Estão ganhando já? — Kiara pergunta. Ela está deitada em uma manta na grama ao meu lado, com óculos escuros e as mãos jogadas sobre o rosto para bloquear o sol.

— Não — respondo, voltando a me sentar ao lado dela. — Ainda em segundo.

É a terceira corrida do dia, e estou me saindo melhor em identificar a posição do carro de John. Parece que seria óbvio — se é o segundo carro que passa, eles estão em segundo lugar, certo?

Errado.

Todos os carros estão em classes diferentes — o carro de John e Tim está na GT3, o que significa… não sei, algo sobre velocidade —, então eles não estão realmente competindo com todos os carros na pista. E depois de algumas voltas, os carros das classes mais lentas são ultrapassados tantas vezes que é difícil dizer quem está se saindo bem.

Pego uma fatia de melancia do pote que Kiara trouxe e viro o rosto em direção ao sol. Este dia está sendo muito mais divertido do que pensei que seria. A pista de corrida tem imensos campos verdes e árvores ao redor, e há uma encosta com gramado que dá vista para a maior parte da pista, então todos os espectadores (e por "espectadores" me refiro a mim, Kiara, Jake — marido dela — e mais umas vinte outras pessoas) sentam-se em toalhas ou cadeiras de jardim na grama.

A atmosfera também é muito legal. É uma comunidade de Johns, ou seja, pessoas que adoram conversar sobre carros, admirar carros e pensar sobre carros, mas todos são muito amigáveis e os motoristas visitam os trailers uns dos outros para bater papo entre as corridas. E sempre que algo dá errado com um dos veículos (o que acontece, tipo, a cada dez minutos), as pessoas aparecem para ajudar ou emprestar uma ferramenta ou peça de reposição.

Quando Kiara, Jake e eu chegamos, nos sentamos no trailer de John por um tempo, observando as pessoas entrarem e saírem. E juro que não estou sendo tendenciosa, mas parece que sempre que algo dá errado, os outros querem a opinião de John. É meio que legal ver como ele manja do assunto — mesmo que eu não entenda metade do que ele diz.

Também é meio que legal vê-lo correndo com os amigos. É apenas uma pista pequena, mas ainda assim eles dirigem incrivelmente rápido, e é emocionante quando John ou Tim passam outro carro (desculpe, "ultrapassam" — ninguém aqui diz "passar") ou ganham uma corrida. Nesse meio-tempo, Kiara e eu beliscamos os petiscos que ela trouxe de casa, e Jake nos conta histórias sobre a faculdade de veterinária, e tudo isso é realmente agradável e divertido.

Kiara e Jake formam um casal ótimo. Ela é bem descolada, e ele é meio nerd, então se equilibram bem. Os dois discutem bastante — nos perdemos um pouco na viagem e achei que Kiara ia matá-lo —, mas dá para ver que é o jeito deles.

— Há quanto tempo vocês estão casados? — pergunto.

— Tempo demais — Kiara responde.

— Sete anos — Jake diz.

— Uau. — Dou uma mordida na melancia. — Quando você soube que a Kiara era a pessoa certa? — pergunto ao Jake. Digo isso de maneira brincalhona, como se não estivesse perguntando sério, mas Kiara não deixa passar.

— Ahhh... está achando que o John pode ser "o cara certo", é? — ela provoca.

— Não — minto. — Nós estamos saindo há, tipo, poucas semanas.

Kiara dá de ombros.

— Você não precisa de mais tempo que isso para saber se alguém é certo para você. É uma coisa totalmente instintiva. Se não sentir isso logo de cara, nunca vai sentir. Tipo com você. Eu soube na hora que poderíamos ser amigas. E com o Jake. Soube logo de cara que ele era um nerd chato que eu deveria evitar a todo custo.

— Quem mordeu a língua foi você, que se casou comigo — Jake diz.

— Só pelo dinheiro.

— Ainda não ganhei dinheiro nenhum.

— É, mas vai ganhar — Kiara insiste. — No minuto em que se formar, vou colocar você pra trabalhar.

Eu me calo por um momento, pensando.

— Então, você acha que é realmente só uma questão de instinto?

— Claro. Olha, você e o John estão felizes juntos? Não pense muito, apenas responda "sim" ou "não".

Mordo o lábio.

— Sim.

Ela dá de ombros.

— Então é isso.

Levanto uma das sobrancelhas.

— Não é tão simples assim. Acho que eu poderia ser feliz com muitas pessoas, por um tempo. Eu poderia sair com você por algumas semanas e ser perfeitamente feliz.

Ela coloca as mãos sobre o peito.

— Ahh, que fofa.

— Mas isso não quer dizer que dá pra ser feliz com alguém *pra sempre*. Muitas pessoas se casam e são felizes por anos, mas depois não dura.

Hã... não tem nenhuma indireta nisso que falei — acrescento apressadamente. — Só não sei como é possível ter certeza de que se vai ser feliz com alguém pra sempre.

Kiara dá uma mordida na melancia. Ainda está deitada, então o suco escorre pelas bochechas e pelo cabelo. Ela senta e se limpa com a parte de trás da mão.

— Olha, quer saber qual eu acho que é o verdadeiro segredo pra ser feliz com alguém a longo prazo?

— *O* segredo? — Jake comenta. — Isso deve ser bom.

Contenho um sorriso.

— Diga.

Kiara levanta os óculos escuros.

— Sua felicidade não pode depender do outro. Muitas pessoas acham que é trabalho do parceiro fazê-las felizes, e isso é uma besteira total. O Jake me faz feliz, mas não é *obrigação* dele. É minha responsabilidade ser feliz. Assim como é a responsabilidade dele. As versões mais felizes de nossas vidas individuais vão ser compatíveis ou não. Olha o John. — Ela aponta para a pista, onde o carro de John ruge na última curva. — A vida mais feliz possível pra ele é morar em Waldon, fazer coisas como essa e trabalhar na oficina. A sua vida mais feliz possível é compatível com isso ou não?

Hesito. Isso foi parte da razão pela qual eu não queria ter uma queda por John, para início de conversa, porque senti que ele não era o tipo de cara que se encaixaria na minha vida dos sonhos. Mas as coisas estão diferentes agora. Não estão? Conheço John muito melhor. E as coisas entre nós estão boas de verdade.

Ainda assim, será mesmo que acho possível construir uma vida em Waldon que me faça verdadeiramente feliz? Porque, se não puder, então Kiara está certa — não importa se o John for "o cara". Não serei feliz por conta própria, e mesmo que eu consiga ignorar a situação por um tempo, o ressentimento vai começar a surgir. Vou acabar culpando-o pela minha infelicidade, mesmo que, como Kiara diz, isso não seja responsabilidade dele. É minha responsabilidade construir uma vida que me faça feliz. Então, será que consigo fazer isso em Waldon ou não?

— Acho que sim — afirmo.

Kiara levanta uma sobrancelha.

— É melhor ter certeza — replica ela. Pela primeira vez, percebo um toque de proteção de irmã mais velha na voz dela. — O John pode ser meio idiota, mas é um cara legal. E gosta de você de verdade.

Observo os carros desacelerarem e entrarem no box. A corrida acabou; não tenho certeza se o carro de John ganhou. Eu me levanto e dou alguns passos para longe de Kiara e Jake, vendo John se aproximar do carro enquanto Tim sai e tira o capacete. Eles conversam por alguns minutos, rindo de algo. John me vê assistindo e me faz um joinha, e sinto meu estômago apertar.

Olho de volta para Kiara e penso em todos os nossos encontros para tomar café, e como já sinto que ela é uma das melhores amigas que já tive. Depois, penso em Jim, que me chamou de anjo da guarda na semana passada quando fui com ele ao cemitério para visitar o túmulo da esposa. Penso na visita guiada que fiz na semana passada para um grupo de crianças da escola do sr. Peterson, e como todos se divertiram muito com a nova exposição, e como Trey e eu estamos trabalhando para organizar aulas de verão para as crianças.

Acho de verdade que poderia construir uma vida para mim aqui. Acho mesmo. Mas há um fio espinhoso de inquietação por trás da minha satisfação, algo que não consigo identificar ou nomear.

John caminha na minha direção, todo lindo, parecendo feliz.

— Está se divertindo?

Forço um sorriso.

— Com certeza.

— Mais legal que um museu de barris.

Emito um som de indignação.

— Claro que não.

Ele se inclina e beija levemente meus lábios. Eu me entrego ao beijo, tentando dissipar a sensação estranha que me incomoda.

— Preciso verificar algumas coisas e depois vou correr até o food truck pra pegar uns tacos pra gente — anuncia ele. — Quer mais alguma coisa?

Sacudo a cabeça.

— Não, obrigada.

Mas enquanto o observo se afastar, sua pergunta inocente martela em minha cabeça. Tenho um namorado incrível que me entende completamente, um trabalho voluntário que amo e um grupo de amigos que, a cada dia que passa, parece mais e mais uma família.

Eu *quero* mais alguma coisa?

CAPÍTULO 25

Nos dias que se seguem, o verão chega à ilha com força total. Cada manhã é deslumbrantemente brilhante e quente, todos os passarinhos cantam, e Kiara e eu trocamos nosso café quente por café gelado, começando a planejar piqueniques na praia. Vou convidar Rose, porque sei que ela e Kiara vão se dar muito bem (e porque tenho um plano secreto para juntar todas as minhas pequenas famílias de amigos em uma só).

O evento do Dia do Canadá se aproxima, e John tem se dedicado a ele tanto quanto eu. Continuamos passando quase todas as noites juntos, e a sensação estranha que tive na pista de corrida quase desapareceu. Nem sei o que foi aquilo. John é o namorado perfeito. Outro dia, até esvaziou uma gaveta no quarto dele para eu guardar minhas coisas, sem fazer alarde. E quando mencionei que estava pensando em ficar mais tempo em Waldon, ele não reagiu efusivamente, apenas disse: "Seria legal" — mas então o peguei sorrindo para si mesmo enquanto preparava nosso café. Meu coração fica leve só de lembrar.

De verdade, provavelmente só não estou acostumada com as coisas sendo tão simples. Eu me lembro do meu namorado da faculdade fazendo um escândalo quando coloquei um fio dental no armário do banheiro da casa dele. Alegou que parecia que eu estava tentando me mudar para lá.

(Com um *fio dental.*)

(Que eu não teria que ter colocado lá, por sinal, se ele comprasse fio dental para si mesmo.)

Então, sim. Aquela sensação estranha claramente não tem nada a ver com John. E, de qualquer forma, praticamente já passou.

Na quarta-feira da semana anterior ao evento do Dia do Canadá, passei a maior parte do dia na oficina revendo a lista de tarefas do evento pela milionésima vez e tentando descobrir se havia algo que eu tinha esquecido. Barracas de artesanato, confere. Comida e bebida, confere. Entretenimento, confere. Dar à Shelley apenas tarefas o suficiente para que ela se sinta importante, mas não tanto a ponto de começar a reclamar, confere.

Às cinco horas, me despeço de John e Dave, que não mostram sinais de que vão terminar tão cedo, e sigo para o estacionamento. No caminho para o carro, meu celular toca. É a filha da sra. Finnamore, Debra.

Meu estômago se contrai desconfortavelmente.

— Alô? — digo com cautela.

— Emily? É a Debra.

Ai, ai. Ela parece irritada.

— Oi, Debra. Como você está?

— Já estive melhor — retruca ela, com a voz carregada de sarcasmo. — Acredito que você ficou sabendo o que aconteceu?

Meu estômago se aperta.

— Não.

Debra solta um suspiro enfastiado e impaciente.

— Levaram minha mãe para o hospital.

Cada palavra soa como uma acusação, em vez de uma afirmação.

Minha mão vai automaticamente à boca.

— O que aconteceu? Ela está bem?

— Ela fraturou a bacia — Debra diz, de maneira brusca. — E o médico disse que a pressão arterial dela estava nas alturas. *É óbvio* que ela não tem tomado os remédios corretamente.

— Mas... ela tem tomado! — gaguejo. — Eu juro...

— Preciso ir — Debra diz friamente. — Aguardo reembolso pelo restante do mês. — Ela solta o mesmo suspiro cortante. — Era exatamente por isso que eu queria que ela recebesse ajuda *profissional*.

Abro a boca para dizer, não sei, algo — mas ela já desligou. Fico paralisada com a boca aberta, a tela apagada do celular na minha mão dormente.

A sra. Finnamore quebrou a *bacia*?

Preciso ir ao hospital *agora*.

Entro no carro e dirijo até lá em pânico. Minha mente relembra todas as visitas para ela na última semana. Deixei algo no chão, algo em que ela pudesse ter tropeçado? Eu realmente a vi *engolir* os remédios depois que os entreguei? Sou atingida por uma cena dela pegando os comprimidos de mim e os escondendo no bolso quando não estou olhando. Ai, meu Deus. Eu deveria tê-la observado tomar os remédios, deveria ter feito com que abrisse a boca após engoli-los.

O hospital local é pequeno, com apenas dois andares, mas ainda assim me perco três vezes a caminho da sala de emergência. A sala de espera está completamente cheia, com cem olhos curiosos me observando enquanto me aproximo das portas e aperto a campainha. Depois de alguns minutos, aperto de novo. Um momento depois, uma jovem de jaleco abre a porta. Ela parece irritada.

— Pegue uma senha, e a enfermeira da triagem vai chamar você quando chegar a sua vez — explica ela, apontando para um grande cartaz que dá a mesma orientação em letras enormes.

— Ah, não — digo rapidamente, antes que ela possa fechar a porta. — Estou apenas procurando alguém que chegou aqui mais cedo. Betty Finnamore?

A moça grita para alguém que não consigo ver.

— Temos uma Finnamore aqui?

— Na sala 2 — alguém responde.

— Na sala 2 — a moça repete, abrindo a porta o suficiente para me deixar entrar. Não a culpo. Posso sentir todos na sala de espera me encarando, como se fossem adivinhar quanto tempo teriam que esperar só de espreitar pelas portas.

Com base no caos que está rolando aqui, imagino que terão que esperar muito tempo. Na minha curta caminhada até a sala 2, vejo uma mulher com um enorme corte sangrento na testa, uma criança chorando desesperadamente enquanto uma enfermeira tenta lhe dar uma injeção e um homem de meia-idade gritando furioso com um médico.

Entro correndo na sala 2 e fecho a porta com rapidez, mas a cena ali dentro é igualmente aterrorizante.

A sra. Finnamore está deitada em uma maca, com soro pingando em seu braço. Ela veste uma camisola de hospital fina, e seu cabelo está bagunçado de um lado; ela parece tão...

Velha.

Quer dizer, sei que ela é velha. Tem oitenta e oito anos. Mas em casa, com o cabelo arrumado e vestindo as roupas que escolheu para passar o dia, movimentando-se pelos cômodos, é fácil esquecer quão idosa ela é de fato. Deitada na maca, a sra. Finnamore parece incrivelmente frágil. Se eu visse uma foto dela como está agora, diria que é mesmo alguém que não deveria morar sozinha.

Meu Deus, o que eu *fiz*?

Eu me aproximo dela, tímida.

— Sra. Finnamore?

Não há resposta.

Tento novamente, um pouco mais alto:

— Sra. Finnamore?

Ainda nada. Estendo a mão com nervosismo e toco seu ombro. Ela se mexe, abrindo os olhos lentamente. Seu olhar está perdido. Ela me observa, mas não acho que me veja de verdade.

— Sra. Finnamore, *o que* aconteceu?

Ela não responde. Seus olhos se fecham outra vez, e em segundos ela está dormindo.

Dou um passo para trás, me afastando da maca, com frio e um pouco enjoada. Olho em volta da sala, processo a ideia daquele soro assustador, o cheiro ruim de produtos adstringentes, o alerta frenético de um alarme soando de algum lugar fora da sala... tudo se combina em um único e horrível pensamento.

Debra estava certa.

A sra. Finnamore precisava de uma enfermeira, não de uma recepcionista ingênua e sem habilidades cuja única qualificação era "gostar de idosos".

A porta se abre e um homem alto de jaleco azul entra. Seu crachá diz "Ethan Edwards, enfermeiro".

— Como ela está? — pergunto ansiosamente.

— Ah, ela ainda está meio zonza por causa da medicação para a dor — diz ele. — Mas a pressão arterial dela está melhor. Você é parente?

Nego com a cabeça.

— Não, sou... vizinha dela. — Quase digo *cuidadora*, mas estou com medo de que ele me julgue por estar fazendo o trabalho tão mal. — Posso ficar aqui? — pergunto.

— Sim, mas ela deve sair em breve.

— Sair?

— O cirurgião ortopédico mais próximo está em Charlottetown. A ambulância deve chegar para pegá-la a qualquer momento.

— Por que ela precisa ir a um orto... digo, a esse cirurgião que você falou?

— Ela precisa de cirurgia para corrigir a bacia.

— Não dá para só... colocar um gesso?

— Numa fratura de bacia, não.

Olho de novo para a sra. Finnamore. E se ela não sobreviver à cirurgia? E se ela *morrer* por minha causa?

— Você está bem? — pergunta o enfermeiro, me observando.

— Ah... sim. Desculpe.

— Sem problemas. — O homem sai da sala e retorna segundos depois. — A ambulância acabou de chegar — diz ele. — Vamos prepará-la para ir agora.

Dou um passo para o lado, e logo entram na sala duas enfermeiras e dois paramédicos. Eu me encosto na parede, tentando não atrapalhar. Em pouco tempo, colocam a sra. Finnamore em uma maca de transporte e a manobram para fora. Ela mal se mexe enquanto a movem, além de gemer de dor uma vez.

— Você vai nos acompanhar? — pergunta um paramédico de repente.

Eu o encaro, alarmada. *Devo* ir com ela?

Hesito, então faço que não com a cabeça. Ela precisa de enfermeiros e médicos, não de mim.

O paramédico acena com a cabeça e eles levam a sra. Finnamore embora. Dou um passo em direção a eles, a palavra "espere" na ponta da língua. Mas é tarde demais; ela já saiu pela porta.

Vagueio de volta pelo hospital e saio para o estacionamento em um estado de transe, com uns cem pensamentos horríveis passando pela mente. Tiro o celular e abro meus contatos até encontrar o nome que estou procurando.

John atende na terceira chamada.

— Oi. — Então, quando não respondo: — Emily?

Meus olhos se enchem de lágrimas ao ouvir sua voz.

— Oi — soluço.

O tom dele se torna sério.

— Está tudo bem?

Nego com a cabeça, e uma enxurrada de lágrimas quentes escorre pelas minhas bochechas.

— Não.

CAPÍTULO 26

— Aquela megera da Debra é louca — diz Kiara.

Forço um sorriso fraco enquanto tomo meu chá.

— É, talvez.

— Talvez? — Kiara revira os olhos. — A mãe dela caiu no chuveiro. A menos que você estivesse tomando banho com a mulher (o que seria muito mais preocupante do que ser negligente, aliás), não teria como você evitar isso.

— É, mas se ela tivesse recebido cuidados adequados em casa, tipo ajuda pra tomar banho e essas coisas…

— Você disse que ela não queria isso — Kiara interrompe.

Do outro lado da mesa, a mãe dela, Carla, assente, concordando.

— Você não me contou nada que me faça pensar que essa mulher tem demência ou qualquer outra coisa que impacte a capacidade dela. — Ela se levanta e vai até a cozinha, retornando com um pacote de biscoitos, que oferece para mim e Kiara.

Solto um suspiro e pego um biscoito. Já faz dois dias desde que a sra. Finnamore quebrou a bacia, e os pais de John me convidaram para jantar em uma tentativa de me distrair. Ele e o pai estão do lado de fora no deque, brincando de jogar a bolinha para os cachorros.

— Vejo esse tipo de coisa o tempo todo no hospital — Carla conta, me observando. — Filhos adultos não querem mais que seus pais idosos fiquem em casa, então tentam exigir que os mantenhamos no hospital até conseguirem vaga em uma casa de repouso. — Ela toma um gole de chá. — Esses filhos acham uma péssima decisão deixar os pais em casa, e às vezes estão certos. Mas o que eles não parecem perceber é que as pessoas têm o direito de tomar decisões ruins. Não podemos forçar ninguém a aceitar cuidados em casa ou ir para uma casa de repouso contra a própria vontade, a menos que esteja claramente provado que a pessoa não tem a capacidade de tomar decisões médicas. E isso em geral acontece por um motivo, como demência avançada. Ser teimoso e estar preso aos próprios desejos não conta.

— Eu sei — concordo pesadamente. — É que me sinto tão mal. E a Debra nunca mais vai me deixar ajudar a mãe dela.

Carla ri.

— Pode ser que você se surpreenda. Se a mãe dela não aceitar cuidados em casa, a única opção é a própria Debra cuidar dela. De alguma forma, não vejo isso acontecendo. Não com tudo que você me contou sobre ela.

Suspiro de novo.

— Talvez.

— Não se estresse muito com isso — aconselha Kiara. Então, com a boca cheia de biscoito, continua: — Mal posso esperar por este fim de semana. Fiz os colares mais fofos com tema de barril para vender. E a Cara ainda vai fazer os cupcakes para você, certo?

— Vai, sim! — confirmo, aliviada por mudar de assunto. — Ela disse que está fazendo várias guloseimas com tema do Dia do Canadá. Cupcakes, biscoitos e afins.

— Ela é muito boa — diz Kiara. — Fez um bolo maravilhoso para o meu aniversário no ano passado.

— Que bolo? — John pergunta, vindo do deque. Seu pai ainda está lá fora; posso ouvi-lo tentando chamar o pastor-alemão para entrar.

— Aquele de *cookies and cream* que a Cara fez no ano passado — Kiara responde.

— Ah, é. — John acena com a cabeça. — Estava demais.

Ele se senta ao meu lado, passando um braço por trás da cadeira. Eu me inclino um pouco para ele. John tem sido realmente ótimo nos últimos dois dias. Ele ligou para o hospital de Charlottetown para ter notícias da sra. Finnamore quando eu estava nervosa demais para fazer isso, e no trabalho ele aparece da garagem a cada uma ou duas horas só para ver como estou. Kiara e Rose também têm sido incríveis, me mandando mensagens o tempo todo para saber se estou bem. Até Doris tem sido útil, à sua própria maneira. Quando contei o que aconteceu, ela resmungou e disse:

— Ah, que pena. Quebrei os dois lados da bacia e ninguém gritou aos quatro ventos que estava com dó de mim.

Laurent, pai de John, entra e a conversa muda para a viagem que ele e Carla estão planejando para o inverno. Enquanto os ouvimos, John puxa sua cadeira alguns centímetros para mais perto da minha. Carla reabastece minha xícara de chá vazia, e Laurent diz: "Você iria adorar, Emily" quando mencionam uma trilha para caminhadas na Escócia. O nó apertado que se instalara em meu peito desde a queda da sra. Finnamore se solta um pouco, e me inclino mais para os braços de John.

— John contou que você está procurando empregos em museus em Charlottetown — Carla diz mais tarde, quando a ajudo a levar os pratos para a cozinha.

— Ah, sim — concordo com animação. Faz parte do meu plano de "ficar em Waldon". Se eu de fato quero ser feliz aqui, preciso encontrar um emprego que me empolgue mais. — Realmente adoro fazer trabalho voluntário no museu, mas não tem remuneração. E há alguns museus muito legais em Charlottetown.

Como o museu de *Anne de Green Gables*. Surtei quando o descobri, mesmo que não tenham vagas abertas no momento. Mandei um e-mail de qualquer forma, só para perguntar, mas não recebi resposta.

Carla coloca uma mão no meu ombro.

— Espero que encontre algo bom. Sei que muitos jovens querem sair da ilha hoje em dia, mas... — Seus olhos brilham de forma divertida. — Acho que o John gostaria que você ficasse por aqui.

Sorrio para ela timidamente. Ainda fico um pouco nervosa perto dela e de Laurent. Quero de verdade que eles gostem de mim. Só porque é bom ser bem aceita, sabe? Não porque secretamente acho que eles possam ser meus sogros um dia.

— Eu também gostaria — declaro com sinceridade.

O dia seguinte é sábado, apenas dois dias antes do Dia do Canadá. Meu turno no museu tecnicamente começa ao meio-dia, mas chego por volta das dez, porque ainda há muito o que fazer, especialmente inflar cerca de um milhão de balões vermelhos e brancos. Fico tonta só de pensar nisso.

Quando chego ao museu, há uma pequena fila na porta.

— Com licença — digo, contornando as pessoas. — Não estou furando a fila — acrescento rapidamente, ao perceber alguns olhares feios vindo na minha direção. — Eu trabalho aqui.

— O balcão da entrada vai abrir logo? — pergunta uma mulher, equilibrando uma criança pequena no quadril.

Franzo a testa.

— Deveria estar aberto...

Eu me calo ao chegar à frente da fila. Não há ninguém no balcão. Estranho. Pensei que Brenda estaria aqui hoje de manhã.

— Posso ajudar vocês — afirmo às pessoas na fila. — Custa cinco dólares por pessoa, três para crianças abaixo de dez anos.

Por cinco ou dez minutos, respondo perguntas e distribuo ingressos, até que o último visitante desaparece no museu. Eu olho para fora a fim de garantir que não há mais ninguém prestes a entrar e então vou para a sala dos funcionários. Não há ninguém lá, mas a voz de Shelley ecoa de seu escritório. Respirando fundo, como sempre faço antes de falar com ela, me dirijo até lá.

A porta do escritório está aberta. Ela está com o telefone colado ao ouvido e ri alto de alguma coisa. Não sei por quê, mas o riso dela é quase mais desagradável que sua cara feia de sempre. Não consigo ouvir o que a outra pessoa está dizendo, mas tenho a sensação de que é algo maldoso.

Shelley faz uma careta ao me ver na porta. Estou prestes a sair, mas ela acena para que eu fique.

— Preciso desligar — diz ela para a pessoa ao telefone. — Falo com você depois.

Forço um sorriso.

— Como estão as coisas?

— Ótimas — ela responde.

E, aff, até a forma como ela diz isso é irritante. Meio condescendente, como se dissesse: "*Obviamente*, estou ótima, minha vida é muito melhor que a sua".

(Ok, posso ter desenvolvido um rancor real por Shelley.)

— A Brenda ligou dizendo que não viria? — pergunto. — Não tem ninguém na recepção.

— Ah, não — ela diz. — É por isso que eu queria conversar com você. Falei com a diretoria da sociedade histórica, e eles acham que é hora de termos uma equipe fixa. Especialmente agora que as coisas estão engrenando.

Franzo a testa. "Equipe fixa", o que isso significa?

— Contratamos duas funcionárias pagas para trabalhar no balcão durante o restante do verão — Shelley continua. — Meninas brilhantes da faculdade procurando empregos de verão.

— Ah. — Tento pensar em algo para falar. — Que ótimo — finalmente consigo dizer.

E é ótimo *mesmo*, na verdade. Este lugar deveria ter uma equipe consistente e remunerada. E é o trabalho perfeito para estudantes universitárias, já que o museu é mais movimentado no verão.

Eu só... gostaria de ter sido considerada para uma vaga. Não que eu me importe em ser voluntária, mas teria sido bom começar a receber um pouco pelo meu trabalho.

— Enfim, não vamos precisar mais de voluntários — declara Shelley.

Meu coração dispara no peito.

— Ah, não me importo em ficar! — digo rapidamente. — Gosto de trabalhar aqui. Talvez eu possa apenas... focar nos eventos e nas visitas escolares. — Isso não seria tão ruim, na verdade. É a parte de que mais gosto no trabalho.

— Ah, as meninas podem cuidar disso — delibera Shelley. — Obrigada, de qualquer forma.

Fico encarando-a por vários instantes dolorosos. O que ela quer dizer... Ela está me *demitindo*?

— Posso ajudar em outras coisas — insisto com a voz trêmula. — Qualquer coisa que seja útil.

— Ah, não — rebate Shelley. — Está tudo bem. Obrigada, de qualquer forma. — Ela repete aquela frase estúpida e condescendente novamente. — E você ainda é bem-vinda para o nosso evento do Dia do Canadá — acrescenta. — Vai ser realmente maravilhoso.

Minha boca se abre de choque. Ainda sou *bem-vinda*? Ela diz isso como se fosse o evento *dela*. Como se eu devesse me sentir sortuda por ela sequer me convidar. De repente, sinto vontade de chorar. Este é o *meu* evento. Eu me dediquei tanto!

Abro a boca para tentar argumentar, mas, antes que eu possa falar, uma garota bonita na faixa dos vinte anos entra no recinto, segurando duas xícaras de café.

— Devo, tipo, ir vender ingressos para as pessoas? — pergunta, entregando um dos cafés a Shelley.

— Obrigada, querida — diz Shelley. — Sente-se um minuto, primeiro, precisamos conversar sobre a festa do Dia do Canadá.

Querida? Quem é essa garota, a filha dela?

A garota me olha com curiosidade.

— Você trabalha aqui também?

— Ela costumava ser voluntária aqui — responde Shelley, antes que eu consiga falar. — Ela ajudou a planejar o evento do Dia do Canadá.

Ajudou? *Ajudou?* Eu planejei tudo! Quer dizer, eu, Trey e Kiara.

— Legal — comenta a garota.

— Vocês são... parentes? — pergunto. De algum modo, consigo evitar que minha voz trema de raiva.

— Ah, sim — responde a garota com um sorriso gentil. — Shelley é minha mãe. Mãe e chefe, agora. — Ela exibe um sorriso repleto de dentes brancos.

Lanço um olhar incrédulo e direto para Shelley, mas não há um pingo de vergonha no rosto da mulher.

— Feche a porta ao sair, tá bom? — pede ela. — Temos muito trabalho a fazer! — acrescenta para a filha, com um tom alegre e jovial que me faz ter vontade de lhe dar um soco.

Meus punhos estão cerrados ao lado do meu corpo. Não posso deixá-la me demitir. Preciso me defender.

— Não acho isso justo — disparo.

Shelley levanta uma sobrancelha.

— Ah, poxa, Emily — fala. — Você está sendo meio grosseira.

Há um tom afiado em suas palavras. Meio grosseira. Foi isso que eu disse a ela no evento "Verão no barril".

É por isso que ela está fazendo isso. Provavelmente está planejando isso desde aquele momento. Ela só precisava que eu organizasse todo o evento do Dia do Canadá para ela primeiro.

— Você não pode simplesmente...

— A porta, por favor — ela interrompe. — Obrigada.

Sua filha nos observa, incerta. O sorriso de Shelley é triunfante.

Com as mãos trêmulas, me viro abruptamente e saio, deixando a porta escancarada atrás de mim. Ela mesma pode fechar a maldita porta.

Minha fúria me leva até o estacionamento e para dentro do meu carro, e então se dissolve em um grande suspiro doloroso. Fico encarando o volante por um momento, processando o que acabou de acontecer.

Então, desabo em lágrimas.

CAPÍTULO 27

Às onze da manhã no Dia do Canadá, acordo com o aroma de café fresco. Esfrego os olhos no escuro, desorientada por um momento, até lembrar que fiquei no apartamento de John na noite anterior. Então, recordo o que é o dia de hoje e solto um longo e pesado suspiro.

Arrasto-me para fora da cama, visto um dos moletons de John e vou para a cozinha. Ele está sentado no sofá da sala, bebendo café e assistindo a uma corrida de moto na TV.

— Nossa, isso é Fórmula 1? — pergunto.

Ele me encara, ofendido, mas logo percebe a expressão em meu rosto e entende que estou zoando.

— Muito engraçadinha você.

— Também achei. — Vou até a cozinha, pego uma xícara de café para mim e me junto a ele no sofá. — Como você dormiu?

— Bem. E você?

— Bem. Um pouco desapontada por estar sol. Estava torcendo para que a lei do carma punisse a Shelley com uma nevasca maluca no primeiro de julho.

— Tem certeza de que ainda quer ir?

— Não — respondo. — Mas temos que ir, para apoiar a Kiara.

Kiara estava determinada a desistir do evento e avisar todos os amigos do estande de artesanato para fazerem o mesmo, mas a convenci a não fazer isso. Quero que o evento seja um sucesso, mesmo que Shelley vá levar todo o crédito.

(Tá bom, talvez *90%* de mim queira que o evento seja um sucesso. O restante quer que seja um desastre total que termine com Shelley sendo demitida e a sociedade histórica implorando para que eu assuma o lugar dela.)

— Fazemos o Wordle primeiro? — pergunta John.

— Wordle primeiro. Vou começar com MERDA. Como em: *Espero que a Shelley vá à...*

— Não acho que o Wordle aceite palavrões.

Tarde demais; já digitei. Dou risada enquanto as letras começam a mudar.

— Olha! Super dá pra usar palavrões — anuncio, triunfante, mostrando o celular.

— Isso só porque *merda* tem um significado normal — argumenta John. — Nunca aceitaria algo como... não sei... PORRA.

— Quer apostar? — pergunto, balançando o celular na frente dele.

Ele estende a mão.

— Cinco dólares.

Fechamos o acordo. Dois segundos depois, ele está vasculhando a carteira em busca de uma nota de cinco, enquanto eu dou uma gargalhada sobre o celular.

— Não dá pra acreditar que isso funcionou — admite John.

— Não dá pra acreditar que você duvidou de mim.

— Você vai perder sua sequência, desse jeito.

Ah, droga. Ele está certo. Nem MERDA nem PORRA me deram letras utilizáveis. (E uau, tá aí uma frase que não acho que já tenha sido dita por alguém.)

— Tá bom, tá bom — digo. — Chega de palavrões. — Penso por um momento, tamborilando os dedos contra o queixo, e pergunto: — Me diz uma palavra de cinco letras que signifique "idiota condescendente e incompetente".

Para meu alívio e profunda irritação, o evento do Dia do Canadá é um sucesso total. O clima está perfeito, ensolarado, mas não insuportável, a comida está deliciosa, e a música que o amigo de John, George, está tocando é perfeita, meio antiga e folclórica, sem ser brega.

Como um cachorro-quente e dois (ok, quatro) cupcakes decorados com glacê vermelho e branco, tentando não ficar muito emburrada ao ouvir as senhoras da sociedade histórica elogiando Shelley pelo evento. Enquanto John conversa com Jake, vou até o museu para cumprimentar Trey. O interior do museu está escuro e fresco, e fico piscando por alguns instantes na porta, esperando que meus olhos se ajustem à luz.

Há pessoas circulando e observando as exposições. Trey trabalha em uma demonstração, mas deixa as ferramentas de lado assim que me vê. As crianças que assistem à apresentação exclamam em desapontamento.

— Pausa para o banheiro — avisa, fazendo-as rir.

Ele acena para que eu o siga até a sala dos funcionários e então se volta para mim com uma expressão incomumente séria.

— A Kiara me contou o que aconteceu — diz ele. — Por que você não me disse?

— Ah, está tudo bem — digo, dando de ombros.

— Não está, não — responde ele de maneira severa. — A Shelley perdeu a compostura. Estou pensando em falar com a sociedade histórica.

— Não faça isso — intervenho com rapidez. — Não quero que ela te demita também.

Trey franze a testa.

— Como se ela pudesse.

Ficamos em silêncio por um momento. Ela definitivamente poderia. Shelley tem todo o poder neste pequeno reino.

— Sério, não faça um grande alarde sobre isso — peço. — Provavelmente é o melhor de qualquer forma. Estou muito ocupada trabalhando na oficina e andei procurando empregos em outros museus... além disso, estou pensando em tentar transformar o trabalho de cuidadora em um negócio de verdade.

Estou apenas inventando coisas aleatórias, para parecer menos patética, mas ao me ouvir dizendo isso penso que não seria uma má ideia.

Será que eu *deveria* tentar transformá-lo em um negócio de verdade?

— O que aconteceu com a vaga de estágio para a qual você se inscreveu? — pergunta Trey. — E o mestrado em museologia?

Sinto o rosto esquentar.

— Nunca recebi resposta. As vagas estão tão disputadas hoje em dia… e eu também não tenho muita experiência.

— Você trabalhou aqui — lembra Trey.

Consigo esboçar um meio-sorriso.

— É, tipo, por um mês. — Espio por cima do ombro dele. As crianças que o esperam parecem estar começando a ficar impacientes. — Escuta: não se preocupe comigo — digo, esforçando-me para manter um tom alegre. — Estou bem, e isso não significa que você vai se livrar de mim. Ainda vou passar por aqui e te importunar de vez em quando.

— Se você está dizendo — responde Trey, meio na dúvida. — Mas é só você dizer que sim e vou direto falar com o pessoal da sociedade. Ou, melhor ainda, vou falar na cara da Shelley o que penso dela.

— Obrigada, Trey.

O tanoeiro volta para seu local de trabalho, para as palmas e gritos das crianças que o esperam. Dou uma volta pelo museu, caminhando devagar, sentindo-me isolada da atmosfera brilhante e feliz ao meu redor.

Ouço uma mulher perguntando quantos anos o museu tem, e preciso morder a língua para não responder. Eu não trabalho mais aqui. Não cabe a mim me intrometer.

Sei que estou sendo um pouco dramática. Como eu disse a Trey, só trabalhei aqui por um tempinho. E não era de fato o trabalho dos meus sonhos — não está em uma grande cidade, e o salário era exatamente cem mil dólares menor que a minha meta —, mas eu realmente sentia que pertencia a este lugar. Sentia que poderia fazer a diferença.

Solto uma risada engasgada, pensando na minha candidatura para o estágio no Met. Eu devia estar delirando quando fiz isso. Não consigo nem me manter como voluntária no menor museu da menor cidade da menor província do país. Como eu conseguiria um estágio em um lugar como o Met?

Carregada em uma onda crescente de desânimo, volto para fora e encontro John. Ele estuda meu rosto e então pega minha mão.

— Hora de ir? — pergunta.

Confirmo com um aceno, tentando conter lágrimas bobas.

— Hora de ir.

Caminhamos de volta para o apartamento dele em silêncio, de mãos dadas. O som da festa diminui atrás de nós, até que só restam os cantos dos pássaros e o murmúrio distante do oceano. John sugere que paremos para pegar uma pizza no caminho para casa, e forço um sorriso e um aceno, mesmo sem fome.

Ele entra na pizzaria para fazer o pedido enquanto me sento no banco externo, observando um pombo cutucando uma borda descartada de alguém. John sai dez ou quinze minutos depois com uma caixa de pizza na mão.

— Se anima — diz ele, segurando minha mão. — As coisas vão melhorar logo.

Concordo.

— Acho que sim.

Ele faz um som de reprovação e balança minha mão para a frente e para trás.

— Vão, sim. Quem sabe? Talvez você receba notícias de um museu em Charlottetown esta semana.

— Talvez — respondo, em dúvida.

— Você tem estado bem ocupada ultimamente, de qualquer forma — argumenta ele. — Talvez seja bom dar uma pausa.

Olho para John, incerta. Lá está ele de novo, aquele sentimento desagradável e incômodo.

— Não quero uma pausa. Quero um emprego que eu ame.

— E você vai encontrar um — responde ele. — Pode não ser amanhã, mas vai aparecer. Você vai encontrar algo que ame.

— Como você e seu trabalho.

As palavras saem com um toque de acidez. Espero que John me confronte sobre isso. Quero que o faça, na verdade. Mas, em vez disso, ele apenas dá um leve encolher de ombros.

— Exatamente.

Fico em silêncio, meus dedos ligeiramente rígidos sob os dele. Apesar do tom casual, consigo sentir que estamos à beira de uma briga. A tensão paira entre nós, afiada e desagradável.

Você não ama seu trabalho de verdade, eu poderia dizer. *Está entediado com trocas de para-brisa e de pneus, e precisa encaixar todo o trabalho de carros de corrida, que é o que realmente deseja fazer, entre as tarefas chatas que o Fred aprova.*

Estou feliz onde estou, ele poderia responder. *Não comece a se achar melhor que os outros agora.*

Há uma dor aguda. *Não estou sendo metida. Só quero fazer algo que eu ame.*

Então, um suspiro gélido e irritado. *Bem, talvez você não devesse estar namorando um mecânico qualquer.*

Chacoalho a cabeça de forma brusca e me distancio dessas palavras. Não há como nenhum de nós ganhar essa briga. E por que estou tentando brigar com ele? O que John fez a semana toda, exceto ser incrivelmente solidário, gentil e compreensivo?

Suspiro pesadamente.

— Desculpe. Estou de mau humor.

Os ombros dele relaxam.

— Está tudo bem. Você teve uma semana difícil.

— Não foi das melhores.

Ele me cutuca com nossas mãos entrelaçadas.

— O que posso fazer para melhorar isso?

Consigo esboçar um sorriso.

— Nada.

Ele levanta as sobrancelhas.

— Tem certeza? Porque eu não teria nenhum problema em furar os pneus da Shelley. Ou talvez pudéssemos pedir ao Jim para rebocar o carro dela do estacionamento na próxima semana. Ele é o segurança e tem autoridade.

Escondo um sorriso crescente.

— Nem ouse sugerir isso! Ele a odeia tanto que provavelmente faria isso.

— Ele também odeia a Shelley?

— Ele diz que "não tem muito a ver com ela". Isso é, tipo, o jeito do Jim de mandar a pessoa para aquele lugar.

John ri.

— Demais.

John me cutuca novamente, e dessa vez eu me inclino para ele.

— Vai ficar tudo bem — falo com mais sinceridade. — Só preciso ficar de mau humor mais um pouco e depois superar.

— Bem, é só me avisar — diz ele, soltando minha mão para abrir a porta do prédio. — Se quiser que eu fure os pneus da Shelley, conte comigo. Ou se quiser encenar algum trecho estranho daquele filme antigo que você ama, Anne não sei de onde…

— *Anne de Green Gables*! — exclamo. — Não finja que você não sabe qual é o nome. E não podemos *encenar* como se fôssemos a Anne e o Gilbert — acrescento, indignada. — Eles nunca transaram.

— Você não me disse que eles têm filhos nos livros posteriores? Odeio ter que te contar, mas isso significa que eles transaram.

— Que heresia. Eles nem se beijam no filme. Acaba com ele colocando uma mecha de cabelo atrás da orelha dela, e então os dois saem juntos em um cavalo.

— Vamos reproduzir essa cena, então. Você prende o cabelo e eu vou procurar um cavalo.

Eu rio, sentindo os últimos vestígios de tensão se dissiparem.

— Combinado.

CAPÍTULO 28

Na manhã seguinte, meu primeiro palpite no Wordle é FORTE. Como em: *Decidi que vou ser forte hoje.*

Antes do trabalho, vou ao hospital local para visitar a sra. Finnamore. Ela foi transferida de volta de Charlottetown para fazer mais fisioterapia antes de voltar para casa, e até o momento estive com receio de visitá-la. Mas, como disse, hoje decidi ser forte.

Compro um cartão e um vaso de flores na loja de presentes do hospital e subo para o segundo andar com o coração apertado, me lembrando de quando vi a sra. Finnamore gemendo na maca da ambulância diante dos meus olhos.

Para meu alívio, quando entro no quarto, a encontro sentada em uma cadeira perto da janela, dando bronca na pobre mulher na cama oposta.

— Se continuar mimando seu neto assim, ele vai crescer um verdadeiro… Emily! — A sra. Finnamore interrompe sua fala ao me ver na porta.

— Oi, sra. Finnamore. Posso entrar?

— Claro, querida. Entre, sente-se. — Ela gesticula para que eu me sente na beirada da cama. — Esta é minha cuidadora — conta ela em voz alta para a outra mulher. — Você precisa pensar em contratar uma também, Bertha. Você não está ficando mais jovem.

A mulher, Bertha, acena para a sra. Finnamore.

— Cuide dos seus problemas, deixe que eu cuido dos meus.

Escondo um sorriso diante da expressão ofendida da sra. Finnamore.

— Como você está? — pergunto, para distraí-la.

— Ah, estou bem — responde a sra. Finnamore, desdenhosa. E ela parece bem mesmo. Parece um pouco mais pálida que antes, talvez, mas está vestida com as próprias roupas em vez de uma camisola de hospital e tem uma revista de palavras cruzadas na mesinha à sua frente.

— Seu quadril está doendo muito?

— Nem um pouco — conta ela. — As enfermeiras me perguntam isso cem vezes por dia, e sempre digo que não. Mesmo quando dói um pouco, só tomo um Tylenol. Não quero saber de drogas ilícitas.

— Não acho que eles usem drogas ilícitas em hospitais.

Ela sacode a cabeça em negação.

— A Barberie me contou. Você conhece a Barberie, do antigo clube de bridge que eu frequentava? Ela me disse que o sobrinho roubou todos os remédios de dor dela após a cirurgia no joelho e os vendeu nas ruas de Charlottetown. Não quero que os médicos me mandem para casa com esse tipo de remédio, muito obrigada. Já tomo remédios o suficiente.

— Falando em remédios — fala uma voz alegre na porta. Eu me viro e vejo uma enfermeira de meia-idade de uniforme segurando um copo de comprimidos. — Hora dos seus remédios matinais.

— Ah, meu Deus do céu — resmunga a sra. Finnamore. — Olha quantos. — Ela me mostra os remédios. — Eles dobraram a quantidade desde que eu cheguei aqui.

— Acho que é a mesma quantidade de antes — comento, duvidando.

— Você é da família? — pergunta a enfermeira.

— Esta é a cuidadora que mencionei — explica a sra. Finnamore. — Emily.

A enfermeira me observa com interesse.

— Você trabalha para a Victorian Order of Nurses?

Reconheço o nome — são as verdadeiras enfermeiras de cuidados domiciliares, aquelas que podem aplicar injeções, coletar sangue e tudo o mais.

— Ah, não — digo rapidamente. — Não sou enfermeira. Apenas ajudo algumas pessoas com as tarefas de lavanderia, compras e coisas assim.

— Bem, precisamos de mais pessoas nisso — diz a enfermeira. — As listas de espera para cuidados domiciliares estão imensas.

Meu coração acelera. Engulo em seco e digo:

— Na verdade, tenho tempo para mais alguns clientes. Se houver algum paciente que precise de um pouco de ajuda...

— Você deveria passar seu número para a Jane, que é nossa coordenadora de cuidados. Acho que ela mantém uma lista com os lares dos idosos.

Meu coração bate ainda mais forte, triunfante.

— Isso seria ótimo — digo, tentando não parecer muito contente. — Obrigada!

Ela sorri e nos deixa sozinhas. Fico com a sra. Finnamore por mais uns quinze minutos antes de dizer que preciso ir trabalhar.

— Não pegue muitas pessoas novas enquanto eu estiver aqui — adverte ela. — Vou precisar da sua ajuda quando voltar para casa.

Hesito.

— Acha que a Debra ainda vai querer que eu a ajude? Quer dizer, a senhora pode precisar de cuidados profissionais enquanto se recupera.

— Que bobagem — comenta a sra. Finnamore. — O fisioterapeuta já disse que vai vir à minha casa depois que eu voltar, e isso é tudo de que vou precisar para o meu quadril. Não quero estranhos entrando e saindo da minha casa.

— Acho que a Debra ficou bem chateada com a sua queda — insisto, cautelosa.

— A Debra está sempre chateada com algo — argumenta a sra. Finnamore. — Ela é minha filha — explica para a colega de quarto. — E mora no oeste. Ela costumava ser uma garota muito inteligente, mas o pai dela a mimou demais. — Então continua, voltando-se para mim: — Você vem me visitar de novo amanhã, então.

Sorrio.

— Claro. E podemos conversar mais sobre a senhora ter cuidados adequados.

A sra. Finnamore finge não ouvir isso.

— Até logo.

Rindo, volto para a recepção das enfermeiras. A funcionária diz que Jane está ocupada com uma reunião de família, mas ela anota meu número de celular e minhas informações e promete passar adiante. Fico um pouco nervosa pensando no meu nome indo parar em uma lista oficial de cuidadores particulares do hospital, mas então me lembro de Jim me chamando de anjo da guarda e ergo o queixo teimosamente.

Passo o restante do dia trabalhando na oficina, aproveitando o tempo livre para pesquisar coisas como "como começar meu próprio negócio" e "quanto posso cobrar por serviços de cuidado sem parecer uma gananciosa maldita". No fim do expediente, dou um beijo em John e volto para casa. Depois do jantar, coloco o celular na mesa da cozinha e o observo por alguns minutos. John se ofereceu para estar comigo nessa, mas parece algo que preciso encarar sozinha.

Respiro fundo e disco o número de Debra.

O telefone toca cinco vezes, o suficiente para que eu comece secretamente a torcer para que ela não atenda. Então...

— Alô?

Minha nossa, esqueci como ela tem uma voz maldosa.

— Oi. — Minha voz sai esganiçada. Limpo a garganta e tento de novo. — Quer dizer, oi, Debra. Aqui é a Emily.

— Emily. Olá. — O tom dela é ameaçador.

— Oi — repito. Reúno coragem e começo o discurso que preparei. — Estou ligando porque a sra. Finnamore me disse que será liberada do hospital nas próximas semanas. Ela gostaria que eu voltasse a trabalhar para ela.

Debra solta um suspiro frio.

— Ah, ela gostaria, não é?

Cerro os dentes.

— Sim. Ela está nervosa em relação a como vai se locomover quando voltar para casa. — É uma pequena mentira: o que a sra. Finnamore realmente disse foi que se os médicos não a deixassem ir para casa logo, ela ia chamar a polícia, mas acho que ela aceitaria que eu dissesse isso.

— E você vai ajudar com isso, não vai? — Debra diz, sarcástica.

Quase hesito diante do tom dela, mas, em vez disso, umedeço os lábios e digo:

— Sim.

— Ela não deveria ir para casa de jeito nenhum. É ridículo que os médicos estejam permitindo isso.

— Ela disse que os médicos estão muito satisfeitos com a recuperação dela desde a cirurgia.

— Ah, tenho certeza de que *ela* disse isso — Debra responde.

Pressiono os dedos na têmpora e mordo a língua para não responder. Não quero começar uma briga com ela.

— Ela gostaria que eu voltasse a fazer as mesmas coisas que fazia antes. — E acrescento: — Mas eu também gostaria de adicionar meia hora a cada dois dias, para estar na casa quando ela estiver tomando banho. Não, tipo, ficar no banheiro com ela, quero dizer, mas para ficar por perto e garantir que ela não escorregue e para ajudar, caso precise.

— Ela precisa de muito mais que isso se acha que vai ficar em casa por muito mais tempo — Debra diz. — Ela precisa se livrar daquela banheira velha e nojenta, a barra de apoio tem quase um metro de altura. Não há dúvida de que foi por isso que ela caiu...

Debra continua falando um pouco mais. Espero até que termine.

— Imagino que você vai querer mais dinheiro agora, não? — ela finaliza de forma desagradável.

Quase digo que não, apenas para evitar uma briga. Então, aperto os dentes.

— Bem... será um acréscimo de meia hora a cada dois dias.

Não consigo ver o rosto da mulher, mas imagino que esteja fazendo uma expressão de desagrado. Há um longo e frio silêncio, então Debra declara:

— Vou ter que discutir isso com meu marido.

Solto um suspiro sutil de alívio. Eu venci. Sei que venci.

— Claro — digo educadamente. — Posso ligar para você mais perto da alta dela.

— Acho bom que a alta não seja na semana que vem — Debra afirma. — Nunca ouvi falar de uma mulher da idade dela voltando para casa após uma cirurgia tão grande. Eu disse a eles que tinham que colocá-la em uma casa de repouso, mas ela é boa de papo e enrola todo mundo...

Debra continua falando nesse tom por mais um minuto ou dois, depois suspira alto e diz: "Preciso desligar", como se fosse eu quem a estivesse prendendo. Ela desliga, e eu apoio a cabeça na mesa da cozinha.

Que mulher *cansativa*.

Ainda assim, dá para perceber que ela vai ceder. A sra. Finnamore me contou que enquanto Debra estava aqui, um dos médicos perguntou à sra. Finnamore se ela já havia pensado em se mudar para o oeste para morar com a filha.

— Você deveria ter visto a cara dela! — exclamou a sra. Finnamore, rindo. — A Debra preferiria comer terra a me deixar mudar para lá. Não que eu quisesse, é claro. Ela tem três daqueles cachorrinhos insuportáveis, que sempre mordem nossos tornozelos e enchem o sofá de pelos. — Ela faz uma careta. — Prefiro ir para uma casa de repouso.

De qualquer forma, se as listas de espera para cuidados domiciliares financiados publicamente estão tão longas quanto a enfermeira disse, Debra não tem muitas opções além de mim. Além disso, a sra. Finnamore faria um escândalo se Debra tentasse enviar um estranho para sua casa.

Eu me recosto na cadeira com um sorriso no rosto. Estou bastante orgulhosa de como lidei com isso. Foi um pouco estressante, mas consegui.

Celebro dando um gole no meu refrigerante, pego o celular de novo e ligo para John para contar como foi.

CAPÍTULO 29

Dias depois, acordo com o canto dos pássaros do lado de fora da janela do quarto de John e os sons suaves do aquário no lado oposto do quarto. O Peixe 1 e o Peixe 2 nadam preguiçosamente, enquanto o Peixe 3 se esconde em seu lugar favorito, debaixo das pedras.

— O Peixe 3 é macho ou fêmea? — pergunto a John quando ele sai do banheiro.

— Qual é o Peixe 3 mesmo?

— O cinza brilhante.

— O *Geophagus* — conclui John.

— O geógrafo.

— *Geophagus*.

— Geólogo.

— Chega, vou pegar um café.

— Me traz um também, por favor! — grito para ele.

Eu me arrasto até a beirada da cama e olho para o Peixe 3.

— Não o deixe te intimidar — sussurro. — Você não precisa saber genealogia. Você é um bom peixinho.

— Você ficou doida? — pergunta John, reaparecendo com duas xícaras de café.

— Um pouquinho. Mas você adora.

Ele revira os olhos.

— Tá certo.

As pontas de suas orelhas ficam ligeiramente vermelhas. Contenho um sorriso. Tenho uma leve suspeita de que John e eu estamos perto de dizer "eu te amo" um para o outro. Ultimamente, ele tem me olhado de um jeito, com uma expressão carinhosa que faz meu coração disparar. É provável que ainda demore umas semanas, mas definitivamente estamos cada vez mais perto. Pensar nisso me aquece e me deixa um pouco eufórica, como se eu tivesse bebido muito café rápido demais.

— Wordle? — pergunto.

— Wordle — ele concorda.

Eu me enrosco ao lado dele e tomo um gole de café.

— Primeira palavra? — John pergunta.

— ADORA — digo, porque é divertido nos aproximar um pouco mais. — Como em: *O John adora como a Emily é doida.* — Digito. — Droga. Não é essa palavra. Espero que isso não seja um sinal.

— Um sinal de quê?

— Um sinal de que o Wordle acha que não devemos ficar juntos!

— Já falamos sobre isso — pontua John. — As respostas do Wordle não têm nenhum significado profundo ou secreto na sua vida.

— Tudo bem, e quanto à vez em que a resposta foi UNHAS e eu quebrei minha *unha* dois segundos depois de acertar?

— Você quebrou a unha porque estava rodando na cadeira como uma idiota.

— Tá, mas e quando a palavra foi CALÇA e eu estava *usando* uma calça?

— Ok — ele diz. — Hora do silêncio.

Dou uma risadinha, depois volto para o celular. ADORA me deu O, R e um A em amarelo.

CORAL, digito. Se estiver certa, vou usar uma roupa dessa cor hoje.

Olha, o C ficou amarelo também.

Estudo as letras, concentrada.

Um A, um R, um C e um O...

Bingo! É BARCO!

Isso é totalmente um sinal de que John e eu vamos ter um barco algum dia. Vou contar isso a ele assim que ele terminar, só para irritá-lo.

Deslizo para abrir meu e-mail enquanto espero que ele termine o

Wordle. Um extrato bancário, alguns e-mails de lojas em que fiz compras séculos atrás e cuja newsletter venho querendo cancelar...

Fico completamente paralisada.

Há um e-mail com o assunto "Deliberação sobre sua admissão na NYU". Depois, abaixo, um e-mail do Museu Metropolitano de Arte, com o assunto "Re: Candidatura para estágio".

Ai, meu Deus.

Ai meu Deus ai meu Deus ai meu Deus.

Abaixo meu celular antes que eu possa acidentalmente ver a pequena prévia dos e-mails. Não consigo fazer isso neste momento. Não consigo enfrentar a rejeição. Já seria ruim o suficiente receber um e-mail, mas *dois*? Será que a NYU e o Met conspiraram para isso ou algo assim?

— Já terminou? — pergunta John. — Tem letra repetida?

— Eu... o quê? Ah... sim. Quer dizer, não. Não tem letra repetida.

Ele me observa.

— Você está esquisita.

— Obrigada.

— Não, quero dizer que você está com uma expressão estranha.

— Estou? — digo com a voz fina.

John franze a sobrancelha.

— Aham.

Droga.

Preciso contar a ele.

Nervosa, tomo um gole de café.

— É só que... recebi um e-mail. Dois e-mails.

Ele abaixa o celular.

— Sobre o quê?

Umedeço os lábios.

— Bem... sabe como tenho tentado descobrir o que quero fazer da vida? Toda aquela coisa de... trabalho dos sonhos?

John concorda em silêncio e lentamente.

Engulo em seco.

— Bom. Acabei me inscrevendo na NYU há um tempo, antes de nós... você sabe, antes de começarmos a namorar. E tem um programa de estágio no Museu Metropolitano de Arte para o qual também me inscrevi.

Ai, meu Deus. John parece tão sério.

— E?

— E... não sei. Os dois acabaram de me enviar um e-mail com a resposta.

— Você foi aceita?

— Não sei. Não li ainda.

Ele me encara.

— Se for aceita, você vai?

— Não sei — repito. Minha voz soa alta e estranha. — Provavelmente são apenas negativas. Não tem como minhas notas da faculdade serem boas o suficiente para a NYU, e a vaga do Met provavelmente recebe milhares de inscrições...

— Mas se for aceita — ele repete —, você vai?

Forço um sorrisinho.

— Será que não é melhor eu olhar os e-mails primeiro? Se eu não conseguir, não vai importar.

Ele me observa por um longo momento.

— Importa para mim.

Bem, que merda.

Desvio o olhar e brinco com a asa da xícara de café. Quero dizer: "Não, claro que não!". Sei que é isso que ele quer que eu diga.

Mas... e se eu tiver sido aceita? O estágio no Met é muito improvável, mas não é totalmente impossível pensar que eu possa ter sido aceita na NYU. E se eu tiver sido... será que eu vou para lá?

— Eu... eu acho que sim — replico, hesitante. — Sim.

Um silêncio pesado se instala, então John solta uma respiração curta, incrédula.

— Sério?

— Bom... sim — repito, na defensiva. — Seria uma enorme oportunidade...

— Uma enorme oportunidade.

— Claro! Você sabe que eu sempre quis viver em uma cidade grande… fazer algo importante…

Ele abaixa a xícara de café.

— Achei que você tivesse decidido ficar aqui, na verdade.

— Eu… Isso é estúpido — gaguejo. — Não faz sentido discutir sobre isso antes de eu ter lido os e-mails…

— Você está falando sério? Claro que faz sentido.

— Se eu não tiver conseguido…

— O quê? Aí você vai se contentar em ficar aqui comigo? — Ele solta uma risada amarga. — É uma opção que até que dá pro gasto, né?

— Não é… não foi isso que eu disse! — Eu me levanto com tudo da cama.

— Sim, foi — John dispara. — Se você for aceita, você vai.

— Tudo bem… por que eu não deveria? — exijo saber, a raiva se levantando para me defender. — Você não quer que eu seja feliz? Não quer que eu encontre um trabalho que eu realmente *ame*? Com o qual eu me importe?

Ele suspira, impaciente.

— Claro que quero. Mas você pode encontrar isso aqui. Eu conheço você, Emily. Você gosta daqui. Você é feliz aqui. Ainda está convencida de que é boa demais para isso ou que existe uma vida maior e melhor em algum lugar por aí…

— Bem, pode ser que exista! — exclamo, gesticulando para o celular.

— Então vai jogar fora toda a vida que você tem aqui só por uma chance remota de encontrar algo melhor? — John se levanta e dá dois passos furiosos para longe de mim, passando a mão no rosto. — *Puta merda*. Sei que as coisas têm sido um pouco difíceis nos últimos tempos, com aquela mulher quebrando a bacia e as coisas do museu…

— Sim, têm sido difíceis — retruco.

— … mas pensei que você tivesse decidido que iria levar adiante seu negócio de cuidadora. Ou isso também era só um plano B de segunda categoria?

— Eu... não. Não exatamente. — Levanto as mãos, frustrada. — Por que está dificultando tanto? Não é como se a minha ida significasse que a gente precisa terminar... podemos manter o relacionamento à distância, seria só por dois ou três anos...

John ri com desdém.

— Só dois ou três anos? Você tá me dizendo que vai conseguir um diploma de museu chique e fazer um estágio de prestígio, e então, depois de tudo isso, você vai voltar aqui para Waldon para viver feliz para sempre? *Fala sério.*

Eu me abraço, com lágrimas de frustração se acumulando nos olhos. John está certo. Claro que está. Se eu fizer isso, meu objetivo é acabar trabalhando em tempo integral em um museu em uma cidade como Nova York ou Londres.

— Esse é o meu *sonho* — declaro com firmeza. — Você não consegue entender isso? É o que eu sempre quis, desde que me lembro.

— Desde que você se lembra? — ele repete, ácido.

— Ah, não me venha com essa — retruco. — A parte do museu é nova, tudo bem, mas eu sei que é isso que quero fazer. Não sou como você, John. Não consigo ser feliz com o *mínimo*.

— Poxa, que legal — ele diz. — Isso de novo.

— Sim! *Isso* de novo. Você não é feliz, John. Não tão feliz quanto poderia ser.

— O quê? Porque eu deveria ter sido um empresário rico e estressado como meu pai? Ou um médico com burnout como minha mãe? Cresce, Emily. Só porque você acha que meu trabalho é inferior a você...

— Não acho que seja inferior! — retruco. — Mas você não gosta tanto dele quanto finge gostar. Você diz que me conhece, bom, eu também conheço você. Você está entediado com todas as coisas que o Fred obriga você a fazer, mas não tem coragem de enfrentá-lo ou de sair da oficina para começar um negócio próprio, fazendo o que você quer fazer...

John balança a cabeça negativamente, desdenhoso. Não tenho certeza se ele sequer está me ouvindo.

Cerro os punhos ao lado do corpo.

— Sei que você pensa que sou esnobe, que meus sonhos são idealistas e estúpidos, mas sabe de uma coisa? Não me importo. *Finalmente* encontrei um trabalho no qual consigo me imaginar para sempre, e fazê-lo em Nova York… fazer estágio em um lugar como o Met… — Levanto as mãos, incrédula. — Você espera mesmo que eu rejeite tudo isso?

Ele me observa por um longo e doloroso momento.

— Eu rejeitaria — afirma ele. — Sim.

Ouço meus batimentos nos ouvidos. A raiva diminui, substituída por algo feio e doloroso.

— Bom… eu não posso. Se for aceita… eu vou. E se não for… — Balanço a cabeça, e duas lágrimas quentes escorrem pelo meu rosto. Encolho os ombros. — Acho que você está dizendo que vamos terminar de qualquer forma.

John me observa, incrédulo, e por um momento sinto como se tivéssemos voltado no tempo para aquele momento em que não nos entendíamos nem um pouco.

— Sim — ele diz finalmente. — Acho que estou.

Um silêncio pesado se instaura, tão doloroso que mal consigo suportar. Os únicos sons são minha respiração irregular e o gorgolejo do aquário atrás de mim. Dez minutos atrás, estávamos rindo e fazendo piadas. E agora…

Limpo as lágrimas do rosto e pego o celular. Abro a caixa de entrada, e não preciso olhar além das prévias dos e-mails para saber. A resposta está nas três primeiras palavras de cada e-mail.

Prezada Emily, parabéns.

Tum… tum… Meu coração parece querer sair do peito.

— Você foi aceita? — pergunta John.

Assinto, tensa.

— Nos dois?

Mais um aceno rígido.

— Bem — ele diz. — Parabéns.

A palavra é uma faca quente e afiada no meu coração.

— Obrigada. — Minha voz está tensa, e um terrível nó quente se forma na minha garganta.

Olho para ele, de repente desesperada para que ele balance a cabeça e relaxe um pouco, para me dizer que não é nada de mais, que podemos conversar direito sobre o assunto. Mas, em vez disso, ele me observa como se eu fosse uma estranha e anuncia, com um tom frio e distante:

— Preciso me arrumar para o trabalho.

O nó na minha garganta aumenta dez vezes.

— Tudo bem — digo com dificuldade. — Acho que vou... embora, então.

— Sim — ele concorda. — Acho que é melhor mesmo.

CAPÍTULO 30

O resto da semana é uma droga.

Gostaria de encontrar uma maneira melhor de dizer isso — talvez, se eu fosse o tipo de pessoa que faz palavras cruzadas, eu fosse mais eloquente... mas, honestamente, agora não tenho nem energia para tentar. Então, aqui está: o resto da semana é uma *droga*.

John e eu não trocamos uma palavra desde o término, e não há tempo para resolver as coisas, mesmo que quiséssemos. Quando enfim parei de chorar e li os e-mails da NYU e do Met, descobri que inicialmente não fui escolhida para o estágio. Mas uma das pessoas selecionadas desistiu inesperadamente, e fui a próxima escolha. E isso significa que eu preciso estar em Nova York em uma semana.

Uma semana.

Estou ciente o tempo todo de como os dias teriam se desenrolado se eu nunca tivesse começado a namorar John. Eu teria ficado delirantemente feliz. Cada telefonema, cada e-mail, cada decisão teria sido uma emoção. Em vez disso, cada passo que me leva mais para perto da minha nova vida está envolto em uma camada espessa de sofrimento.

Quando ligo para Fred para avisar que estou me demitindo, ele faz questão de vir de casa só para me criticar por ir embora, caminhando furiosamente pela oficina e me chamando de "típica mulher volúvel". Permaneço sentada com as mãos no colo, tentando não chorar, até que ele sai com um último e furioso:

— Puta merda. Esse tipo de coisa me faz querer vender esta maldita oficina.

Sei que John ouviu o que ele disse, porque está na sala dos fundos quando isso acontece, mas não fala nada depois, nem mesmo quando Dave faz questão de vir até minha mesa, me dar um tapinha no ombro e dizer:

— Ignora aquele velho babaca.

Quando ligo para os donos da casa para avisar que estou saindo, eles soltam outra bomba de dor. Descubro que estavam pensando em vender o lugar, e agora que estou me mudando vão colocá-lo à venda. Fico olhando para o telefone por um longo tempo depois de desligar, me sentindo pesada e fria por dentro. Nas últimas semanas, quando começava a traçar meus planos de "ficar em Waldon", tinha o sonho secreto de que John e eu compraríamos aquela casa um dia. Agora, não só nunca vamos morar juntos como, mesmo que dê tudo errado em Nova York, jamais poderei voltar para a minha casinha perfeita.

Contar a notícia a sra. Finnamore, Doris e Jim é como ver uma série especial de tudo que há de pior. Bem, não tanto para Doris... ("O que você está esperando, garota? Um abraço de despedida...?") Mas a sra. Finnamore e Jim parecem genuinamente chateados ao saber que estou indo embora. A sra. Finnamore ainda está no hospital, e quando eu conto ela fica com uma expressão horrível de incômodo no rosto, como se realmente estivesse contando com minha ajuda quando voltasse para casa. Jim me dá um tapinha no joelho e diz que está orgulhoso de mim, mas fica mais quieto que o normal durante o restante da visita e permanece parado na varanda com uma expressão distante nos olhos enquanto me vê entrar no carro e ir embora.

Rose e Trey, pelo menos, estão empolgados por mim, e Kiara faz um bom trabalho em fingir estar feliz, mas posso perceber que ela está totalmente do lado de John. E por que não estaria? Os dois são irmãos. Eu sou a chata que acha que não vale a pena ficar em Waldon por causa dele.

— Não, eu entendo. — Kiara soa casual na nossa última manhã tomando café juntas. — É tipo aquilo que eu disse, né? A vida mais feliz de vocês simplesmente não é compatível.

Brinco com a xícara de café.

— Não se trata apenas de eu ir para Nova York. É que ele não entende *por que* tenho que ir. Ou por que acho que ele…

— O quê?

Pigarreio.

— Que ele se acomodou.

Uma expressão estranha passa pelo rosto de Kiara, e por um breve momento tenho certeza de que ela concorda comigo. Ela ouviu John reclamar de Fred. Viu como ele fica mais feliz na pista de corrida.

John não estava mentindo quando afirmou que é feliz. Ele é feliz. Mas poderia ser mais feliz. E aquela sensação incômoda que tenho no estômago… é o ressentimento que sinto por ele não se esforçar mais.

Kiara fica em silêncio por um momento, mexendo o café sem bebê-lo.

— Acho que ele te amava de verdade — ela admite por fim.

— Eu sei — digo baixinho. — Acho que eu o amava de verdade também. Mas o amor não substitui a felicidade.

Ela sorri sem humor.

— O amor não substitui a felicidade — ela repete.

Daí vou ao banco, onde assino os papéis do meu novo empréstimo estudantil. Peguei um empréstimo federal, que usarei para pagar a NYU, além das parcelas do meu empréstimo estudantil regional existente. Porque nunca é uma má ideia usar um empréstimo para pagar outro, certo?

Consegui um descontinho no quarto onde vou morar, já que estou me mudando em um período esquisito e aceitei ser supervisora de dormitório para os alunos mais jovens, mas tudo ainda vai custar uma quantia exorbitante de dinheiro. Terei sorte se terminar essa empreitada com menos de cem mil em dívidas.

Meu Deus, é melhor que isso valha a pena.

Os dias de sofrimento vão se seguindo, um após o outro. Até fazer o Wordle está deprimente. Tudo o que o Wordle me lembra é do John, e se eu completar trezentos e sessenta e cinco dias, vou fazer isso sozinha em Nova York. Uma vez, na oficina, John entrou na sala dos fundos enquanto eu estava fazendo Wordle, e só por um momento pensei que ele quisesse dizer algo. Mas então Dave entrou e o momento passou.

É melhor assim. Não há nada de bom que possa sair de uma conversa entre nós. Discuti com ele mil vezes na minha cabeça, e sempre acaba do mesmo jeito.

Antes que eu perceba, é minha última noite em Waldon. Peço uma pizza (já gastei cerca de mil dólares esta semana com coisas de Nova York, o que são mais vinte dólares que não tenho?) e como enquanto caminho pelos cômodos vazios de casa. Mesmo que todos os móveis ainda estejam lá — eles pertencem aos verdadeiros donos, não a mim —, a casa parece triste e deprimente sem todas as minhas coisas, como meus ímãs de geladeira e as pilhas de livros. Tudo isso foi empacotado em cinco grandes caixas e uma mala que meus pais vão pegar quando voltarem da Nova Zelândia na próxima semana para guardar na casa deles. As duas malas que vou levar comigo no voo para Nova York já estão prontas na porta da frente.

Olho para cima quando a campainha toca. Não estou esperando ninguém, a menos que o entregador da pizza tenha voltado para me avisar que o cartão de crédito foi recusado.

Vou até a porta da frente, abro, e lá está John, tão bonito como sempre, vestindo moletom e jeans.

— Oi — eu o cumprimento, insegura.

— Oi. — Ele estende um suéter, que reconheço como meu. — Você deixou isso na minha casa. Acabei de encontrar na secadora. Achei que seria bom te devolver antes de você ir.

— Ah. — Eu o pego de suas mãos. — Certo. Obrigada.

— Sem problema. — Há uma longa pausa de silêncio constrangedor. — Certo, então. Boa noite.

Meu coração se retorce dolorosamente.

— Boa noite.

Espero que John se afaste, mas ele continua parado ali, sem me olhar direito. Abro a boca para dizer... algo, não sei bem o quê... mas ele me interrompe.

— Eu tenho um trabalho dos sonhos.

Pisco, surpresa.

— O quê?

John limpa a garganta.

— Um trabalho dos sonhos. Sabe, como aquela sua lista estranha.

— Não é *estranha*. — Depois continuo, hesitante: — Então... qual é?

Ele limpa a garganta novamente.

— Quero ser o dono da oficina. Sei que não é grande coisa, mas... não sei. — Ele mexe os pés. — Você estava certa. Quer dizer, não sobre tudo. Ainda acho que você é... bom... — Ele balança a cabeça. — Acho que não importa mais. Mas fiquei entediado com a oficina. O Fred já ganhou o suficiente para se aposentar, então não acho que ele se importe com quanto dinheiro ganhamos ou se vamos diversificar os serviços. E existe um grande mercado para serviços de alta performance, que é muito mais interessante. Além disso, sempre pensei que seria legal restaurar carros de corrida vintage. Tenho um amigo que faz isso em Ontário, e ele está indo muito bem. E a oficina poderia ter uma aparência incrível se alguém de fato investisse nela, como uma verdadeira loja de carros vintage.

Repasso a ideia na minha cabeça. Já vi vídeos suficientes no YouTube com John para entender um pouco do que se passa na cabeça dele. Bancos clássicos na cor marrom-clara, detalhes cromados, talvez alguns pôsteres antigos de carros vintage...

— Isso seria legal — comento. — E você seria ótimo nisso.

— Pois é... — John dá de ombros. — Quem sabe? Talvez o Fred venda a oficina para mim, se eu oferecer um preço justo. Acho que ele está cansado disso. Lidar com recepcionistas volúveis e tudo o mais.

O olhar dele muda e o velho John aparece por um segundo.

Esboço um sorriso.

— Sabe o que dizem sobre as mulheres: contrate-as como recepcionistas para sua oficina, e um ou dois anos depois elas vão embora para estagiar no Met.

— É um estereótipo por um motivo — completa John.

Sorrimos um para o outro, meio cautelosos.

— Você seria ótimo em administrar uma oficina de carros de corrida — afirmo com sinceridade.

— Uma oficina que oferece serviços de alta performance — ele corrige.

— Ah, você devia chamá-la de "Fórmula Vrum".

John sorri.

— Viu? É por isso que você deveria ficar e ajudar. Eu nunca teria pensado em um nome tão excepcionalmente péssimo.

Abro a boca para responder, mas a fecho novamente. Ele realmente disse isso?

Analiso seu rosto. Ele está sorrindo como se fosse apenas uma piada, mas há algo por trás de sua expressão, uma seriedade que se aprofunda à medida que o silêncio se prolonga.

— John...

— Você gosta daqui, Em. Sei que gosta. Você poderia fazer sua empresa de cuidados funcionar, e certamente vai ter um emprego em um museu aqui algum dia. Sei que não é uma cidade grande, mas... você poderia ser feliz aqui.

Sinto um nó na garganta. Esfrego os braços ao sentir o ar frio da noite.

— Eu sei — digo baixinho. — Não é que eu não estivesse feliz aqui, é que...

— Você acha que pode ser mais feliz em outro lugar.

Faço um gesto concordando, um pouco trêmula.

— Não é que eu *queira* ir embora... mas não posso ficar. É algo grande demais. — Olho para ele, desejando que entenda. — É grande demais — digo novamente. — É a minha vida.

John me observa por um longo momento, sua expressão indecifrável. Ou melhor, eu consigo decifrá-la — um rápido lampejo de decepção, o impulso de discutir, a profunda onda de arrependimento —, mas não posso fazer nada para consertar isso.

Eu falei sério. Essa oportunidade é gigante.

— Tudo bem — ele fala, meio resignado. — Quer dizer, *não está* tudo bem. — Ele solta uma risada estranha, sufocada. — Mas... tudo bem.

Pisco rapidamente, lutando contra as lágrimas que surgem do nada. Quase desejo que pudéssemos brigar novamente. Isso — essa aceitação educada e silenciosa — é cem vezes mais doloroso.

— Vou sentir sua falta — afirmo. — Muito mesmo.

Um sorriso tímido surge em seu rosto.

— Eu também.

Nos encaramos por mais um momento, então ele tosse, pigarreando.

— Então tá. É melhor eu ir.

Passo a mão pelas bochechas.

— Claro. Sim.

— Boa sorte. Espero que seja... tudo que você deseja. — Ele se inclina para me dar um beijo (no rosto, acho), mas eu me movo para capturar seus lábios com os meus. Dura apenas um segundo, não é o suficiente.

— Boa noite — John se despede, se afastando.

— Boa noite — repito. Esfrego os braços novamente. O ar da noite parece duas vezes mais frio agora que ele se afastou.

Ele está a meio caminho da entrada quando ouço minha própria voz novamente:

— Quer ficar?

Ele se vira.

— O quê?

— Quer ficar? — repito. — Sei que não estamos... sabe. Namorando. Mas eu só pensei... não seria melhor terminar as coisas de um jeito bom?

Ele me observa outra vez e, por um minuto, acho que vai recusar. Mas então solta uma respiração longa e pesada, e as linhas de seu rosto relaxam um pouco.

— É, tudo bem.

Molho os lábios e aceno um pouco trêmula.

— Então... bom. — Tento invocar um tom mais animado. — Podemos assistir a um filme ou algo assim. Além disso, os donos deste lugar me pediram pra limpar todos os armários, e eu encontrei uma garrafa de vinho de noventa dólares que eles claramente esqueceram. Eu diria que é nosso dever bebê-la, não acha?

Com um esforço evidente, John abre um sorriso.

— Sim — ele diz baixinho. — Acho que sim.

Coloco um filme — *Anne de Green Gables* mais uma vez — e nós bebemos vinho e comemos o restante da pizza que pedi. É um pouco constrangedor no começo. (Realmente constrangedor, para ser sincera.) Não estamos mais juntos — mas também não sentimos tanto que terminamos. Na primeira metade do filme, há uma rigidez nos nossos ombros, e quando nossas mãos se tocam ao buscar uma fatia de pizza, ambos recuamos como estranhos.

Mas enquanto Anne e Diana choram na tela pelo fim da amizade delas, algo muda no ar entre nós.

— Adeus, minha querida amiga — diz Anne. — Daqui em diante, devemos ser estranhas vivendo lado a lado.

John suspira pesadamente e estende o braço para mim, e me enrosco nele sem dizer uma palavra. Não penso em Nova York nem em Waldon nem na dor que se espalha pelo meu coração. O amanhã vai chegar, esteja eu sofrendo com isso ou não. Por ora, só quero inalar o cheiro de fumaça da pele de John e me afundar no calor de seus braços.

Quando Matthew morre no final, eu choro, mas então John diz:

— Espera, quem era esse cara mesmo? — E isso me faz rir um pouco em meio às lágrimas. Ele as enxuga com o polegar e, antes que eu perceba, estamos nos beijando, como se nada de ruim tivesse acontecido entre nós. O mundo real está lá fora, ameaçando nos engolir, mas, na verdade, isso apenas faz com que cada momento com ele seja mais doce, uma corrente de dor que torna nosso tempo juntos ainda mais intenso.

A boca de John passeia sobre meus dedos, meus pulsos; seus dedos se afundam em minhas coxas enquanto me movo para o colo dele, deixando a cabeça cair para trás conforme seus lábios encontram meu pescoço. O som de sua respiração é alto em meus ouvidos; o calor urgente em minhas veias se intensifica. Sua mão se move entre nós, dois dedos fortes deslizando por camadas de tecido para enviar ondas de prazer pelo meu corpo. Ao tropeçarmos em direção ao quarto, deixando um rastro de roupas pelo corredor, eu me entrego à sensação de sua boca e suas mãos, tentando não pensar nisso como uma despedida.

De manhã, acordo cinco minutos antes de o meu alarme tocar. Não sei por quê. Talvez seja pela metade da garrafa de vinho que bebi, ou talvez seja um alarme interno me avisando que só tenho cinco minutos restantes com John.

Está escuro demais para enxergar seu rosto, mas consigo ouvir os sons suaves e profundos de sua respiração. Eu me aproximo mais dele e o sinto se mexer enquanto coloco a cabeça em seu peito.

— O alarme tocou? — ele murmura.

— Ainda não — sussurro. — Faltam cinco minutos.

Seus braços quentes me envolvem, e sinto sua respiração se acalmar de novo. Devo ter adormecido outra vez, porque sou acordada pelo alarme tocando de forma irritante. Desligo-o o mais rápido que consigo, mas é tarde demais. O momento se foi.

É hora de ir.

Levanto da cama e me preparo, vestindo roupas confortáveis para a viagem de avião e fazendo duas tranças francesas. Às 5h15 da manhã, sento na beirada da cama e coloco a mão no ombro de John.

— John — sussurro. — Preciso ir.

Ele pisca na luz tênue, confuso, e depois se levanta da cama para me levar até a porta. Ainda está meio adormecido, mas acorda enquanto me ajuda a carregar as malas até o carro.

— É só isso? — ele pergunta.

Sei que ele se refere à bagagem, mas as palavras ainda cortam fundo.

— Sim — confirmo baixinho. — É só isso.

Nós nos olhamos. Grilos cantam na escuridão. Ele se move primeiro, me abraçando apertado. Pressiono o rosto em seu ombro. Não vou chorar.

— Dirija com cuidado — ele diz.

Assinto com a cabeça em seu peito.

— Pode deixar.

Ficamos assim por mais alguns segundos, então me inclino para beijá-lo.

Nosso último beijo, sussurra uma voz na minha mente. E, sim, isso não é bom. Estou definitivamente chorando agora.

Eu me afasto primeiro e digo, com a voz embargada:

— Espero que tudo dê certo com a oficina. Você seria demais nisso.

— Obrigado. Você também. Com as coisas do museu, quero dizer.

— Você não acha que eu poderia administrar uma oficina para carros de alta performance?

Ele sorri timidamente.

— Não — ele responde. — Acho que não.

Por um breve e doloroso segundo, me deixo imaginar como seria ficar aqui. Sei que John não está realmente esperando que eu fique e o ajude a administrar uma oficina mecânica, mas acho que consigo imaginar o futuro que poderíamos ter juntos. Eu, voltando para casa após um dia de trabalho como cuidadora, rindo com ele sobre as coisas cruéis que Doris disse, enquanto ele me conta sobre o novo equipamento que está comprando, ou pergunta minha opinião sobre qual sistema de faturamento adquirir. Jantamos com Kiara, Jake e os pais de John, procuramos casas juntos, nos envolvemos plenamente em nossa feliz vida em Waldon.

Engulo em seco.

— Bom... tchau, então.

Ele solta uma respiração pesada.

— Tchau.

Nós nos olhamos por um momento, então não há nada que eu possa fazer, a não ser me afastar e entrar no carro. Ele fica descalço na entrada e me observa enquanto sigo para a estrada. Levanto a mão em um último aceno, então coloco o carro em movimento e sigo em frente. Olho pelos retrovisores, me perguntando se ele vai até o final da entrada para me ver ir, mas se ele o faz, está escuro demais para enxergar. No final da rua, viro à esquerda na placa de pare, e é isso.

Rumo à minha próxima vida.

CAPÍTULO 31

O ar na cidade é quente e úmido, e cheira a escapamento de carro e lixo. As ruas estão repletas de pessoas, incluindo uma família de turistas que praticamente me empurra, junto com minhas malas, para fora da calçada na pressa de chegar ao Starbucks. É tão barulhento que mal consigo ouvir o cara assustador segurando uma placa com dizeres políticos e gritando obscenidades para mim. É um caos — um caos total — e é assustador, intimidador e *incrível*.

Não me entenda mal, ainda estou totalmente arrasada por ter deixado John. Parte de mim desejava que ele nunca tivesse vindo na noite passada, que eu pudesse ter partido quando as coisas estavam tensas e cheias de irritação. Seria mais fácil lidar com isso que com essa estranha sensação que tenho agora, uma que se aproxima perigosamente da incerteza. Mas não posso me render a isso. Preciso focar nos imensos e reluzentes edifícios que se erguem diante de mim, nas risadas de um grupo de garotas da minha idade passando pela calçada e na sensação do sol forte de Nova York tocando minha pele.

Enquanto espero a atendente do escritório de admissões da NYU pegar as chaves do meu dormitório, observo as pessoas caminhando pela rua. Mesmo sob o calor escaldante do verão, todos parecem se mover com propósito, avançando pelas calçadas quentes como se não tivessem um segundo a perder. É totalmente diferente de Waldon, onde algumas das atividades favoritas dos habitantes locais incluem sentar em um banco de parque e observar o oceano, ver o tráfego passar ou simplesmente olhar para absolutamente nada.

Meu dormitório é pequeno, mas limpo, e estranhamente semelhante ao meu antigo dormitório na faculdade. É como se eu tivesse voltado no tempo, como se tivesse pressionado um botão de reset na minha própria vida.

Não quero desfazer as malas agora porque sinto que, se parar, a tristeza vai me alcançar. Então, em vez disso, só as jogo no chão, me troco, tirando as roupas de viagem sujas, e saio novamente para a rua. Não vou nem olhar um mapa; vou apenas vagar e observar.

Cada esquina parece esconder algo interessante, seja um prédio lindo, um parque bonitinho ou um grupo de modelos vestidos da cabeça aos pés de Chanel. Algumas coisas são meio assustadoras, como um grupo de caras que me encaram e uma mulher que sussurra coisas desagradáveis para estranhos, mas enquanto eu continuar andando, posso manter os nervos sob controle. Sou como um tubarão. Enquanto me mover, não vou me afogar.

O brilho e a novidade da cidade me mantêm em movimento até o fim da tarde, mas quando enfim volto para o dormitório, estou suada, vermelha de tanto tomar sol e com os pés destruídos. Eu me jogo sentada na cama desarrumada. Considero brevemente pedir uma pizza para o jantar, mas isso seria ficar parada, e ficar parada é a morte. Em vez disso, pego um vestido de verão e um cardigã na mala e procuro o restaurante mais chique a uma distância que dê para percorrer a pé. Meus pais transferiram duzentos dólares para minha conta bancária como presente de aniversário antecipado e me mandaram gastar tudo em uma boa refeição.

Vou parar em um restaurante chamado Frost, um lugar pequeno e ultramoderno com iluminação azul-escura e sofás de veludo branco entre esculturas de gelo falsas. Mal reconheço o que está no menu, então escolho algo aleatório e peço um coquetel chamado Quebra-Gelo para beber enquanto espero. É absolutamente lindo, um líquido azul-claro com um único cubo de gelo em forma de iceberg em um copo elegante com uma borda açucarada. Tomo um gole — uau, que forte — e descanso o queixo nas mãos, deixando os olhos passearem pelo restaurante. É bem cedo, mal são seis horas, então não está muito cheio, mas há um grupo de garotas perto de mim usando vestidos de festa, e uma mulher idosa com um robusto colar prateado está sentada sozinha. Suas mãos tremem um pouco enquanto ela toma um gole d'água, e me pergunto se ela tem alguém para ajudá-la em casa. Por um momento, penso em trabalhar como cuidadora aqui em Nova York.

Mas sacudo a cabeça e tomo outro gole da bebida. Não quero me envolver com o sistema de saúde dos Estados Unidos. Se um dos meus clientes caísse e quebrasse a bacia aqui, a família provavelmente me processaria por negligência. A mãe de John tem um amigo que trabalha como obstetra em algum lugar nos Estados Unidos, e quando ela me contou quanto ele paga em seguro contra erros médicos, fiquei literalmente enjoada.

Além disso, não vou ter tempo para cuidar de ninguém. Estarei ocupada demais com as aulas, o estágio e as responsabilidades como supervisora do dormitório. Na verdade, minha vida será tão emocionante e plena que duvido que tenha tempo para pensar em Waldon ou em John. Os dias vão passar voando, e logo vou estar, tipo: quem é John?

Tomo mais um gole da minha bebida. Enquanto estou aqui sentada, esperando a comida, posso fazer o Wordle de hoje.

GELAR, digito.

O E e o R ficam amarelos.

Meu olhar passeia pelo restaurante novamente. Na mesa mais próxima, o grupo de garotas está rindo enquanto faz o pedido ao garçom bonito.

CARRO, resolvo digitar ao ver um passando na rua.

Ok, agora estamos indo para algum lugar. Temos o primeiro R em verde e o segundo em amarelo, assim como o O. Então temos E, R, R, O... Isso significa que tem que ser... ERROS, digito.

Droga.

Essa é a palavra.

Espero que isso não seja o jeito de o universo me dizer que cometi um erro.

Mas não pode ser um erro. Não é possível. Este é o começo da minha nova vida emocionante. Daqui a dez anos, quando eu for curadora em algum museu incrível em Londres e estiver casada com um cara britânico deslumbrante que não lembra John em absolutamente nada, estaremos sentados na nossa cozinha de mármore branco um dia, e vou contar a ele essa história e dizer: "Acredita que quase desisti de tudo isso?". E ele vai rir e dizer: "Sim, por causa de um mecânico em uma cidade qualquer". E então vou dizer: "Não era uma cidade qualquer, idiota, era Waldon, na Ilha do Príncipe Eduardo, e aquele mecânico era um milhão de vezes melhor do que você jamais será"...

Espera.

Não, essa última parte está errada.

Suspiro pesadamente, justo quando minha comida chega.

— Está tudo bem? — pergunta o garçom. Ele é o mesmo garçom bonito para quem as outras garotas estavam dando risadinhas, e sua expressão é calorosa e interessada. Chame de intuição, mas simplesmente sei que, se eu disser algo espirituoso agora, ele vai retrucar na brincadeira e talvez até acabe pedindo meu telefone.

— Aham — digo em vez de brincar, baixando os olhos. O interesse em seu olhar desaparece, e ele se retira com um sorriso educado e neutro.

Olho para minha refeição. Parece deliciosa — um pedaço de peixe glaceado e pequenos vegetais regados artisticamente com um molho verde-claro —, mas perdi um pouco a fome. Faço um esforço para terminar o prato, mas quando o garçom volta para perguntar se quero sobremesa, nego com um gesto da cabeça e peço a conta.

Ainda está claro e quente lá fora, mas volto para o dormitório e começo a desfazer as malas. Talvez, se eu organizar meu novo quarto, ele comece a parecer meu novo lar. Deixo a porta aberta, só para o caso de algum outro estudante aparecer, mas três horas se passam e ninguém circula por ali. A mulher que me deu as chaves disse que os dormitórios estão basicamente vazios nessa época do ano. A maioria dos alunos só vai chegar em um mês.

Às dez horas, desisto e fecho a porta. Sento à pequena escrivaninha e olho pela janela, que dá para a rua. As pessoas ainda passam com um ar decidido, mas a cena não parece tão atraente quanto antes. Na verdade, por um segundo, a cidade parece barulhenta e um pouco cansativa.

Pego o celular e abro minhas mensagens. Meu dedo paira brevemente sobre o nome de John, mas me forço a não clicar nele. Em vez disso, envio um e-mail para meus pais contando sobre a refeição que tive e desejando-lhes um bom voo de volta da Nova Zelândia, depois respondo à mensagem alegre de Rose perguntando se cheguei bem.

Minutos depois, ouço a notificação do celular, mas não é minha mãe nem Rose.

[22:07] Kiara
Espero que NYC esteja boa até agora

[22:07] Kiara
Todos nós sentimos sua falta

Minhas lágrimas caem inesperadamente. Olho para o teto e, piscando rapidamente, tento fazê-las sumirem.

[22:08] Eu
Também sinto falta de todos vocês

Hesito, e então digito novamente.

[22:09] Eu
Isso é mesmo uma droga

[22:10] Kiara
Eu sei

[22:10] Kiara
Mas você precisa fazer o que é melhor pra você

[22:10] Kiara
Desculpa, eu meio que estava estranha da última vez que nos encontramos

[22:11] Kiara
É que realmente vou sentir sua falta ☹

[22:11] Eu
Tudo bem

[22:12] Eu
Também vou sentir sua falta

Envio um emoji de coração, depois coloco o celular de lado e pressiono as palmas das mãos contra os olhos. O nó na garganta é tão intenso que me faz sentir enjoada. Mas não vou desabar. Não vou passar a primeira noite aqui chorando. Não vou, *não vou.*

Eu me forço a olhar pela janela de novo. Olhe para aquelas luzes. Ouça o som desta cidade.

Vou ser feliz aqui.

Vou, sim.

CAPÍTULO 32

Pela manhã, acordo com o som da sirene de uma ambulância. São 7h30 e a luz do sol entra pela pequena janela, aquecendo a pele nua dos meus braços. Sinto um vazio frio no peito, onde antes batia meu coração, mas estou decidida a não dar atenção a isso.

— Hoje, não — digo-lhe com firmeza. — Hoje é o primeiro dia do meu novo estágio. Hoje não vou ficar triste.

Visto uma roupa que espero que passe a impressão de chique e profissional — uma saia até o joelho, sapatilhas e uma camisa com colarinho. Quase coloco o colar que John me deu, aquele com a pequena espada que Kiara fez, porém, depois de um momento, decido deixá-lo de lado. Não vou continuar presa ao passado. Vou seguir em frente de verdade, começando hoje.

Saio ao sol e caminho até a estação de metrô mais próxima. Desço na Seventy-Seventh Street e me misturo à multidão crescente, muitas das pessoas indo para o mesmo lugar que eu.

Meus pés desaceleram ao chegar ao sopé das escadas, e prendo a respiração ao me deparar com os pilares imponentes, os arcos curvados, as faixas de um vermelho profundo penduradas de cada lado das portas e adornadas com duas palavras simples:

O Met.

Passo pela fila meio atordoada, pagando a entrada quando chega a minha vez. Eu poderia dizer que estou ali para meu primeiro dia de estágio, para não precisar pagar, mas o estágio só começa à uma, e, de qualquer forma, agora só quero vivenciar a experiência, como todo mundo. Quero caminhar sem rumo e absorver tudo ao meu redor.

Passo a manhã caminhando por ali, girando o pescoço para contemplar o teto do Grande Salão e admirando o Templo de Dendur e o Pátio Charles Engelhard. Observo armas e trajes antigos, estudo armaduras intricadas. Escuto um casal tendo uma discussão (um tanto pretensiosa) sobre se é possível criar uma grande obra de arte sem passar por traumas e dou risada ao ver uma mulher rica que escondeu seu cãozinho em uma bolsa Prada para trazê-lo ao museu. Vejo uma garota na faixa dos dezoito anos encarando uma pintura por dez minutos inteiros, seus olhos castanhos e delicados compenetrados.

É isso.

Foi por isso que vim para cá.

Amo absolutamente tudo neste lugar. O cheiro no ar; o som dos meus passos no piso de mármore; o murmúrio suave da multidão. Trabalhar em um lugar assim, criando espaços onde as pessoas podem escapar do estresse da vida e se perder no passado por uma hora ou duas...

Esse realmente é o meu emprego dos sonhos.

Encontro um banco em um corredor tranquilo e me sento em frente a um retrato de uma mulher idosa em um vestido pesado. Respiro fundo, tentando absorver a sensação deste lugar. Sinto os músculos dos ombros relaxarem. Eu me pergunto se é assim que as pessoas se sentem ao meditar. Sem um único pensamento na cabeça, apenas uma vaga sensação de contentamento.

Pondero sobre como estará a sra. Finnamore.

O pensamento surge do nada. Ela deve estar saindo do hospital hoje. Fico pensando se mudaram algum dos remédios dela. Será que ela vai ouvir os médicos caso isso tenha acontecido?

Agito a cabeça com impaciência. A sra. Finnamore não faz parte da minha vida agora. Não faz mais sentido me preocupar com ela.

Desvio o olhar do retrato da mulher idosa e encaro uma escultura em mármore de uma mulher nua carregando um vaso.

Muito melhor. Ela não me lembra a sra. Finnamore nem um pouco.

Fico ali desconectada por um tempo, até que um grupo de turistas passa em uma visita guiada. Eu me pergunto, distraidamente, se o Met oferece visitas para residentes de lares de idosos em Nova York. Se não oferecerem, talvez eu possa organizar algumas durante o período no estágio. Mesmo alguém tão rabugento como Doris teria dificuldades para reclamar em um lugar como este.

Na verdade, não é bem assim. Ela definitivamente encontraria coisas das quais reclamar. As longas filas, a abundância de "jovens", os sinais anunciando wi-fi grátis para os visitantes ("Para que as crianças olhem para seus *celulares* em vez de para a arte", ela diria com desdém. "Que gênio teve essa ideia?").

Tento imaginar como Jim ou a sra. Finnamore reagiriam, mas, para ser honesta, também não tenho certeza se eles gostariam. A sra. Finnamore acharia o museu muito frio e lotado, e acho que tudo isso seria muito avassalador para Jim. Acredito que ele gostava de trabalhar no museu dos barris porque isso lhe dava um motivo para sair de casa e conversar com as pessoas, e não por algum profundo interesse em barris ou museus.

Espero que ele não esteja sentindo muito a minha falta. Talvez eu devesse ligar para ele hoje à noite, só por via das dúvidas.

Agito a cabeça novamente, com força. Sério, o que está acontecendo comigo? Preciso parar de pensar em Waldon. Preciso cortar totalmente os laços, como fiz com John. A sra. Finnamore e Jim não fazem mais parte da minha vida. Não fazem parte deste sonho.

Levanto novamente — ficar parada é o inimigo — e caminho determinada até dar a hora, quando retorno à entrada do museu e pergunto, com nervosismo, a um funcionário para onde os novos estagiários devem ir. Ele me direciona para uma sala na ala de Arte Egípcia e me diz para procurar uma mulher chamada Benedita Ferreira.

Um murmúrio de vozes me recebe na sala. Há turistas circulando, observando as exposições, mas também há um grupo um pouco desajeitado em um canto, que deve ser dos meus colegas estagiários. A maioria parece mais jovem que eu, mas, para meu alívio, há um homem e uma mulher que parecem ter a minha idade.

Arrumo o cabelo e me aproximo deles, um pouco nervosa. O homem que parece ter a minha idade é um rapaz asiático alto com cabelo escuro e curto, e ele olha ao redor enquanto me aproximo.

— Está aqui para o estágio? — ele pergunta.

Assinto.

— Sim.

Ele me oferece um sorriso largo.

— Nós também.

Ele se apresenta como David, e o restante do grupo se apresenta também. Há tantos nomes que apenas alguns ficam na minha memória, como Leah, a mulher mais próxima da minha idade, e Katarina, uma garota baixa, de cabelo escuro e óculos, que tem um sorriso realmente amigável.

— De onde você é? — David pergunta.

Antes que eu possa responder, uma mulher mais velha, com um crachá que parece oficial, se dirige ao grupo.

— Bem-vindos — cumprimenta, sorrindo para todos nós. Ela tem cabelo longo e escuro, e usa um terno estiloso e saltos altos que ecoam no mármore. — Vocês são meus novos estagiários?

— Sim, senhora — Leah responde, enquanto o resto de nós murmura em concordância.

— Ótimo. Estão todos aqui? — Ela conta em voz alta. — Dezoito, dezenove... sim, parece que estão todos aqui. Por favor, se aproximem.

Nós nos agrupamos em meia-lua ao redor dela. Uma garota se esforça para ocupar um lugar no centro, fazendo questão de tirar um caderno da bolsa para anotar. David, que está ao meu lado, me lança um olhar e sorri. Escondo um sorriso. Sempre tem uma assim em todo grupo.

— Meu nome é Benedita Ferreira — a mulher se apresenta. — Coordenadora do programa de estágio e curadora especializada em arte do início do século vinte. Como vocês estão hoje?

— Nervosa — murmuro em voz baixa, ao passo que o resto dos estagiários diz que está tudo bem.

Benedita nos conta um pouco sobre o programa de estágio e então fazemos uma rodada de apresentações. Fico um pouco ansiosa ao ouvir todas as coisas que os outros já fizeram. Metade deles já fez estágio ou trabalhou em museus antes, e a maioria é dos Estados Unidos, exceto David, que se mudou da China para os Estados Unidos quando era criança, e uma garota chamada Gabriela, que é do México. Todos inclinam um pouco a cabeça quando digo que nasci na Nova Escócia.

— É uma cidade? — pergunta a garota com o caderno.

— É uma província no Canadá. Mas eu estava morando na Ilha do Príncipe Eduardo, que é outra província, antes de vir para cá.

— Ah, como em *Anne de Green Gables* — comenta Katarina.

Sorrio para ela.

— Isso mesmo.

Benedita nos conduz para fora da ala de Arte Egípcia por uma porta trancada, que se abre para um longo corredor simples, repleto de portas. Algumas das portas parecem ser escritórios — vejo um homem falando ao telefone em sua mesa e uma mulher digitando no computador — ao passo que outras se assemelham a laboratórios, com longas bancadas brancas e fileiras de armários de vidro. Sinto um frio na barriga de empolgação. Aqui é tão incrível. É como se eu estivesse nos bastidores da Disney World ou algo assim.

Acabamos em uma pequena sala de aula, onde Benedita distribui pastas brilhantes com nossos nomes. Dentro, há crachás, folhetos e um cronograma de atividades.

— Como podem ver em seus cronogramas, vocês passarão um tempo em cada ala do museu, mas incentivo todos a encontrarem uma área que de fato lhes interesse e se aprofundarem nela o máximo possível. Nos primeiros meses, acompanharão curadores, contudo, mais adiante, haverá oportunidades de se envolverem em projetos de pesquisa e aquisições. Talvez até ajudem a projetar instalações.

Uma onda de empolgação percorre meu corpo ao ler todas as diferentes alas que poderei explorar. Armas e Armaduras, Arte do Antigo

Oriente Próximo, Desenhos e Gravuras... todas parecem incríveis. Não sei como vou escolher apenas uma para me concentrar.

Você gostaria de fazer muitas coisas.

A voz de John surge em minha mente do nada. Balanço a cabeça com irritação. Não vou pensar em John agora. Nem mais tarde, por falar nisso.

— Para o seu primeiro mês, vocês têm apenas uma tarefa de casa — diz Benedita. — E essa tarefa é elaborar uma ideia para uma exposição. Este é um exercício de criatividade, então não se limitem a viabilidade ou orçamento. No final do mês, cada um de vocês apresentará sua ideia de exposição para o grupo, para feedback e discussão.

Um murmúrio interessado passa pela sala — vários estagiários se endireitam um pouco, parecendo satisfeitos, como se já tivessem ótimas ideias. Sinto uma pontada de nervosismo... tudo em que consigo pensar agora são exposições sobre barris. Mas tenho certeza de que, com um pouco de tempo, conseguirei elaborar algo incrível.

Benedita puxa uma tela de projetor na frente da sala, e, durante a próxima hora, assistimos a um vídeo sobre a história do Met. A Garota do Caderno (que acho que se chama Lydia) escreve notas freneticamente, assim como alguns dos outros, mas eu apenas apoio o queixo nas mãos e escuto. Cada palavra é como um bálsamo para minha alma. Sempre quis fazer parte de algo grande e importante, e ao assistir ao vídeo, aprendendo sobre todas as obras de arte incríveis, esculturas e peças históricas que o museu abriga... é tão maravilhoso quanto sempre esperei.

Depois fazemos alguns jogos um tanto estranhos para quebrar o gelo e nos conhecermos, e então Benedita nos libera para aproveitar o museu pelo resto do dia.

— Os nomes e números das salas de seus primeiros supervisores estão escritos no cronograma de cada um — informa ela. — Quem vai começar comigo... ah, Emily. — Olho para cima. — Se quiser vir comigo por um segundo, vou te mostrar onde é meu escritório, para você ir até lá amanhã.

Desvio da Garota do Caderno, que me encara com um pouco de ciúme, e sigo Benedita até uma sala a poucas portas de distância. Seu escritório é pequeno e aconchegante, com centenas de livros antigos amontoados em uma estante e uma mesa pesada coberta de papéis. Há várias fotos na parede que devem ser da família dela. Tem uma foto do casamento de Benedita com a esposa e outra delas com duas crianças.

— Espero que não tenha sido muito difícil chegar aqui a tempo — diz Benedita. — Sei que você não foi avisada com muita antecedência.

— Ah, não — respondo. — Foi totalmente tranquilo. — É uma pequena mentira, mas acrescento com sinceridade: — Estou feliz de estar aqui.

A mulher sorri.

— Tenho certeza de que vai adorar. Você já trabalhou em um museu antes, não?

— Na verdade, eu era apenas voluntária. Foi em um museu bem pequeno na Ilha do Príncipe Eduardo.

— Não há nada de errado nisso. Museus pequenos têm seus desafios, claro, mas também têm seus encantos.

— Sim, senhora. O nosso era sobre fabricação de barris. Tínhamos um tanoeiro que fazia demonstrações com equipamentos antigos.

Benedita sorri.

— Parece maravilhoso. Agora, se me der licença, preciso sair para resolver umas pendências. Mas nos encontramos aqui amanhã às nove da manhã.

— Até amanhã.

Dou uma última olhada rápida no escritório dela e retorno à sala de aula, onde a maioria dos estagiários continua a organizar suas coisas.

— Alguns de nós vamos explorar um pouco — me diz David, que está com um grupo que inclui Leah e Katarina. — Quer vir também?

Sorrio, sentindo um calor agradável se espalhar pelos ombros.

— Sim — confirmo. — Adoraria.

CAPÍTULO 33

Os dias seguintes passam em um turbilhão de nervosismo, e então parece que, num piscar de olhos, duas semanas já se foram. É meio estranho como logo entro em um novo ritmo: acordo ao som de sirenes, como uma tigela rápida de cereal no quarto e corro para o metrô para chegar ao museu às nove.

Passo os dias nas profundezas do Met, observando Benedita fazer seu trabalho. Estou tão feliz por ter sido escolhida para ficar com ela primeiro. Ela é tão gentil e inteligente, e nunca me faz sentir burra por fazer perguntas. E isso é bom, porque a maior parte do que ela diz é muito avançado para mim. Segui-la é como um estudo da minha própria ignorância. Eu achava que curadores apenas rastreavam coisas interessantes, criavam um modo inteligente de exibi-las e *voilà*! Passavam para a próxima coisa. A realidade é muito mais complicada e, às vezes… para ser completamente honesta… um pouquinho maçante.

Benedita passa muito tempo fazendo pesquisa, por exemplo, e embora tente me incluir o máximo possível, a verdade é que grande parte da pesquisa é apenas sentar em silêncio e ler. Esses são os piores momentos, porque sempre que meu cérebro não está ocupado, começa imediatamente a pensar em John e Waldon. Sentir falta de John não é uma surpresa — não esperava que meus sentimentos desaparecessem da noite para o dia —, mas estou surpresa com o quanto sinto falta de Waldon em si. Às vezes, estou andando e de repente me lembro de algo aleatório, como o cachorro fofo que costumava vir me ver todas as manhãs quando eu corria ou o cheiro da biblioteca local onde eu costumava pegar livros emprestados.

Isso tudo vai desaparecer quanto mais tempo eu ficar aqui, tenho certeza.

Quando estou ocupada, é mais fácil, então preencho a maior parte dos dias do amanhecer ao anoitecer. Estou começando a conhecer um pouco melhor os outros estagiários, em especial Katarina, Leah e David. Katarina mora em Nova York há alguns anos, então nos dá várias dicas sobre atividades gratuitas pela cidade. Em todas as minhas fantasias sobre viver em metrópoles, meio que ignorei o quão alto é o custo de vida. Meu sonho de ir a galerias de arte e restaurantes foi alterado para ler livros no Central Park, vagar pela High Line e comer miojo de noventa e nove centavos na maior parte das minhas refeições. E, embora a energia na cidade seja tão incrível quanto sempre imaginei, também é meio...

Cansativa. E barulhenta.

Mas tento não me apegar a esses detalhes. É diferente, só isso. Só preciso de tempo para me ajustar.

Coloco toda a minha energia no projeto da exposição, aquele que Benedita nos designou no primeiro dia. Katarina, Leah e David têm ótimas ideias para as deles: Leah quer apresentar uma artista local bem excêntrica que produz arte a partir de lixo; Katarina está projetando uma exposição de arte feita por mães solteiras; e David quer fazer uma exibição de brinquedos infantis de 1300 até hoje em dia. Passo noite após noite tentando encontrar algo igualmente inteligente, mas não encontro inspiração até um belo dia, quando estou no Central Park.

Estou correndo sozinha, tentando não pensar em um documentário que vi sobre o caso de uma garota assassinada enquanto corria no Central Park, quando avisto uma mulher idosa de cabelos grisalhos sentada em um banco, lutando para abrir uma garrafa de suco. Ela está acompanhada de um cachorrinho minúsculo e barulhento, cuja coleira está precariamente enrolada em seu pulso. Meus pés desaceleram, percebendo o desastre iminente.

— Precisa de ajuda com isso? — pergunto antes que possa me conter.

A senhora olha para cima, os olhos estreitos e desconfiados. Notei que essa é a primeira reação de todos em Nova York quando um estranho fala com eles.

Devo parecer inofensiva o suficiente, porque logo sua expressão relaxa e a mulher sorri para mim.

— Sim, obrigada.

Ela me entrega a coleira do cachorro, que se lança ansiosamente em minha direção enquanto ela usa as duas mãos para abrir a tampa da garrafa.

— Ele é tão fofo — digo, devolvendo-lhe a coleira.

(É uma pequena mentira: o cachorro é um chihuahua magro e meio careca com um horrendo par de botinhas brilhantes e cor-de-rosa.)

A mulher ri.

— Acha mesmo? Para mim, parece uma ratazana molhada. É o cachorro da minha filha.

Seguro uma risada e então me agacho para acariciar a cabeça da pobre criatura. Não é culpa dele parecer uma ratazana.

— Sua filha mora aqui? — pergunto educadamente. A mulher não parece uma moradora local; afinal, está vestindo uma camiseta com os dizeres "I ♥ NY".

Mas ela me surpreende ao balançar a cabeça, negando.

— Ela mora em Jersey. Está só me visitando este fim de semana. Moro aqui há setenta e sete anos — ela acrescenta. Há uma nota distinta de orgulho em sua voz.

— Uau — comento. — E a senhora... gosta daqui?

Percebo que é uma pergunta idiota assim que a faço. Claro que a mulher gosta daqui, por que outro motivo teria permanecido aqui por tanto tempo (ou por que estaria usando aquela camiseta)?

Mas estou curiosa para saber do que exatamente ela gosta na cidade.

Todas as pessoas mais velhas que eu conheci em Waldon desprezariam viver em Nova York. Achariam-na barulhenta demais, acelerada demais, lotada demais.

— Claro! — exclama a mulher. — Nasci aqui durante a nevasca de 1947, e não saí desde então. — Ela ri, revelando uma dentadura branca e brilhante.

— Foi uma grande nevasca?

— Grande? Foi enorme. Muito diferente dessas nevascas finas que as pessoas chamam de tempestade hoje em dia.

Sorrio. Isso soa como algo que as pessoas mais velhas em Waldon diriam. Nenhuma tempestade de neve é tão grande quanto a que está acontecendo na sua frente.

— Isso é muito interessante — respondo. — Seus pais também nasceram aqui?

Ela revela que sim, e por meia hora a mulher me conta sobre eles — sua mãe, uma costureira, e seu pai, um pintor. Eu me acomodo no banco enquanto ela fala, sendo envolvida pelo ritmo lento de seu discurso. Ela fala do mesmo jeito que Jim: mencionando nomes de amigos e familiares como se fossem pessoas que eu já deveria conhecer.

— E, claro, a tia Mabel odiava isso — continua ela, e eu aceno de maneira conspiratória, como se eu também conhecesse a tia Mabel.

Indago sobre o que ela fez da vida, e isso é uma história à parte: funcionária de supermercado, professora de história, mãe em tempo integral de seis (seis!) filhos. A senhora está me contando sobre sua filha mais nova, a quem ela se refere, de maneira hilária, como a "menos inteligente" quando, de súbito, consulta o relógio.

— Ah, veja só. — Ela se levanta. — Preciso correr. Foi um prazer conversar com você, querida.

A mulher se afasta com o cachorro, e quando olho para meu celular, percebo com um sobressalto que uma hora inteira se passou.

Há uma estranha dor no meu peito enquanto me levanto. Tento me forçar a correr de novo, mas minhas pernas estão lentas e pesadas. Em vez disso, caminho pelo parque, pensando e mordendo o lábio.

Percebo que sinto falta de conversar com pessoas mais velhas. Sinto falta de conversar com pessoas que cresceram em outra época. Sinto falta daquela pequena faísca de interesse quando aprendo algo sobre o passado, como a vez em que Jim me contou sobre contrabandistas durante os anos de proibição na Ilha do Príncipe Eduardo, ou quando a sra. Finnamore descreveu o vestido que a rainha Elizabeth II usou durante sua turnê real pela província. É quase como viajar no tempo. Ser transportada de volta a um momento que aconteceu antes de você existir.

Paro de súbito quando uma ideia me ocorre.

É *isso* que eu quero fazer para minha exposição. Quero dar às pessoas essa sensação.

No dia seguinte, levo a ideia para Benedita. Falo com rapidez, cheia de entusiasmo, inclinando-me para a frente na cadeira no escritório dela. Sei que é apenas um exercício de criatividade, mas não consigo deixar de sentir que encontrei algo realmente legal.

— Imagine uma sala escura e silenciosa cheia de pequenos estandes fechados — continuo. — E cada estande tem uma transmissão de vídeo de uma pessoa mais velha falando sobre sua vida crescendo na cidade.

— Você quer dizer artistas e historiadores? — Benedita pergunta.

— Não, pessoas comuns — respondo com animação. — Pessoas normais contando histórias normais. Como essa mulher que conheci ontem no parque: ela me contou a história mais engraçada sobre o leiteiro da família dela na década de 1950, e como ele sempre errava o pedido deles às quintas-feiras. — Hesito, vendo o olhar levemente divertido de Benedita. — Foi mais engraçado quando ela contou — admito. — Mas esse é o ponto, entende? É um vislumbre do passado, contado por pessoas que o viveram de verdade.

Benedita sorri.

— É uma ideia adorável — comenta ela. — Realmente criativa.

Mordo o lábio. Consigo quase ouvir um "mas".

— Eu poderia fazer outra coisa — digo —, se você não achar uma boa ideia.

— Ah, não — ela diz. — Eu disse a vocês: a tarefa não é sobre realismo, é sobre criatividade!

Faço um meneio, mas não consigo deixar de me perguntar: por que uma exposição como essa não poderia ser real?

— O Met foca mais em arte e escultura, só isso — declara Benedita. — Mas é, sem dúvida, uma ideia inteligente. Eu iria a uma exposição assim.

Não consigo determinar se ela está apenas tentando me agradar. Faço um esforço para sorrir.

— Vou continuar pensando — digo. — Tenho certeza de que posso bolar algo mais... artístico.

— Me avise se eu puder ajudar — ela oferece gentilmente, então se vira de volta para o computador, que exibe um artigo sobre uma pintura antiga.

Mantenho uma expressão animada e interessada, mas, na verdade, estou um pouco decepcionada. Achei que era uma ideia bem legal. Na verdade, secretamente sonhei que, quando Benedita me ouvisse, ela iria querer transformá-la em uma exposição real. Mas é uma expectativa bem infantil da minha parte. O Met não é um pequeno museu de barris em Waldon, onde eu posso pregar um monte de barris na parede e chamar isso de exposição. É uma das maiores coleções de arte do mundo — e vídeos de pessoas mais velhas contando histórias engraçadas sobre leiteiros não são arte.

E por que não são?, uma voz sussurra na minha cabeça.

Balanço a cabeça e afasto o pensamento. Mas fico distraída o restante do dia, e na hora do almoço me pego digitando "serviços de cuidados privados Nova York" no celular. Fecho a aba antes que ela carregue, irritada comigo mesma. Sim, sinto falta de conversar com pessoas mais velhas, mas já decidi que não vou tentar fazer nenhum trabalho de cuidadora aqui. Preciso focar no estágio, nos meus novos amigos, na minha nova vida.

Abro uma nova aba e digito "artistas novinhos que fazem sucesso em NYC" e, depois de filtrar a inevitável pornografia, encontro uma artista de vinte e um anos no Queens que recria pinturas famosas com doces. Uma *Mona Lisa* feita de M&M's, balas de alcaçuz azuis rodopiando em *A noite estrelada*. Em trinta minutos, monto a apresentação para o final do mês. É brilhante, peculiar e jovem, o completo oposto da minha ideia inicial.

Quando conto a Leah, Katarina e David sobre isso no jantar, eles sorriem e dizem que adoraram, e David sugere que eu a chame de "Terra dos Doces", fazendo uma ligação engraçada com sua exposição de brinquedos infantis. Faço um esforço para rir com eles, mas há um vazio no meu peito.

Katarina inclina a cabeça para mim.

— Está tudo bem, Emily?

— Ah, sim — digo rapidamente. — Só estou um pouco cansada. Um monte de sirenes me acordou, tipo, às cinco da manhã hoje.

Ela faz uma careta.

— Que horror. Você vai se acostumar com elas depois de um tempo. Eu nem ouço mais.

— Sim, mas você é uma garota da cidade — pontua Leah. — Em e eu somos do interior. Certo, Em?

— Do interior! — Katarina ri. — Você cresceu em Boston, Leah.

— Nos arredores de Boston — Leah rebate. — O lugar onde cresci era *minúsculo*, não tinha nem, tipo, dois mil alunos na minha escola.

— Dois mil é muito, sua tonta — comenta Katarina.

David encontra meu olhar e esboça uma expressão divertida. Katarina e Leah podem discutir por horas sobre nada. Tento sorrir de volta, mas minha mente ainda está presa nas palavras de Leah.

Em e eu somos do interior.

Ela diz isso como se fosse algo inato e imutável, como a cor dos olhos de alguém ou a altura. Como se houvesse um gene de cidade pequena que faz você desejar manhãs silenciosas e espaços abertos. Esboço um sorriso sutil ao pensar nisso. Se existe um gene de cidade pequena, John definitivamente o tem. E Kiara também, apesar de ela adorar reclamar de Waldon.

Quanto a mim... não sei. Talvez, no meu coração, eu seja uma pessoa do interior. Mas isso não significa que eu tenha que continuar do mesmo jeito. As pessoas podem mudar a própria natureza se quiserem o suficiente.

Balanço a cabeça e volto a atenção para a conversa de Leah e Katarina, mas o pensamento me acompanha no metrô até em casa, ecoando sob o zumbido dos trilhos e o barulho da multidão. No silêncio quase absoluto do quarto, as palavras ecoam mais alto.

As pessoas podem mudar a própria natureza, se quiserem o suficiente.

Olho pela janela, observando todas as pessoas, contemplando todas as luzes. Foi para isso que vim aqui. O barulho, a energia. Quero essa vida.

Não quero?

CAPÍTULO 34

Na sexta-feira, ao fim da terceira semana, o cronograma de estágio nos traz de volta à sala de aula no fim do dia, onde Benedita nos dá algumas notícias empolgantes. Todos estamos convidados a voltar ao museu esta noite para participar de um evento de gala organizado por um dos principais mantenedores do museu. Um murmúrio de empolgação se espalha pela sala. Enquanto Benedita passa nossos convites, ouço Lydia (ou, como às vezes a chamo em minha cabeça, Garota do Caderno) sussurrar para sua amiga:

— Eu *super* vou usar Prada.

Como não tenho nenhum item da Prada (e provavelmente nem conseguiria comprar uma imitação), coloco meu vestido de verão mais bonito e um par de saltos depois do jantar e volto ao museu às oito. O prédio todo está iluminado por dentro, e há várias pessoas em vestidos de gala e smokings nas escadas. Sinto como se tivesse sido jogada em uma cena de *O diabo veste Prada* (só que estou vestida como a garota antes da transformação).

Por dentro, o ambiente é vibrante, magnífico e até um tanto intimidador. Faço um gesto educado para um garçom que me oferece champanhe (será que ele consegue notar que não sou uma convidada apropriada?) e me apresso até um canto onde avisto um grupo de meus colegas estagiários. Todos parecem tão deslocados quanto eu, exceto Lydia, que usa um vestido realmente deslumbrante e fica jogando o cabelo para trás e sorrindo para um dos convidados próximos.

O tema da conversa dos estagiários muda para os planos de cada um para o outono, e tento escutar educadamente, mas é difícil ouvir direito o que estão dizendo. O teto alto e o piso de mármore liso deixam tudo mais barulhento e, ao mesmo tempo, mais abafado. Sorrio e aceno de vez em quando, mudando o peso de perna discretamente enquanto meus pés começam a doer nos saltos.

Depois de um tempo, minha atenção começa a divagar. Olho ao redor do salão, absorvendo a atmosfera geral. O Grande Salão é incrivelmente bonito à noite, com a luz suave acentuando cada entalhe intricado nas paredes e no teto, e todos os convidados parecem muito elegantes e reluzentes. É exatamente o tipo de evento do qual sempre sonhei em participar — e, no entanto, não consigo me imaginar pertencendo ao mundo das pessoas ao meu redor, não importa o quanto eu tente.

Avisto Benedita à distância. Ela atravessa a sala com a esposa, que fiquei sabendo que também é curadora no museu. Ambas trajam vestidos longos que sei que provavelmente não são tão caros quanto os dos outros convidados, mas que me parecem lindos. As duas parecem estar conversando seriamente sobre algo, embora sejam interrompidas a cada poucos passos por convidados que querem falar com elas.

Capto fragmentos de sua conversa conforme elas se aproximam.

— Ana não pode fazer balé na mesma noite em que Molly faz *taekwondo*, a menos que encontremos um lugar mais perto... Boa noite, sra. Bellmont! Sim, a coleção está progredindo maravilhosamente bem... claro, obrigada de novo...

— E se deixarmos Ana pegar o metrô sozinha? Ela tem catorze anos agora, eu diria que ela é... Ah, oi, Frederick, é um prazer vê-lo! Como está sua esposa? O bebê está prestes a nascer, não?

— Meu Deus, que homem insuportável. A última coisa que este mundo precisa é mais do seu DNA... Bem, olá, meus adoráveis estagiários!

O restante do grupo se vira em resposta à saudação de Benedita, e Lydia corre para elogiar seu vestido. Fico um pouco para trás, sorrindo discretamente. Posso não conseguir me imaginar como uma das ricas e elegantes convidadas, mas *consigo* me imaginar no lugar de Benedita. Trabalhando duro em um emprego que amo, com um parceiro ao meu lado que me entende de verdade.

Dois estagiários se aproximam de mim, sussurrando um para o outro.

— Viu aquele cara? — um deles diz. — Ele trabalha no *New York Times*. Eu vou me apresentar, você vem?

Eu me assusto. O *New York Times*. Droga.

O dia foi tão corrido que esqueci de fazer o Wordle. Estou tão perto de completar um ano, não posso desistir agora.

Faço um comentário vago sobre encontrar um banheiro e então corro para um corredor mais tranquilo. Pego o celular e vejo que recebi algumas mensagens.

[19:53] Rose
Ouvi um boato hoje de que Shelley pode estar se mudando para Charlottetown

[19:53] Rose
Todos os que trabalharam com ela na loja estão pensando em juntar dinheiro para pagar o caminhão de mudança ;-)

[19:53] Rose
Espero que você esteja bem!

[20:05] Kiara
Quer tomar um café (virtual) este fim de semana?

[20:05] Kiara
Quero saber como as coisas estão indo aí

[20:05] Kiara
Além disso, tenho novidades

[20:06] Kiara
(E NÃO, eu não estou grávida)

[20:06] Kiara
(Graças a Deus)

[20:06] Kiara
É sobre o John

[20:07] Kiara
Espero que não seja estranho ouvir coisas sobre ele, mas pensei que você gostaria de saber que ele comprou a oficina

[20:07] Kiara
Ou está comprando, enfim

[20:07] Kiara
Aquele idiota do Fred está sem dúvida pedindo um valor alto demais, então John parcelou a compra

[20:07] Kiara
Ainda assim, é bem legal!

[20:08] Kiara
A menos que ouvir coisas sobre ele NÃO seja legal e te deixe triste

[20:08] Kiara
Nesse caso, por favor, apague essas mensagens da sua memória

Meu coração se contorce estranhamente em meu peito. John comprou a *oficina*?

Olho ao redor do corredor vazio. Eu me sinto... não sei como me sinto. Meus dedos estão formigando, e há uma sensação muito estranha se agitando dentro de mim.

Não dá para *acreditar* que John comprou a oficina.

Meu polegar paira sobre o celular. A vontade de mandar mensagem para ele é quase avassaladora. Mas o que eu diria? Que estou feliz por ele? Que estou orgulhosa por ele ir atrás do seu sonho? Que gostaria de estar lá para vê-lo fazer isso?

Passo uma mão impaciente pelo rosto. Estou praticamente chorando de repente, o que não faz sentido. Já deixei John e Waldon para trás. Essa notícia não muda nada.

Ou muda?

Eu me encolho ao ouvir uma porta bater no corredor. Dois garçons vestidos a caráter avançam em minha direção, carregando sacos pesados de gelo. Eles me olham curiosos. Pigarreio e abro o Wordle, só para ter algo em que fixar os olhos.

Tento pensar em uma palavra para começar — alguma palavra que encapsule a sensação deste evento, talvez —, no entanto, por algum motivo, estou totalmente sem ideias.

SONHO, sussurra uma voz nas profundezas da minha mente. Como em: *John está indo atrás do sonho dele.*

Nego com força, balançando a cabeça. Não vou usar essa palavra. Estou feliz por John, mas o futuro dele não tem nada a ver comigo.

POUCA, digito em vez disso, voltando à minha palavra clássica para me dar letras.

Depois de mais algumas tentativas, chego à resposta: FICAR.

Encaro a palavra por um segundo, me sentindo estranhamente vazia por dentro. Cada resposta do Wordle costumava me dar uma pequena alegria. Um sinal de que estava um dia mais perto da minha sequência de um ano invicta, talvez até um sinal sobre algum evento futuro da vida. Agora, tudo o que vejo é uma palavra aleatória de cinco letras.

Viro os olhos para o teto alto e pintado, mas tudo o que consigo ver é John em pé na porta da minha casa em Waldon.

Eu tenho um trabalho dos sonhos, ele disse.

Passos ecoam de novo pelo corredor. Os garçons se foram; David, Katarina e Leah se aproximam de mim, todos ligeiramente ruborizados e sorrindo.

— Aí está você! — Katarina diz alegremente.

— Benedita disse que podemos explorar um pouco o resto do museu enquanto está vazio — Leah acrescenta —, desde que a gente diga aos seguranças para onde vai e não tente roubar nenhuma arte inestimável. Quer vir com a gente?

— Ah... claro — respondo automaticamente. — Parece ótimo.

— Só preciso ir ao banheiro primeiro — Katarina comenta, entrando no cômodo ao lado.

— Muito champanhe — Leah acrescenta, seguindo-a.

David sorri para mim enquanto a porta do banheiro se fecha atrás delas. Noto seu sorriso bonito. Largo e alinhado, com covinhas profundas em ambas as bochechas.

— Está se divertindo? — ele pergunta.

Assinto com um meneio.

— Este lugar é lindo à noite.

— Com certeza. — Ele lança um olhar para o meu celular. — Ei, isso é o Wordle?

Eu olho para baixo.

— Ah... sim. — Sorrio, envergonhada. — Eu precisava fazer o de hoje antes da meia-noite.

— Não me mostre a resposta — responde, cobrindo os olhos com uma mão. — Ainda não fiz. Não quero trapacear.

— Você tem uma sequência de vitórias?

Ele faz que sim.

— Noventa e dois dias. E você?

— Quase um ano.

Ele dá um sorriso brilhante e descontraído.

— Que demais.

Katarina e Leah saem do banheiro, dando risadinhas e oscilando ligeiramente nos saltos.

— Vamos lá — convida Leah. — Vamos explorar.

Ela e Katarina saem de braços dados, e David dá alguns passos atrás delas. Então se vira e sorri para mim.

— Você vem?

David estende a mão aberta para mim.

Enquanto ele fica ali, sorrindo sob as luzes cintilantes, algo acontece comigo — algo que não tenho certeza se conseguiria explicar mesmo se vivesse cem anos. Tenho uma súbita... *visão*, eu acho, do que minha vida será se eu me esticar para pegar a mão dele.

Ele, Leah, Katarina e eu vamos nos aproximar cada vez mais. Vamos jantar juntos e rir tomando um café na hora do almoço, lentamente começaremos a compartilhar esperanças, problemas e medos. E então, certa noite, muito adiante, quando as lembranças sobre John tiverem se apagado, David vai sorrir para mim e me convidar para jantar, e eu aceitarei, cheia de uma empolgação efervescente e uma alegria desmedida.

Avançando mais cinco ou dez anos, ambos seremos curadores em algum grande museu. Talvez no Met, talvez em outro lugar. Seremos interrompidos por convidados a cada poucos passos enquanto circulamos por um evento, e conversaremos entre as interrupções desses encontros sobre o remédio para pulgas do nosso cachorro ou uma viagem planejada. Ele diz algo engraçado e eu rio e dou um tapinha em seu braço. As coisas não são perfeitas — talvez briguemos de vez em quando, talvez parte do nosso trabalho seja um pouco maçante —, mas, no fim do dia, eu sou feliz. Real e verdadeiramente feliz.

Eu poderia ter isso. Consigo enxergar claramente. E seria uma vida ótima. Uma vida ótima de verdade.

Mas eu também poderia ter uma vida diferente. Uma vida que cheira a maresia, onde as horas passam mais devagar e a trilha sonora das manhãs é o zumbido dos barcos de pesca. E talvez haja um museu em algum lugar nessa vida, talvez não. Talvez meus dias sejam preenchidos com música dos anos 1950, vozes lentas e suaves e mulheres idosas rabugentas que não confiam no meu carro moderno e frágil.

Os detalhes dessa vida podem ser diferentes — talvez alguns sejam um pouco melhores, talvez alguns sejam um pouco piores —, mas o resultado final é o mesmo.

Eu sou feliz. Real e verdadeiramente feliz.

A voz de Jim ecoa de repente em meus ouvidos. *Tenho certeza de que houve milhares de coisas que eu queria fazer. Mas não dá para fazer tudo o que se quer na vida.*

Na época, eu não entendi o que ele quis dizer. Agora, parada aqui no Met, com David esticando a mão para mim e Leah e Katarina sorrindo para mim atrás dele, acho que entendo.

Existem milhares de coisas que eu poderia fazer com a minha vida. Milhões de caminhos diferentes que eu poderia tomar. E sempre haverá um caminho mais brilhante ou mais quente, mas, em algum momento, eu preciso parar de vagar e escolher *um*.

E esse caminho... essa vida incrível e cintilante bem na minha frente...

Esse não é o que vou escolher.

— Emily? — David repete. — Você vem?

Fico piscando. A mão de David está abaixada de novo, e os três sorriem para mim, esperando.

Depois de um momento, sorrio de volta para o trio. Há uma estranha e perfeita quietude dentro da minha mente, como quando uma tempestade de neve enfim termina.

— Sim — respondo. — Eu vou.

Meus saltos ecoam no mármore enquanto sigo atrás deles pelo corredor.

Vou passar esta noite incrível com os três, explorando o Met sem um único turista à vista. Vou beber champanhe, comer canapés e absorver cada segundo desta experiência incrível.

Então, pela manhã, vou desfazer este lindo sonho.

CAPÍTULO 35

Três dias depois, arrasto minhas malas para dentro do meu Airbnb em Waldon e desabo no sofá, exausta e suada.

Caramba.

Esses três dias foram *longos.*

Desistir da NYU foi mais fácil do que pensei que seria. Dois e-mails de desculpas, uma ligação estranha com um funcionário da admissão da NYU e pronto.

Deixar o estágio foi muito mais doloroso. Benedita pareceu realmente desapontada comigo, embora ela tenha dito que entendia, e não consegui articular de forma alguma minhas razões para sair. Depois que deixei o escritório dela, meu peito ficou apertado, entrei em pânico e tudo em que consegui pensar foi no que as pessoas diriam ao ouvir que eu tinha desistido.

Ela escolheu um cara aleatório em vez do estágio, disse a voz da Fallon.

Eles nem estão planejando ter filhos, acrescentou Martha.

kkkkkkkkk, emendou Divya.

Mas cerrei os dentes e disse a mim mesma para amadurecer. Tomei minha decisão e não vou mudá-la com base na opinião dos outros. E, de qualquer forma, eu não estava saindo apenas por causa de um cara. John era apenas parte da decisão. Uma parte importante, sim, mas ainda assim só uma parte.

Concluir as outras pendências em Nova York foi bastante fácil.

Meus pais já tinham pegado minhas coisas da casa em que eu morava em Waldon, então as trouxeram ao aeroporto para que eu pudesse pegá-las quando aterrissasse em Halifax, junto com meu carro. Achei que poderiam ficar desapontados por eu ter deixado Nova York, porém, para minha surpresa, ambos pareciam meio aliviados. Minha mãe até comentou como percebeu que eu estava feliz em Waldon. E não me dei ao trabalho de contar a Fallon, Martha ou Divya, então não preciso me preocupar com o julgamento delas.

A reacomodação em Waldon foi um pouco mais complicada. Minha antiga casa já foi vendida, de acordo com o anúncio on-line, e tentar encontrar um apartamento acessível na pequena cidade canadense hoje em dia leva significativamente mais de setenta e duas horas. Até que eu tenha mais tempo para procurar, estou presa em um pequeno Airbnb que as avaliações descreviam como "apertado", "inconveniente" e "eca".

Observo ao redor e, de fato, é apertado, inconveniente e eca. Há apenas dois cômodos — um banheiro minúsculo e um quarto/sala/cozinha/entrada/lavanderia igualmente minúsculo — e um cheiro forte de maconha vem do apartamento ao lado. Mas é barato o suficiente e, por enquanto, não me importo.

Abro a garrafa de vinho tinto que comprei a caminho de casa (única parada feita no trajeto do aeroporto de Halifax até a hospedagem) e disco o número da pizzaria local. Peço uma pizza grande, então dou um gole no vinho e pergunto a Johnny, o entregador, se ele pode trazer qualquer barra de chocolate que eles tenham na pizzaria também.

Não tenho dinheiro para pagar por pizza, vinho ou chocolate de marca depois de perder meus depósitos para a NYU e pagar pelo voo de volta, mas esta noite simplesmente não vou pensar nisso. Porque se eu pensar nisso — se eu pensar em como não tenho literalmente nada agora, nem emprego, dinheiro, lugar permanente para morar ou namorado —, provavelmente vou acabar encolhida em posição fetal no chão, chorando com meu vinho.

Em vez disso, optei pela positividade. Positividade estúpida e totalmente irracional.

Vou criar um novo emprego para mim. Vou encontrar um novo lugar para morar. Vou reconquistar o John.

Minha pizza e meu chocolate chegam. Eu me enrosco na cama (que também é o sofá) e desbloqueio o celular. De alguma forma, em meio a toda essa confusão, ainda não perdi minha sequência no Wordle, e definitivamente não pretendo perdê-la agora.

PODRE, digito. Como em: *O cheiro do meu novo apartamento.*

Hum. Apenas o O em amarelo.

FRACO. (Autoexplicativo.)

Opa!

O A e o O estão verdes e o C está amarelo.

CHATO, digito com confiança e assisto enquanto todas as letras ficam verdes.

Solto uma risadinha. PODRE, FRACO e CHATO. Isso resume meu estado atual muito bem.

Bem, deixa pra lá. Pego o notebook e abro uma lista de tarefas em branco.

Tenho muito trabalho a fazer.

A primeira coisa que faço na manhã seguinte é ir ao apartamento de John. E sim, eu sei, resolver meu emprego deveria ser a prioridade número um, não minha vida amorosa, mas prefiro pensar que estou priorizando ambos *igualmente.* Estou apenas começando com John porque o apartamento dele está no caminho para a casa de Jim. Óbvio.

Meu coração está um turbilhão no meu peito enquanto digito o código da porta da frente e subo as escadas até o apartamento dele. Ajeito o cabelo e ensaio o discurso que elaborei na minha cabeça. A princípio, imaginei que faria um longo monólogo apaixonado sobre como deixá-lo para ir a Nova York foi o pior erro da minha vida, mas descartei a ideia quase no mesmo instante. Em primeiro lugar, não é verdade. Estou feliz por ter ido, ainda que tenha servido para eu perceber que o que quero mesmo é estar aqui, começando meu negócio de cuidados domiciliares e (espero) voltando com John.

Em segundo lugar, John não é o tipo de pessoa que apreciaria receber um discurso romântico. Se muito, ele ouviria tudo, levantaria uma sobrancelha e diria: "É, talvez tenha sido bom termos terminado".

Então, de qualquer forma, o discurso em que *realmente* pensei é apenas a verdade direta: *Voltei de Nova York e estou aqui para ficar, e gostaria muito de reatar nosso namoro, por favor.*

Curto, fofo e direto ao ponto.

Ah, droga.

Estou na porta dele.

Engolindo em seco, bato três vezes, com força. Espero, inquieta, então bato de novo. Ainda sem resposta. Olho para o telefone. Ainda são 8h22. Talvez John tenha ido trabalhar cedo, por algum motivo?

Suspiro. Na verdade, não quero tentar a reconciliação no ambiente da oficina, mas parece que não tenho escolha.

Estou descendo as escadas quando quase esbarro na mãe de John.

— Carla! — exclamo. — Quer dizer, sra. Smith. — Não tenho certeza se ainda posso chamá-la de Carla, já que terminei com John.

Mas seus olhos brilham ao me ver.

— Emily! O que faz aqui? Você não deveria estar em Nova York?

— Estou procurando o John — conto. — Eu... voltei.

Carla inclina a cabeça.

— E quanto ao seu estágio e ao curso?

Mordo o lábio.

— Decidi que estar aqui era mais importante.

Ela me estuda por um momento e então sorri.

— Que maravilha. Venha me ajudar a alimentar os peixes de John, pode ser?

Fico piscando para ela, surpresa. Esperava um pouco mais de perguntas. Mas ela já se virou e está subindo as escadas.

— Hum... ele não está em casa? — pergunto, incerta, seguindo-a.

— Ele foi para Toronto para o casamento de um amigo.

Ah, droga. Eu me esqueci disso. John deve ter partido ontem, se me lembro das datas corretamente.

— Quando ele volta?

— Só na semana que vem. Na terça, acho. — Ela desbloqueia a porta do apartamento do filho e entramos. Meu coração se enche ao ver o ambiente familiar, mesmo que eu me sinta um pouco estranha de estar aqui sem ele saber.

— Ele vai ficar feliz em saber que você voltou — comenta Carla.

— É, talvez — respondo, corando. — Quer dizer… não estou esperando nada.

Carla abre os armários à procura da comida dos peixes.

— Por que não?

Mordo o lábio.

— Não sei. É muita coisa para perdoar, não é? Basicamente escolhi outra vida em vez da que eu tinha com ele.

Carla ri.

— Não tenho certeza se isso é verdade. Às vezes, o amor e a vida real são incompatíveis, só isso. Se o Laurent decidir se mudar para a Antártida amanhã e passar o resto da vida como um pescador no gelo, tenho certeza de que não vou me mudar para lá com ele. — Ela sorri para mim. — As pessoas mudam, a vida muda. Se você decidiu que esta é a vida que quer, então tenho certeza de que você e John podem resolver as coisas. Desde que você tenha certeza da sua decisão, é claro. Reatar não vai fazer bem para nenhum dos dois se você for mudar de ideia de novo ou se guardar ressentimento por ele ter feito você deixar Nova York.

— Não vou fazer isso — digo. — Honestamente, John é apenas parte da razão pela qual voltei. — Umedeço os lábios. — Quero mesmo tentar transformar meu trabalho de cuidadora em um negócio de verdade. Acho que… não sei. Acho que eu de fato poderia fazer isso funcionar.

Carla sorri.

— Eu também acho. — Então ela inclina a cabeça. — Mas pensei que você gostasse do trabalho no museu.

Meu coração se aperta no peito.

— Eu gostava — admito. — Muito. Mas… não dá para fazer tudo o que se quer, não é? É preciso escolher uma opção em algum momento. — Levanto o queixo. — E eu realmente amo trabalhar com pessoas mais velhas.

— Isso é ótimo, então — observa Carla. Ela parece estar falando sério.

— Vou sair implorando a todos os meus antigos clientes para me aceitarem de volta hoje — digo.

— Implorando? — Ela ri. — Querida, você só esteve fora por algumas semanas, certo? Diga a eles que mudou de ideia e tenho certeza de que ficarão felizes em ter você de volta. E, se quiser, posso perguntar ao pessoal do hospital se algum deles conhece alguém que precise de ajuda na região.

— Você faria isso mesmo?

— Claro. Consigo pensar em cinco pacientes a quem dei alta no mês passado e que precisam desesperadamente de ajuda em casa. E muitos deles são aposentados de fora da província que compraram casas aqui por impulso durante a pandemia, então dá para *saber* que eles têm condições de pagar.

— Carla… obrigada. — Tento colocar toda a minha gratidão nas palavras.

Carla sorri para mim, e eu sorrio de volta; por um segundo louco, acho que estamos pensando a mesma coisa. Se eu e John voltarmos, Carla pode ser minha sogra um dia.

Ela se vira para pegar a quantidade certa de comida dos peixes e a espalha sobre a água. Observamos em silêncio enquanto os peixes comem. Peixe 1, Peixe 2 e Peixe 3. Raspadinha, Espadachim e Geólogo.

Carla estende a mão e aperta meu braço, e eu solto um longo suspiro, sentindo um pouco da tensão desaparecer dos meus ombros.

— Vem — chama ela. — Vamos tomar um café.

CAPÍTULO 36

Se restava alguma dúvida sobre voltar a Waldon, ela desaparece assim que entro na garagem de Jim. Ele está sentado na grande cadeira de vime na varanda da frente, e seu rosto inteiro se ilumina ao me ver sair do carro. Seria mentira dizer que não me emocionei um pouco quando ele chamou meu nome.

Preparamos um bule de chá e nos sentamos de volta na varanda, observando os cavalos do vizinho pastando e conversando. Falo um pouco sobre Nova York, e ele me atualiza sobre as últimas fofocas de Waldon, mas, na maior parte do tempo, apenas tomamos chá e respiramos o ar quente do verão.

— Você vai voltar a trabalhar na oficina? — ele me pergunta, enquanto sirvo mais chá em sua xícara.

Esboço uma careta.

— Não, definitivamente saí queimada com meu antigo chefe. Na verdade, vou tentar transformar o trabalho de cuidadora em um negócio de verdade. Então, se o senhor tiver amigos que estejam procurando uma cuidadora… — acrescento com um sorriso brincalhão.

Jim ri.

— Receio que todos os meus amigos já se foram. Esse é o problema de viver tanto tempo como eu.

Analiso seu rosto.

— Você se sente muito sozinho?

— Ah. — Ele acena com a mão, como se quisesse afastar o assunto. — Não se preocupe comigo.

Emito um som de preocupação, mas percebo que Jim não quer que eu insista.

— Talvez, quando eu colocar meu site de cuidadora no ar, você possa me escrever uma avaliação — digo em vez disso. — Não vou nem ficar ofendida se quiser me dar apenas quatro estrelas.

— Acha mesmo que eu só te daria quatro de dez estrelas?

Dou risada.

— Pensei em quatro de *cinco*, na verdade.

— Hum. — Ele sorri para mim. — Acredito que podemos melhorar isso um pouco.

Impulsivamente, estendo a mão e aperto a dele. A pele de Jim é seca e fria, mas seu aperto é firme.

— Senti sua falta — digo.

Ele afaga minha mão, e um silêncio confortável surge entre nós. Aperto sua mão mais uma vez antes de soltá-la.

— Já fez as pazes com o John? — ele pergunta.

Faço uma careta.

— Ainda não. Ele está em Toronto esta semana. Ainda não o avisei que voltei. — Bato os dedos nos braços da cadeira. — Eu poderia ligar para ele, acho. Mas parece algo que eu deveria fazer pessoalmente.

Jim assente, pensativo.

— Ele é um bom rapaz.

Ficamos sentados na varanda por um tempo, observando as árvores balançarem com a brisa. Os cavalos do vizinho movem as caudas distraidamente nos campos e, ao longe, alguém corta lenha de forma metódica.

— É bom estar de volta — murmuro.

Não tenho certeza se Jim me escuta. Ele está olhando para a vista, assim como eu, com uma expressão distante nos olhos. Estendo a mão novamente e pego a dele, sorrindo enquanto o tempo passa entre nós.

Nos três dias seguintes, passo cada momento acordada trabalhando. E sim, tudo bem, isso é um exagero. Faço pausas para comer, jogar Wordle, e chega um momento em que minha cabeça está tão cheia que assisto a, tipo, cinquenta vídeos de cachorrinhos no YouTube.

Mas, na maior parte do tempo, estou trabalhando.

Depois da visita a Jim, vou ver a sra. Finnamore e Doris para perguntar se elas gostariam que eu recomeçasse meus serviços. Para meu alívio, ambas aceitam imediatamente. Quer dizer, a sra. Finnamore está um pouco irritada porque me mudei, já que alguém comprou minha antiga casa e ela está convencida de que vão ser uns "baderneiros", e Doris comenta que já sabia que eu voltaria, porque Nova York é mais um lugar para "meninas inteligentes", como a sobrinha dela, Florence, mas finjo não ouvir.

Depois disso, passo uma hora com um rapaz de vinte e dois anos chamado Kevin, que mora no porão dos pais em Charlottetown.

Espera, a frase soa mal quando digo assim.

Deixe-me reformular.

Depois disso, passo uma hora com um designer gráfico freelancer chamado Kevin, que encontrei na internet e que se ofereceu para fazer um logo para o meu negócio de cuidadora pela metade do preço se eu escrevesse uma avaliação de cinco estrelas para o negócio dele.

Ele é um cara meio intenso — faço um comentário educado sobre como o computador dele é sofisticado, e ele passa trinta minutos dizendo que qualquer um que use menos de três monitores é um ignorante —, mas, na verdade, gostei muito do logo que ele criou. É o contorno de uma casa no estilo antigo, aquele tipo que se vê por toda a Ilha do Príncipe Eduardo, com um telhado de duas águas e uma chaminé de tijolos, com um pequeno coração no lugar da maçaneta da porta. Em um círculo ao redor da casa, está escrito FIQUE EM CASA — CUIDADOS PARA IDOSOS, que é o nome que escolhi para o negócio. Pensei em colocar meu nome de alguma forma, mas acho que assim é melhor. Porque muitas pessoas idosas precisam de cuidadores, e é por isso que eu quero fazer esse trabalho. Para ajudar as pessoas a ficarem na própria casa por um pouco mais de tempo, em vez de irem morar em casas de repouso.

Kevin também me ajuda a criar dois panfletos e usa sua impressora para fazer cinquenta cópias de cada. A partir daí, vou para o campus da universidade, onde vou caminhando e pregando meu primeiro panfleto em todos os murais que consigo encontrar. Este não é para serviços de cuidadora, evidentemente. É para um trabalho de meio período a quem desejar oferecer cuidados domiciliares para idosos. É uma tentativa um pouco arriscada, procurar funcionários, mas acho que, se vou fazer isso, é melhor ir com tudo. Assim posso expandir o negócio para além de Waldon.

Meu plano é ficar responsável por encontrar e selecionar clientes, coordenar horários, além de me comunicar com as famílias e lidar com qualquer conflito ou problema que surgir. Vou ficar com 10% do pagamento dos funcionários por fazer essa parte do trabalho.

(Senti um pouco de desconforto quanto a essa parte, mas então me lembrei de como sempre era horrível falar com Debra e decidi que 10% é mais que justo.)

É um dia de verão maravilhoso, e o campus está iluminado e agitado. Passeio por um tempo, observando os alunos correndo de aula em aula ou relaxando em gramados verdíssimos. Eu poderia estar fazendo isso na NYU nas próximas semanas. Encontrando o caminho para as aulas, tentando fazer amigos de forma tímida e hesitante, procurando o canto perfeito da biblioteca para estudar à noite.

Sinto uma verdadeira pontada de tristeza pela perda disso, mas então olho para os panfletos na minha mão e a dor diminui um pouco. Esta é a vida que escolhi. Este é o caminho que decidi seguir. Não vai ser perfeito ou fácil, mas tenho a mesma certeza que senti quando estava sob as luzes brilhantes do Met com David estendendo a mão para mim.

Respiro fundo e solto o ar, então me viro e retorno para o meu carro, cantarolando um pouco durante o percurso.

CAPÍTULO 37

No dia seguinte, faço a ronda por Summerside, colando panfletos para clientes em cada mural de supermercado, igreja e salão comunitário que consigo encontrar. No outro dia, espalho minha campanha pela cidade de Waldon. Paro no hospital local e colo os panfletos lá — a maioria deles é voltada para clientes, mas alguns são para funcionários também — e depois vou às lojas da região. Na padaria, a atendente do caixa se ilumina ao ver o panfleto e me conta que sua tia-avó está desesperada por ajuda.

— Eu faria isso pessoalmente — a mulher diz —, mas ela não permite. Acho que é mais fácil para ela pedir ajuda a um estranho. Minha tia sente que é um peso para nós.

Sorrio e lhe dou meu número, e ela promete repassar para a tia-avó. Depois, me oferece um café gelado e um cookie de chocolate de graça.

Saio de volta para o sol e sigo em direção ao meu carro, saboreando o café gelado enquanto dirijo até a casa de Jim. Não acho que ele tenha mexido na máquina de lavar desde que fui para Nova York, e quero dar uma arrumada na cozinha dele também.

Ao entrar na garagem, vejo outro carro lá, um Honda vermelho com placa de New Brunswick. Fico intrigada ao observá-lo. O filho e a nora de Jim deveriam ter chegado ontem para uma visita. Eles iam levá-lo para jantar em um restaurante em Summerside na noite anterior.

Enquanto subo os degraus barulhentos da varanda, a porta da frente se abre, e um homem alto na casa dos setenta anos sai de lá. Minha primeira impressão é que não pode ser o filho de Jim — ele parece velho o suficiente para ser meu avô. Mas então me lembro de que Jim tem noventa e seis anos, o que significa que até seu filho mais jovem já está na casa dos setenta.

— Oi, tudo bem? — eu o cumprimento com animação. — Sou a Emily.

— Ah... Emily, claro. — O filho de Jim estende a mão e aperta a minha calorosamente. Vejo por que Rose o chamou de "colírio para os olhos". Mesmo mais velho, ele tem um sorriso realmente bonito e um cabelo desgrenhado. — Meu pai falou sobre você. Sou o Herman.

— Prazer em conhecê-lo. Desculpe interromper — acrescento. — Eu ia lavar as roupas, mas posso voltar depois, se agora não for um bom momento.

A expressão de Herman muda.

— Ah. Bem. Receio que isso não será necessário.

Pisco sem entender.

— Não?

Seu sorriso se suaviza e ele gesticula para eu me sentar na cadeira de vime de Jim. Sento-me, sentindo meu coração acelerar.

— Sinto lhe dizer que meu pai faleceu na noite passada — conta Herman. — Eu o encontrei há uma hora. Deve ter partido durante o sono.

Fico olhando para ele, ouvindo nada além do pulsar constante do coração dentro do meu peito.

— Faleceu — repito, aturdida.

— Infelizmente.

— Eu... — Desvio o olhar para os campos do vizinho de Jim, sem ver nada. — Sinto muito...

Herman balança a cabeça de modo gentil.

— Essa era a forma como meu pai queria partir. E ele sentiu muito a falta da minha mãe. — Seus olhos estão tristes, mas os lábios sorriem com timidez. — Chegou a hora dele.

Afundo de volta na cadeira, sentindo... não sei nem como descrever o que estou sentindo.

— Ele ainda está... aqui? — engasgo.

Herman acena com a cabeça.

— Os médicos-legistas devem chegar a qualquer momento. Você gostaria de vê-lo?

Eu o encaro. *Quero* vê-lo?

— Sim. — Levanto-me. — Sim, claro.

Atravesso a casa de forma meio mecânica, sentindo que estou agindo no modo automático. Herman não me segue, o que me deixa grata, apesar de me sentir distante. Preciso fazer isso sozinha.

Ai, meu Deus. Não consigo fazer isso sozinha.

Não consigo fazer isso *de jeito nenhum*. Nunca vi uma pessoa morta antes. Não estou pronta, não consigo.

Meus pés param do lado da porta do quarto de Jim. Está entreaberta. Posso ver a cômoda de mogno familiar onde costumava colocar suas roupas dobradas.

Uma dor horrível cresce dentro de mim, roubando o ar dos meus pulmões e forçando um nó enorme e quente na minha garganta. Mas meu corpo se move sem minha permissão — minha mão empurra a porta; meus pés dormentes me levam para dentro.

E então toda a dor desmorona como um sopro quando vejo Jim deitado na cama.

Ah.

Ali está ele.

Não sei como explicar, mas ao olhar para os traços relaxados do rosto de Jim e a estranha e etérea suavidade de sua pele, não me sinto mais triste. Ou melhor: não me sinto triste por ele. Sinto tristeza por mim, porque vou sentir *tanto* a falta dele.

Mas Herman estava certo.

Chegou a hora dele.

Eu me aproximo da cama e me sento na borda. O velho colchão range sob meu peso. Os lençóis estão puxados até seu peito — ele veste o pijama de flanela macio que nunca me deixou lavar — e suas mãos descansam soltas ao lado do corpo.

Deslizo a mão na dele. Sua pele está fria e seca, seus dedos soltos e imóveis sob os meus.

Lágrimas escorrem pelo meu rosto, mas não são exatamente de tristeza. Há uma espécie de felicidade aguda e quase dolorosa nelas.

— Vou sentir muito a sua falta — sussurro.

Ele não me responde. Claro que não. Jim está muito além de mim agora. Sua história chegou ao fim.

Olho em seu rosto e me lembro do som suave de sua risada, do jeito como seus olhos se encolhiam quando sorria e de seu joelho batendo no ritmo da música "Little Darlin'", dos Diamonds.

Cantarolo um pouco da melodia, sorrindo entre as lágrimas, e aperto sua mão pela última vez. Respiro fundo, tremendo, e me viro para sair. Ao fazê-lo, meu olhar recai sobre a mesa de cabeceira. Há um velho par de óculos, um livro de bolso surrado e um caderno dobrado sobre si mesmo. Jim escreveu duas linhas curtas em sua letra ampla e ligeiramente trêmula.

Emily é um grande conforto para mim. Recomendo muito seus serviços.

Solto uma risadinha emocionada e olho de volta para ele, com as lágrimas escorrendo livremente pelo rosto. Então me inclino e beijo sua bochecha macia e enrugada.

— Adeus, Jim.

CAPÍTULO 38

Na manhã seguinte, acordo com o nascer do sol. Uma mola solta do colchão do Airbnb está pressionando minha coluna, provavelmente foi isso que me despertou, mas não me importo muito. Todo o apartamento está banhado por um brilho dourado, e uma brisa quente entra pela janela.

Coloco uma camiseta e um short e saio para a cidade. Há uma pequena pilha de panfletos na minha bolsa, mas não tenho intenção de distribuí-los hoje. Quero apenas caminhar um pouco, pensando em Jim.

Espero sentir uma onda de tristeza me atingir, mas, em vez disso, sou preenchida pela mesma paz estranha que senti ontem. Ontem, eu e Herman, o filho de Jim, ficamos sentados na varanda, compartilhando recordações até a chegada dos médicos-legistas. Depois, enviei mensagens para Rose e Trey, e me encontrei com os dois para jantar. Rose chorou um pouco — ela conhecia Jim ainda melhor que eu —, mas pude perceber que ela não estava realmente triste por *ele*. Rose sabia que Jim estava pronto. Estava pronto desde a perda da esposa.

Passamos o restante da noite contando histórias sobre Jim, rindo, emocionados, e erguendo os copos em sua memória. Não haverá velório — Herman deixou claro que Jim era muito firme sobre não querer um —, mas, de certa forma, me lembrar dele com Herman, Rose e Trey pareceu um modo mais verdadeiro de honrá-lo.

Caminho em direção à orla e acabo perto do correio, que tem vista para o mar. Eu me sento em um banco nas proximidades e inspiro profundamente o ar do oceano. Sei que o clima não gira em torno de mim e da minha vida, mas juro que o ar parece um pouco mais calmo hoje.

Como se o mundo inteiro estivesse tirando um minuto para se lembrar de Jim.

Parte de mim gostaria de poder ficar para sempre neste lugar tranquilo e pacífico, mas o sol nasce e o mundo acorda, como sempre faz. O trânsito preguiçoso de Waldon aumenta atrás de mim, gaivotas famintas sobrevoam minha cabeça à procura de comida, e o cachorro de um corredor escapa da guia e salta do cais para perseguir um pato-marinho, fazendo cerca de cinquenta deles levantarem voo.

Sorrio e me levanto, indo em direção à padaria local. Ao me aproximar, a porta se abre e Kiara aparece com um cappuccino na mão.

Ela para abruptamente ao me ver, então dá um grito de alegria que assusta um senhor que passa por ali.

— Fala sério! — exclama ela, fazendo o idoso franzir a testa. Ela atravessa a calçada em dois saltos rápidos e me abraça, derramando cappuccino nas minhas costas. Eu a abraço forte, sorrindo contra seu cabelo.

— Desculpe por não ter mandado mensagem — digo, enquanto ela me arrasta até uma mesinha do lado de fora da padaria. — Vi sua mãe há alguns dias, mas a fiz prometer que não te contaria. Não me leve a mal, mas...

— Não consigo guardar segredos — ela interrompe. — Dã.

Sorrio.

— Não queria que o John soubesse pelos outros que estou de volta.

— E você voltou em definitivo?

— Em definitivo — confirmo.

Ela sorri e se recosta na cadeira, empurrando os óculos de sol para o topo da cabeça.

— O John vai pirar.

Sorrio timidamente.

— Espero que de um jeito bom.

— Claro que sim! Nunca o vi tão pra baixo quanto ele tem estado desde que você foi embora. Quero dizer, é o *John*, então ele não está, tipo, chorando com um pote de sorvete ou algo assim. Mas está com esse jeitão pensativo, e isso tem me deixado louca.

Tento não emitir opinião. Não quero me animar demais.

— Vamos ver o que acontece quando ele voltar.

Kiara sorri.

— De qualquer forma, estou feliz que esteja de volta. Você tem tempo pra tomar um café? Por minha conta — ela acrescenta, vendo minha hesitação.

Abro a boca para argumentar, então a fecho novamente e sorrio.

— Seria ótimo.

Tomamos café e colocamos a conversa em dia até ela precisar ir trabalhar. Ao levar nossas xícaras vazias de volta para dentro, a atendente do caixa acena para mim.

— É Emily, certo? — indaga ela, alegre. — Falei de você pra minha tia-avó ontem. Eu lhe dei seu número, mas ela estava se perguntando se você poderia ligar para ela algum dia. Ela não sabe usar o telefone direito, então esperava que você não se incomodasse de ligar para ela...

Uma sensação calorosa se espalha por mim.

— Não me incomodo nem um pouco!

Salvo o número da tia-avó dela no celular e prometo que ligarei mais tarde.

— Muito obrigada — diz a mulher. — Nós nos preocupamos tanto com ela. Ela tem noventa e seis anos e ainda mora sozinha, acredita?

Fico meio travada. Noventa e seis anos. Assim como Jim. Eu me pergunto, por um momento, se consigo suportar a dor de me aproximar de mais alguém apenas para perder a pessoa. Mas então sacudo a cabeça. Claro que consigo. E, de qualquer forma, o que sinto por Jim não é uma dor ruim. É uma dor feliz, e eu não abriria mão de um único momento com ele para me livrar disso.

— Que incrível — digo à atendente. — Vou ligar para ela mais tarde.

Volto para a calçada e caminho na direção do meu apartamento. No meio do percurso, passo pelo museu dos barris. Meus pés desaceleram automaticamente, e me viro para admirar o belo prédio. Não quero ver Shelley, mas consigo ouvir o barulho familiar das ferramentas de

Trey. E sinto tanta falta deste lugar. Não é o Met, mas é muito especial à sua maneira.

Caminho em frente com determinação e abro a porta. O cheiro familiar de fumaça e madeira me envolve como um abraço quente. A garota na recepção parece ter por volta de vinte anos, com longos cabelos loiros tingidos de rosa nas pontas. Ela me dá um sorriso brilhante e acolhedor. Deve ser a outra universitária que Shelley contratou. Fico ponderando se elas também são parentes.

Provavelmente, não. Essa garota parece ser amigável demais.

— Oi, tudo bem? — ela diz. — Gostaria de comprar um ingresso?

— Ah... na verdade, só estava querendo falar com o Trey. Eu costumava ser voluntária aqui.

— Ah, que legal! Pode ir lá para trás.

Agradeço à moça e sigo para os fundos, onde Trey faz uma demonstração para uma família de turistas que parece animada. Ele sorri ao me ver entrar, mas percebo que está apenas começando a apresentação. Aceno para ele, indicando que vou passear um pouco.

Ao circular pelas salas, uma voz brilhante e nítida chama minha atenção.

— Que homem gentil — diz a voz.

Há um murmúrio de concordância.

Eu me aproximo, curiosa. Na sala leste, onde estão as ferramentas dos anos 1890, três mulheres mais velhas, que reconheço do evento "Verão no barril", estão reunidas ao redor de Shelley.

— Conheci o Jim quando ele era adolescente. Ele costumava trabalhar na barraca de sorvete na praia de Lorway — diz uma das mulheres da sociedade.

— Eu o conheci pelo filho dele — comenta outra. — Herman e eu lecionamos na mesma escola por alguns anos. Foi ele quem me ligou na noite passada. Ele sabia que eu gostaria de saber da passagem de Jim.

Eu me aproximo um pouco mais, escondida atrás de uma conveniente pilha de barris. Não quero que Shelley me veja, mas é realmente bom ouvir as mulheres falando sobre Jim. Aposto que há pessoas por toda a

Waldon que têm histórias dele, pessoas que ouvirão sobre sua morte e passarão alguns minutos pensando nele. Esboço um sorriso. Acho que isso é tudo que podemos esperar depois de partir.

— *Adoramos* que ele tenha trabalhado aqui. — A voz alta de Shelley interrompe meu devaneio. — Ele era um homenzinho muito engraçado.

Jogo minha cabeça para trás, indignada. *Como é que é?* Um "homenzinho engraçado"?

— Deveríamos colocar uma placa — diz uma das mulheres da sociedade. — Algo para homenagear seu trabalho aqui.

— Ah, claro — diz Shelley. — Vai ser *tão difícil* trabalhar aqui sem ele.

As mulheres riem simpaticamente. Enquanto isso, estou tão furiosa que praticamente consigo ver as veias pulsando atrás dos olhos.

Não é da sua conta, digo a mim mesma com firmeza. Você não trabalha mais aqui... não é seu papel meter o nariz onde não é chamada...

— Jim era como um avô para mim — diz Shelley. — Me pergunto se devemos dar a todos os funcionários alguns dias de licença remunerada, para processar a perda.

Explodo de raiva. Que se dane. Isso *vai ser* da minha conta, sim.

— Que absurdo! — grito, saindo de trás dos barris.

O rosto de Shelley fica paralisado de surpresa, ao passo que as mulheres da sociedade me olham assustadas.

— O que disse? — pergunta uma delas.

— Isso é um absurdo — repito com os olhos fixos em Shelley. — Você não gostava do Jim. Você tentou demiti-lo!

As bochechas de Shelley enrubescem.

— Desculpe, quem é você? — uma das mulheres da sociedade pergunta, olhando para mim com um leve ar de preocupação.

Parece ser a líder do grupo. Seu cabelo branco é curto e bem encaracolado, e o broche brilhante de sua jaqueta verde-escura cintila na luz tênue.

— Uma voluntária que tivemos que dispensar — explica Shelley com rapidez. — Mentalmente instável — acrescenta baixinho.

— Não sou, não! — retruco com ferocidade. — Meu nome é Emily, senhora — respondo à mulher da sociedade. — Fui voluntária aqui no início do verão e cuidei do Jim por um tempo.

— Ah, *Emily*! — diz a mulher. Sua expressão desconfiada suaviza-se. — Claro. — Ela estende a mão para mim. — Sou Elaine MacQuarrie. Acho que nos encontramos em um dos eventos. Jim me contou tudo sobre você — acrescenta agradavelmente. — Ele disse que você projetou aquela nova exposição fabulosa, aquela em que as crianças podem tirar fotos.

Sorrio.

— Sim, senhora. E também organizei o evento "Verão no barril" e o evento do Dia do Canadá. Com a ajuda do Trey e do Jim, quero dizer.

— Ela quer dizer que deu uma força — intervém Shelley.

Eu a encaro com raiva.

— Eu não *dei uma força*. Organizei tudo. E você nem queria que eu fizesse os eventos, para começo de conversa.

Shelley emite um som de desdém e lança às mulheres da sociedade um olhar incrédulo, como se esperasse que concordassem com ela. Mas, em vez disso, todas as três estão franzindo a testa para ela.

— É verdade? — pergunta Elaine.

Shelley solta outra risada desdenhosa.

— Claro que não.

— Não? Então quem foi o fornecedor do bufê do evento do Dia do Canadá? — exijo saber. — Qual foi o prêmio da caça ao tesouro? Quais marcas de refrigerante vendemos? — A boca de Shelley se mexe sem emitir som por um momento, e ela olha novamente para as mulheres da sociedade, como se esperasse que a defendessem. — Você não consegue responder — continuo, incisiva — porque não faz ideia. Você fica sentada no seu escritório o dia todo rolando o feed do Facebook, deixando este museu lindo ser desperdiçado. Você não se importa com nada disso! Só quer ser paga para não fazer nada.

Um músculo na mandíbula de Shelley se contrai furiosamente, e todo o seu rosto adquire uma tonalidade vermelho-arroxeada. Posso sentir o quanto ela quer gritar comigo, mas também percebo que está muito ciente de que as mulheres da sociedade estão observando.

— Isso é muito inapropriado, Emily — responde, adotando uma voz exageradamente paciente e condescendente. — Somos todos muito gratos pelo seu trabalho voluntário, mas o que você parece não entender é que há muito mais em administrar um museu do que escolher *marcas de refrigerante*. Sinto muito pelo transtorno, senhoras — acrescenta, voltando-se para as mulheres da sociedade. Ela balança a cabeça com pesar. — Tudo isso, no dia seguinte à morte de Jim...

— Você não dava *a mínima* para o Jim — afirmo. — Como ousa fingir que se importava com ele? Não tem vergonha?

— Ridículo — retruca Shelley, balançando a cabeça daquele jeito irritante de novo. — Ridículo.

— É ridículo — concordo. — É ridículo que você seja paga para passar o dia olhando o Facebook no seu escritório enquanto os voluntários fazem todo o trabalho. Trey é, de longe, a melhor parte deste lugar, e, no entanto, na primeira oportunidade que teve de distribuir salários adequados, você os deu para sua filha e para a amiga dela, em vez de para ele! — Solto uma risada seca ao perceber o quão terrível isso é de verdade. Eu me viro abruptamente para as mulheres da sociedade. — Vocês deveriam contratar outra pessoa como gerente. Este museu merece alguém que o trate com o cuidado que ele merece.

— Apoiada — diz uma voz grave atrás de nós. Trey está encostado no batente da porta, de braços cruzados, parecendo estar ali há um bom tempo. — E, se ajuda no processo de decisão de vocês — acrescenta enquanto sorri de maneira encantadora para as mulheres da sociedade —, planejo me demitir agora mesmo, caso não o façam.

Sorrio para Trey e volto a encarar as mulheres, respirando rápido, triunfante. Elaine e as outras trocam olhares incertos. Parecem não saber exatamente como lidar com a situação.

— Isto é uma loucura — retruca Shelley, vermelha de raiva. — Vocês dois estão me difamando. Posso *processar* vocês.

Trey revira os olhos.

— Fique à vontade.

Segue-se um instante de silêncio constrangedor; o único som é a respiração pesada de Shelley. A família de turistas que estava observando Trey antes espreita pela porta, mas recua imediatamente ao nos ver ali.

Família esperta.

— Bem — fala Elaine, finalmente. E mais uma vez: — Bem. — Ela olha para as outras duas mulheres da sociedade. — Acho que vamos levar isto para discussão.

— Vocês não podem estar falando sério! — Shelley exclama.

Ela percebe no mesmo instante que foi um erro. Tenta recuar às pressas, adotando um tom calmo e agradável que não combina com o rosto avermelhado.

— O que quero dizer é: claro que devemos discutir, obviamente. — Shelley faz um gesto com a mão, indicando a si mesma e as mulheres da sociedade. — Se há problemas no museu, estou completamente disposta a resolvê-los. Não que eu ache que encontraremos algo que valha a pena resolver.

As sobrancelhas de Elaine se arqueiam. Mais uma vez, vejo Shelley perceber que cometeu um erro, mas já é tarde demais — as palavras foram proferidas. O que Shelley quis dizer, com certeza, é que ela não acreditava que houvesse problemas que *precisassem* de solução. Mas não foi isso que ela disse. E todas as mulheres da sociedade ouviram.

— Hum. — Elaine franze a testa para ela, e o menor indício de desagrado cruza seu rosto, refletido no das outras duas mulheres. Elas não são tolas, e está claro que se importam profundamente com a sociedade. O desempenho medíocre de Shelley nos últimos anos certamente não passou despercebido.

Talvez Shelley perceba isso, porque um novo tom de vermelho mancha seu rosto.

— Isso é ridículo — repete. — Tenho outras opções de emprego, sabiam? Posso ganhar o dobro do que ganho aqui gerenciando a empresa de telemarketing em Charlottetown. Já me ofereceram o trabalho — acrescenta, enfaticamente. — E eu ia recusar por causa da minha dedicação a este lugar, mas, se meu trabalho não é mais *valorizado*...

— Talvez seja melhor assim — interrompe Elaine.

O rosto de Shelley fica estático, como se ela tivesse levado um tapa.

— Como é que é?

Elaine ajeita seu terninho.

— Bem, se você tem outra oferta em mãos, não gostaríamos de impedi-la de aceitar — diz. — Com certeza não esperaríamos que você recusasse a chance de ganhar mais dinheiro.

Troco um olhar arregalado com Trey. A voz de Elaine é polida e educada, mas há uma firmeza em suas palavras que avisa que seria uma péssima ideia discutir com ela.

— Quer dizer... — Shelley gagueja. — Se eu não sou *valorizada*...

— Certamente valorizamos você — responde Elaine. — Somos muito gratas pelos seus serviços durante todos esses anos, não somos, senhoras? — As outras mulheres assentem. — Quando a empresa de telemarketing gostaria que você começasse? — ela pergunta agradavelmente.

— Bem... não tenho certeza de que há uma *data*... precisaria enviar um e-mail...

— E Emily. — Elaine se volta para mim. — Quando você poderia assumir?

Eu a encaro, sem saber o que dizer.

— *Assumir?* — repito.

— É a candidata que você está sugerindo, não é, Trey? — pergunta Elaine.

Trey sorri.

— Sim, senhora. Sabia que ela estagiou no Met, em Nova York?

— Que impressionante — comenta Elaine.

— Minha filha já visitou aquele museu — acrescenta uma das outras mulheres da sociedade, acenando com a cabeça, toda astuta.

Elaine volta-se para mim de novo.

— Presumo que você tenha interesse no cargo?

— Bem... quero dizer, sim... — gaguejo.

— Maravilha. — Ela bate as mãos, satisfeita. — Diria que o momento é ideal, não acham, senhoras?

— É perfeito — responde uma delas.

— Bastante conveniente — diz a outra.

Juro que seus olhos brilham. Tenho a forte impressão de que não sou a única que guarda ressentimentos contra Shelley. Mas, por mais que a ideia de dirigir este lugar me deixe entusiasmada, meu estômago se revira ao pensar na empresa de cuidadores.

— O problema é que — admito com culpa — já tenho um emprego. Ou, bem... é um emprego de meio período por enquanto, mas espero que cresça ao longo do tempo...

— Não dá para ser gerente em meio período — responde Shelley imediatamente, com os olhos penetrantes e maldosos.

Elaine franze a testa.

— De fato, precisamos de alguém em tempo integral.

— E se ela dividisse o cargo? — Trey sugere.

As mulheres da sociedade se animam.

— Você poderia fazer isso, Trey? — pergunta Elaine.

O tanoeiro faz uma careta.

— Ah, meu Deus, não. Mas a Rose conhece este lugar melhor que ninguém. Tenho certeza de que ela adoraria dividir o trabalho com a Emily.

Meu coração acelera no peito. Trabalhar aqui como uma das gestoras, dividindo o cargo com a Rose e, ao mesmo tempo, expandir meu negócio de cuidadora... *Trabalho dos sonhos*, grita uma voz urgente na minha cabeça. *Trabalho dos sonhos.*

— Espere um pouco... — Shelley intervém, furiosa.

— Adoro a ideia — interrompe Elaine. — Rose é um pilar da comunidade. Ela precisaria fazer uma entrevista para o cargo, claro... vocês duas precisariam — acrescenta, olhando para mim.

— Claro — respondo animadamente.

— Então está decidido — afirma Elaine, enquanto Shelley a encara furiosa. — Que dia emocionante! Vamos até o seu escritório, pode ser? — acrescenta para Shelley. — Tenho certeza de que teremos de preencher uma papelada…

Ela estende o braço educadamente e guia Shelley para fora da sala. Shelley mal tem tempo de me lançar um olhar furioso antes de desaparecerem.

— Pegaremos suas informações com o Trey, tudo bem? — diz uma das outras mulheres da sociedade, enquanto passa por mim.

— Hã… sim, senhora.

— Ótimo. — Seus olhos brilham com certa provocação. — Talvez seja melhor você sumir daqui enquanto estivermos no escritório.

Seguro uma risadinha.

— Sim, senhora.

Assim que elas saem, encontro o olhar de Trey. Ficamos nos encarando, incrédulos, por um longo momento… e então explodimos em gargalhadas.

— Consegue acreditar nisso? — pergunto, entre soluços de tanto rir. — Você viu a cara da Shelley?

— A Rose vai me matar por não ter tirado uma foto — Trey diz.

— Acha mesmo que ela vai querer gerir o museu comigo? — pergunto.

Ele assente.

— Ela tem ficado entediada no supermercado. E sempre adorou este velho lugar. Mas vou conversar com ela hoje à noite e te aviso. Agora, saia daqui antes que a Shelley volte e te estrangule.

Volto a rir.

— Os dedos dela provavelmente estão superfortes de tanto rolar o feed do Facebook.

— Te ligo mais tarde — Trey avisa, sorrindo.

Saio correndo da sala, ainda rindo, e aceno para a garota loira na recepção, que parece se divertir com meu riso, embora esteja um pouco confusa.

— Tenha um bom dia — deseja ela ao me ver sair.

— Você também! — respondo.

Ela parece bem simpática, na verdade. Acho que vou mantê-la como funcionária, mesmo que tenha sido contratada pela Shelley.

Agora eu posso fazer isso. Agora que vou ser uma das *gerentes*.

Solto um gritinho bobo e dou uma voltinha no estacionamento.

Santo Deus. Acabei de conseguir um *emprego*.

CAPÍTULO 39

Na segunda-feira, me encontro com Elaine, Rose e o restante da diretoria da sociedade histórica para finalizar os detalhes. Começo como gerente (gerente!) na próxima semana, já que Shelley aparentemente decidiu que não aguentava mais ficar lá. Rose se juntará a mim no final do mês para exercer a mesma função, já que precisa dar o aviso-prévio de duas semanas no supermercado. Durante a entrevista, parecia que nós duas estávamos compartilhando o mesmo pensamento, trocando ideia após ideia sobre como melhorar o museu e completando as frases uma da outra com entusiasmo.

A principal sugestão que fizemos foi expandir o museu além dos barris e transformá-lo em um museu sobre Waldon em si. Até sugeri timidamente uma exposição semelhante à que pensei em Nova York, com vídeos de cidadãos mais velhos de Waldon falando sobre sua vida na cidade. As mulheres da sociedade adoraram, mesmo que estivessem um pouco inseguras sobre como configurar a tecnologia. Assegurei-lhes que poderia resolver isso e fiz uma anotação mental para ligar para meu amigo Kevin, que tem três monitores, assim que possível.

Para o trabalho nos bastidores do museu, a própria Elaine vai me treinar. Aparentemente, ela tem lidado com a maior parte das finanças nos últimos anos, devido a alguns erros que Shelley cometeu no passado. Não poderia estar mais claro que elas estão felizes por se livrarem dela, embora tenham o cuidado de falar sobre ela de maneira educada e neutra. Acho que sentiram que a demitir seria desrespeitoso com Josephine, a antiga proprietária. Além disso, provavelmente não havia muitas pessoas se oferecendo para o emprego dela.

O salário não é grande coisa — na verdade, quando dividido entre Rose e eu, é menos do que eu ganhava na oficina mecânica —, mas não me importo. Além disso, tenho meu negócio de cuidados! Já marquei duas reuniões com potenciais novos clientes e uma entrevista com uma estudante de enfermagem em busca de trabalho de meio período. Vai ser trabalhoso equilibrar o museu com a criação de um negócio, mas sei que consigo dar conta. E a ideia de trabalhar no museu novamente me enche de alegria.

Decido comemorar antecipadamente, jantando sozinha no restaurante de peixe com batata frita, e depois saio para a calçada, cantarolando baixinho e feliz. Já passa das cinco da tarde, e inclino a cabeça para trás enquanto caminho pela orla, aproveitando o calor do sol do entardecer. Realmente acho que as coisas vão ficar bem. Mesmo que John não queira voltar comigo... acho que mesmo assim as coisas ficarão bem.

Eu me sento em um banco do lado de fora do correio e pego o celular. Agora é um bom momento para isso: o dia trezentos e sessenta e cinco do Wordle. Fico olhando para a tela por um bom tempo, tentando pensar em uma boa palavra para começar. Quero algo que capture este dia, este momento único da minha vida, mas todas as palavras são longas demais. Como *esperançoso*. Ou *pacífico*. Como o começo de algo novo.

Racionalmente, ainda pode parecer maluquice abrir mão de um estágio prestigiado e uma vida emocionante em Nova York, mas, na realidade, parece simplesmente...

— Certo — murmuro baixinho.

Digito: CERTO.

Está tudo errado — todas as letras estão em cinza — mas não me importo. Abro um sorriso assim mesmo.

Certo.

Recebo uma notificação no celular. É uma mensagem da mãe de John.

> [17:27] Carla
> Emily, percebi que te passei errado as datas da viagem do John.
> Ele voltou ontem à noite. Achei que você ia gostar de saber!

[17:27] Carla
Espero que você esteja tendo um ótimo dia

E assim a sensação de paz desaparece, substituída por uma ansiedade nervosa. John voltou ontem à noite? Isso significa que ele provavelmente estava no trabalho hoje. Olho para o celular. Se eu sair agora, posso encontrá-lo na oficina.

Engolindo um enorme nervosismo, levanto e caminho decididamente até meu carro. Faço um discurso motivacional enquanto dirijo:

— Não seja covarde, Emily. Não seja medrosa.

Ainda assim, preciso secar as palmas suadas nas pernas enquanto dirijo, e meu coração bate freneticamente o caminho todo. Quando estou subindo a rua em direção à oficina, a porta da frente se abre e alguém sai.

Meu coração parece que vai sair pela boca.

É o John.

Ah, cara. Sei que só se passaram algumas semanas, mas tinha esquecido como ele é bonito. (E como suas roupas de trabalho estão sempre sujas.) Ele se dirige ao carro, puxando as chaves do bolso. Reduzo a velocidade e sinalizo para entrar no estacionamento, então tenho que esperar três dos motoristas mais lentos do mundo passarem. Enquanto isso, a porta da oficina se reabre e uma mulher da minha idade sai apressada, enfiando o celular na bolsa enquanto corre. Ela se aproxima do carro de John, diz algo para ele com um sorriso e, em seguida, dá a volta e entra no banco do passageiro.

O quê?

Fico olhando para eles horrorizada até que alguém buzina atrás de mim. Com as mãos dormentes, me forço a entrar no estacionamento. Meu coração realmente parece que vai explodir.

Quem *é essa*?

Será que…

John *já* seguiu em frente?

Movendo-me no automático, estaciono. John e a garota no carro não notaram minha presença. A van velha de Dave está estacionada ao meu lado, bloqueando parcialmente minha visão. Com o estômago doendo, dou ré com o carro.

Acho que é isso, então.

Chega de John.

Recuo alguns metros e então freio de maneira brusca, fazendo os freios chiarem um pouco.

Estou ficando *louca*? Há uma centena de razões diferentes para John estar entrando em um carro com uma garota. Ela pode ser parente dele. Pode ser uma amiga. Pode ser uma cliente que precisa de uma carona para casa. Realmente vou voltar para casa e chorar como uma personagem de comédia romântica sem nem *tentar* confirmar o que estou vendo?

Puxo o freio de mão e saio correndo pelo estacionamento como uma maluca para tentar alcançá-los. Eles acabaram de sair para a rua, mas John diminui a velocidade ao notar minha aproximação. Seria difícil não me notar, a garota acenando como uma completa idiota.

Ele me observa com incredulidade por um momento (meu Deus, como senti falta desse olhar), então dá a ré de volta para o estacionamento. Ele diz algo para a garota ao seu lado e depois sai do carro. Eu me apoio nos joelhos, respirando um pouco ofegante. Essa corrida foi muito mais longa do que parecia.

— Você está bem? — pergunta John.

— Ah, sim — respondo ofegante. — Totalmente bem. — Com esforço, fico de pé. — Como estão as coisas?

As sobrancelhas dele se levantam.

— Boas. Esta é a Maya. — Ele gesticula em direção à garota no carro, que observa pela janela aberta com um olhar interessado. — É a nova recepcionista.

A nova recepcionista! Luto contra o impulso de fazer uma dancinha, mas logo volto a ficar séria. John já se apaixonou pela recepcionista da oficina uma vez. Não posso deixar que isso se repita.

— Prazer em te conhecer — eu a cumprimento de modo educado. Então, para John, digo: — Podemos conversar rapidinho? Você nos dá um minuto? — digo a Maya enquanto chamo John para longe do carro.

— O que foi? — ele pergunta.

— *O que foi?* — repito, um pouco indignada. — Você não está chocado por eu estar aqui?

— Hã... não. Minha mãe me disse que você estava de volta. E a Kiara. E o Trey.

Eles *o quê*? Ah, eu vou acabar com todos eles.

Mas isso pode esperar, porque agora só quero saber o que está se passando por trás daquele rosto bonito e enigmático.

— E? — questiono com nervosismo. — O que você acha?

Ele muda o peso do corpo de uma perna para a outra. Parece meio incerto.

— É bom — diz ele. — Quer dizer, se você está feliz com isso.

— Estou. Fui contratada como uma das gerentes no museu dos barris. Vou dividir o trabalho com a Rose! E estou começando um negócio de cuidados... e consegui ver o Jim antes de ele morrer.

As sobrancelhas de John se erguem.

— O Jim morreu?

Assinto, com um meneio de cabeça.

— Há alguns dias.

— Merda, Em... eu não sabia...

— Não, tudo bem. Quero dizer, estou triste com isso. — Minha garganta aperta um pouco. — Já sinto muita falta dele. Mas ele estava pronto para partir, sabe?

John concorda em silêncio.

— Ainda assim, isso realmente é uma droga. Se eu soubesse, eu teria... sabe, te ligado.

— Por que você não ligou? Se já sabia que eu estava aqui...

Ele limpa a garganta.

— Bom... não sei. Não queria, tipo, presumir nada.

— *Presumir* nada? — Eu me mexo desconfortavelmente. Ele está dizendo que não quer voltar? — Nós só terminamos porque eu fui pra Nova York — digo, sincera. — Meio que pensei... agora que estou de volta...

— Esse não foi o único motivo pelo qual terminamos. — John me olha novamente, e há algo agudo em seus olhos escuros. — Não sei se a Kiara te contou... estou supondo que contou, ela não consegue guardar segredo de jeito nenhum... mas eu comprei a oficina.

— Ela me contou.

— Sim, bom, isso significa que vou ficar aqui. Em Waldon. Por muito, muito tempo.

— Eu sei!

— Em... — Ele balança a cabeça. — Você deixou claro que está buscando mais que isso. Só porque Nova York não funcionou pra você...

— Nova York *funcionou* pra mim — interrompo. — O estágio foi ótimo, a cidade era incrível e as pessoas eram bem legais... Não havia nada errado com isso. Só percebi que queria mais estar aqui. — Olho para ele, tentando fazê-lo acreditar em mim. — Amo Waldon. Amo viver aqui, cuidar de pessoas como a sra. Finnamore e o Jim, trabalhar no museu dos barris, tomar café de manhã com a Kiara e jantar no pub com a Rose e o Trey. Quero estar aqui. E quero estar com *você*.

Minha voz vacila um pouco no final. John se inclina para trás, estudando meu rosto, uma pequena ruga entre as sobrancelhas, como se eu fosse uma palavra do Wordle que ele está tentando desvendar.

— Está falando sério? — ele pergunta finalmente.

Assinto.

— Estou falando sério.

E assim, sua tensão desaparece. Um sorriso encantador surge, um lampejo de luz em seu rosto sério.

— Legal — diz ele com facilidade.

— Legal — repito, um pouco emocionada.

Não sei quem se move primeiro (ok, sou eu), mas de repente estamos nos beijando, como se nada tivesse acontecido desde o dia em que fui embora. Meus braços estão ao redor do pescoço dele, suas mãos estão na minha cintura, e não é como um beijo dramático de filme, com chuva caindo ou fogos de artifício explodindo sobre nós, mas é ainda melhor que isso. É simples. É o *certo*.

Nós nos separamos, e ele usa os polegares para limpar as lágrimas do meu rosto. Com certeza vou ficar com marcas pretas de graxa na cara, mas não me importo.

— Preciso levar a Maya pra casa — ele diz. — Quer vir jantar comigo mais tarde?

Sorrio tanto que minhas bochechas doem.

— Sim.

— Comprei uma casa nova — ele acrescenta.

— Nas três semanas em que estive fora?

— Sim. Vou te mandar o endereço.

Dou risada. É típico do John tratar uma grande decisão de vida como se não fosse nada. É meio que uma pena, também. O antigo apartamento dele era bem legal.

— Parece bom — digo, tentando imitar o tom casual dele. — Te vejo mais tarde. Prazer em conhecer você, Maya! — acrescento, acenando para a moça enquanto John volta para o carro.

Espero eles saírem antes de levantar as mãos sobre a cabeça e fazer a dança de celebração mais idiota de todas, com direito a giros e gritinhos agudos. Olho meu reflexo na janela do carro e, honestamente, pareço a maior perdedora.

Mas não me importo.

Voltei com *John*.

CAPÍTULO 40

Meu entusiasmo desaparece uma hora depois, quando paro em frente ao endereço que ele me enviou. O carro dele está estacionado na rua, então sei que estou no lugar certo, mas...

Meu Deus do céu.

Não quero ficar julgando, juro, mas quando digo que este lugar é uma cabana, não estou sendo maldosa. É literalmente uma cabana, uma construção em ruínas do tamanho de um galpão de jardim. Já a vi antes na minha antiga rota de corrida. Sempre mantive distância, só por precaução, caso fosse assombrada. Com certeza parece o tipo de lugar que seria assombrado. O telhado está desabando e quase todas as janelas estão quebradas.

Não importa o quanto eu ame John, *não* vou dormir nessa coisa. Pelo menos não até minha vacina contra tétano estar em dia.

Saio do carro e me aproximo de John, que está encostado no próprio carro.

— E aí? — John pergunta, gesticulando para a cabana. — O que acha?

Abro a boca para mentir, mas qual é o propósito? Apenas um guaxinim raivoso acharia essa casa convidativa.

— Parece um bom lugar pra ser assassinada — declaro, sincera.

John ri.

— Talvez eu *vá* te assassinar — diz ele. — Talvez eu esteja realmente bravo porque você foi para Nova York, daí te enganei para você vir até aqui.

— Para, isso é muito macabro! — protesto.

Ele sorri e me puxa para perto.

— Desculpa.

Deixo que ele me abrace por um momento, aproveitando a força calorosa de seus braços.

— Mas, sério, é aqui mesmo que você está morando?

— Não — diz ele. — Só não queria que você se perdesse. As ruas por aqui são confusas. Entra no seu carro e me segue.

Reviro os olhos.

— As ruas por aqui não são *confusas*. Já corri aqui, tipo, cem vezes. Conheço essas ruas como a palma da minha mão!

John ri e gentilmente me empurra em direção ao carro.

— É, tá certo.

Entro no carro, respondo rapidamente a uma mensagem que Kiara me mandou (EBA! Me conta tudo no café amanhã!!!!) e o sigo rua abaixo. Ele vira à esquerda, depois à direita, depois à esquerda de novo, e então volta a passar pela cabana. Estou prestes a ligar para ele e dizer para parar de ser tonto quando ele finalmente sinaliza e embica na entrada da garagem.

Minha entrada da garagem.

A entrada da garagem da minha antiga casa.

Minhas mãos estão tremendo um pouco enquanto entro atrás dele e saio do carro. Um nó quente se forma na minha garganta e meus olhos começam a arder perigosamente. A placa de VENDE-SE no gramado agora notifica: VENDIDO.

John estende as mãos para a casa.

— *Voilà* — ele diz. — Quer dizer "olhe isso" em francês. — John sorri para mim, então seu sorriso desaparece quando vê meu rosto. — Ah, droga. Qual o problema? Pensei que você fosse ficar animada.

— *Estou* animada — digo com uma vozinha trêmula. — Estou, sim. É que... é... — Não consigo encontrar as palavras. — Você comprou mesmo esta casa?

— Sim. Ela é incrível. Precisa de alguns reparos, mas consigo fazer a maior parte sozinho.

— Mas… *como*? Essa casa não é muito cara? E você também comprou a oficina…

John dá de ombros.

— Eu estava economizando para comprar uma casa há um tempo, e meus pais me emprestaram uma parte do dinheiro. — Ele olha para a casa. — Antes de você ir, ouvi você dizendo ao Dave que os donos iam vendê-la, então pedi para meu amigo corretor entrar em contato com eles. Na verdade, ainda não me mudei. A finalização da venda ainda vai demorar umas semanas.

— Você quer dizer… — Fico vermelha de vergonha. — Você entrou em contato com eles *antes* de eu ir pra Nova York?

Não consigo acreditar. Não consigo *acreditar*. Ele deve ter pensado que eu mudaria de ideia. Que eu não iria embora de verdade.

Ele me observa, confuso.

— Não. Fiz isso na semana seguinte à sua partida.

Eu o encaro.

— Então… você sabia que eu voltaria?

Isso parece muito atípico para ele. E também um pouco condescendente. Ele realmente achou que eu não ficaria em Nova York?

John abre um sorriso divertido e afetuoso.

— Não, Em. Não sou vidente. Esta é uma casa incrível. Comprei porque eu queria. Mas agora que você está de volta, se quiser morar nela comigo… — Ele dá de ombros. — Seria apenas um benefício adicional.

Estudo seu rosto.

— Você está falando sério?

Ele revira os olhos.

— *Sim*. Comprei porque queria comprar, então tem motivo pra você entrar em uma espiral de culpa.

— Não, eu quis dizer… você realmente quer que eu more aqui com você?

— Ah! Sim — confirma ele. — Se você quiser.

Caminho até os seus braços e coloco o queixo sobre seu ombro, olhando para a fachada da minha casinha perfeita.

— Eu quero — respondo, enquanto as primeiras lágrimas escorrem pelas minhas bochechas.

Mais tarde, estamos na cama do apartamento dele, enroscados na escuridão e falando sobre a casa — quais cores quero usar para pintar as paredes, a lareira externa que John quer construir no quintal — quando solto um longo suspiro.

John me observa.

— O que foi?

— O Wordle — replico. — O último dia.

— Ah, droga — diz John. Ele se senta, alcançando a mesa de cabeceira para pegar o celular.

Coloco a mão no ombro dele.

— Tarde demais.

Consigo ver o relógio da parede iluminado pelo luar.

É 0h32.

Perdi o prazo. Minha sequência acabou.

John me observa, horrorizado.

— Droga. *Droga*, Em...

Balanço a cabeça.

— Não se desculpe.

— Hum... eu não ia pedir desculpas — diz ele com um sorriso travesso. — Só ia dizer que isso realmente é uma pena.

Eu rio, surpreendida com a leveza e a naturalidade dessas palavras.

Sei que provavelmente deveria estar devastada. Deveria estar chorando, xingando e me batendo por ter esquecido. Estive tão, tão perto. Trezentos e sessenta e quatro dias. Trezentos e sessenta e quatro palavras.

Elas estão todas flutuando na minha cabeça, mas a coisa engraçada é que tudo em que consigo pensar é a última que tentei.

CERTO.

Deito de volta na cama.

— Não importa.

— Tem certeza? — John pergunta. — Você estava tão animada para chegar a um ano.

Sorrio e me aproximo dele, deixando a sequência de trezentos e sessenta e quatro dias para lá com um encolher de ombros.

— Tenho certeza — declaro. — Podemos começar de novo amanhã.

AGRADECIMENTOS

Em primeiro lugar, quero agradecer a você que leu esta história. Seja você alguém que amou, odiou ou cuja opinião está num meio-termo entre um e outro, obrigada por dedicar um tempo a este livro.

Em segundo lugar, quero agradecer às seguintes pessoas, sem as quais *Amor com todas as letras* não existiria: meu incomparável agente, Josh, e também Anna e sua leitura inacreditavelmente rápida; minha maravilhosa editora, Tessa, e a incrível equipe da Avon; o brilhante artista de capa da edição original, Sam; meus pais e minha irmã, que preencheram minha infância com livros; meus sogros, que me deixaram tomar conta do chalé deles sempre que eu precisava escrever; meu marido maravilhoso e incansavelmente compreensivo; e minha cachorrinha igualmente maravilhosa, mas significativamente menos compreensiva, que acha que todo o tempo que passo escrevendo seria mais bem gasto fazendo carinho na sua barriga.

Por fim, agradeço a Rebecca, Julie e Jen, a quem dedico este livro. Obrigada pelo apoio ao longo desses anos e por acreditarem em mim mesmo quando eu não conseguia acreditar. Isso significa mais do que palavras podem expressar.

SUA OPINIÃO É MUITO IMPORTANTE

Mande um e-mail para **opiniao@vreditoras.com.br** com o título deste livro no campo "Assunto".

1ª edição, ago. 2025

FONTES Arno Pro 12/16,1 pt
Unit Pro 10/16,1 pt e 20/24 pt

PAPEL Polen Bold 70g/m²

IMPRESSÃO Gráfica Santa Marta

LOTE GSM120625